葉靈鳳

封面插画：友田治夫

文学经典

插图珍藏版

叶灵凤 著　李广宇 编

法律出版社
——北京——

图书在版编目(CIP)数据

文学经典：插图珍藏版／叶灵凤著；李广宇编
. -- 北京：法律出版社，2024
ISBN 978－7－5197－9114－8

Ⅰ. ①文… Ⅱ. ①叶… ②李… Ⅲ. ①随笔－作品集
－中国－当代 Ⅳ. ①I267.1

中国国家版本馆 CIP 数据核字（2024）第 089046 号

文学经典(插图珍藏版)
WENXUE JINGDIAN
(CHATU ZHENCANGBAN)

叶灵凤 著
李广宇 编

策划编辑 许　睿
责任编辑 许　睿
装帧设计 乔智炜　李广宇

出版发行 法律出版社
编辑统筹 司法实务出版分社
责任校对 晁明慧
责任印制 胡晓雅
经　　销 新华书店

开本 A5
印张 23.875　　**字数** 492 千
版本 2024 年 8 月第 1 版
印次 2024 年 8 月第 1 次印刷
印刷 北京盛通印刷股份有限公司

地址：北京市丰台区莲花池西里 7 号(100073)
网址：www.lawpress.com.cn　　销售电话：010－83938349
投稿邮箱：info@lawpress.com.cn　　客服电话：010－83938350
举报盗版邮箱：jbwq@lawpress.com.cn　　咨询电话：010－63939796

书号：ISBN 978－7－5197－9114－8　　**定价**：268.00 元
凡购买本社图书，如有印装错误，我社负责退换。电话：010－83938349

目录

伊索和伊索寓言的故事 / 1
奥地普斯家族的悲剧 / 13
《鲁拜集》的知己 / 17
阿柏拉与哀绿绮思的情书 / 25
萨迪的《蔷薇园》 / 31
诗人但丁的机智 / 35
卜迦丘的《十日谈》 / 43
拉瓦皇后的《七日谈》 / 55
巴西耳的《五日谈》 / 61
乔叟的《坎特伯雷故事集》 / 69
《唐·吉诃德》和它的作者 / 75
关于莎士比亚的疑问 / 87

限定版俱乐部的莎翁全集 / 95
弥尔顿的《阿里奥巴奇地卡》 / 101
拉·封丹的寓言 / 107
泼佩斯的日记 / 113
狄福的《荡妇自传》 / 121
谁是鲁滨逊? / 129
淮德的《塞尔彭自然史》 / 133
迦撒诺伐和他的《回忆录》 / 143
谷德司密斯欠房租 / 151
歌德的《浮士德》 / 157
歌德和《少年维特之烦恼》 / 169
艾克曼的《歌德谈话录》 / 177
席勒诞生二百周年 / 185
诗人画家布莱克 / 191
苏格兰农民诗人彭斯 / 199
诗人雪莱的悲剧 / 209
济慈的《伊莎贝娜》 / 215
海涅画像的故事 / 219
巴尔札克和他的《人间喜剧》 / 229
巴尔札克的《诙谐故事集》 / 237

雨果和《悲惨世界》 / 243
梅里美的短篇小说 / 251
霍桑和动人的《红字》故事 / 257
乔治·桑和萧邦的恋爱史 / 265
可爱的童话作家安徒生 / 273
诗人小说家爱伦·坡 / 287
果戈理的《死魂灵》 / 295
《辟克魏克》的流行 / 303
《黑奴吁天录》的故事 / 311
《猎人日记》 / 321
惠脱曼的《草叶集》 / 327
褒顿与《天方夜谭》 / 333
莫泊桑与佛洛贝尔 / 349
龚果尔弟兄日记 / 355
小仲马和他的《茶花女》 / 363
《茶花女》和茶花女型的故事 / 373
托尔斯泰逝世五十周年 / 383
《爱丽思漫游奇境记》的产生 / 393
马克·吐温逝世五十周年 / 403
左拉的小说 / 411

《米丹夜会集》/ 417
都德的《磨坊书简》/ 421
法朗士诞生百年纪念 / 429
法朗士的小说 / 437
哥庚的《诺亚诺亚》/ 441
史谛芬逊和他的《金银岛》/ 451
莫泊桑的短篇杰作 / 459
关于“女”作家绿蒂 / 467
比亚斯莱、王尔德与《黄面志》/ 473
王尔德《狱中记》的全文 / 485
比亚斯莱的散文 / 495
比亚斯莱的书信集 / 505
乔治·吉辛和他的散文集 / 511
康拉特的爵士勋状 / 515
福尔摩斯和他的创造者 / 519
契诃夫诞生一百周年 / 525
契诃夫的《打赌》/ 533
杂忆诗人泰戈尔 / 537
奥·亨利与美国小市民 / 543
青鸟与蜜蜂 / 549

《循环舞》的风波 / 557
夏芝的诗人气质 / 569
罗曼·罗兰的杰作 / 575
略谈皮蓝得娄 / 583
记莫斯科的高尔基纪念馆 / 589
纪德的《赝币犯》 / 599
纪德的《刚果旅行记》 / 603
安特生·尼克梭 / 609
谈普洛斯特 / 615
老而清醒的毛姆 / 621
托玛斯·曼的《神圣的罪人》 / 627
罗丹与诗人里尔克 / 633
天才与悲剧 / 641
辛克莱的《油!》 / 647
支魏格的小说 / 653
爱书家的小说 / 659
佛兰克书店的门板 / 665
乔伊斯佳话 / 671
美国老画家肯特的壮举 / 679
纪伯伦与梅的情书 / 687

《黑暗和黎明》/ 695
《查泰莱夫人的情人》的遭遇 / 701
奥尼尔 / 707
关于《日瓦哥医生》/ 711
《大钱》/ 715
战争和伟大的作品 / 719
关于海明威 / 725
萧洛霍夫和《静静的顿河》/ 731

首次结集篇目出处 / 743
人名对照表 / 745
书名对照表 / 747
后　记 / 751

伊索像

委拉斯开兹作，马德里普拉多美术馆藏

伊索和伊索寓言的故事

伊索本是古希腊人，他的寓言集传入我国很早，在明朝末年已经有了中译本。除了佛经之外，这怕是最早的译成中文的外国古典作品了。译述者是当时来中土传教的耶稣会教士，由比利时籍的传教士金尼格口述，另由一个姓张的教友笔录。当时的书名并不是《伊索寓言》而是《况义》，况者比喻之意，像佛家的《百喻经》那样，若不是说穿了，谁也想不到这就是伊索寓言集。

《况义》出版于一六二五年（明熹宗天启五年），据说至今仅有法国巴黎图书馆藏有两册抄本，日本的新村出氏曾加引述，所以不仅见过的人不多，就是知道有这回事的人也很少。稍后，到了道光年间，在一八四〇年左右，广州又有一种英汉对照的伊索寓言选译本出现，书名是《意拾蒙引》，也是教会中人译的，“意拾”即伊索的另一音译，这本伊索寓言集虽是在道光年间出版的，但是现在也很难找到了。

然而伊索寓言从此就在我国生了根，乌龟与兔子赛跑，乌鸦插上孔雀毛受奚落，蝙蝠往还鸟兽之间皆不受欢迎，狐狸吃不到葡萄说酸的一类故事，几乎妇孺皆知。只是对于伊索本人和他的

《伊索寓言》书影　启明书局 1936 年版

寓言流传经过，则注意的人很少。有些偶尔读过一两篇伊索寓言的人，甚至不知道伊索是个人，还以为是什么古代国名或地名。

这位古希腊的寓言家，据说生下来就是奴隶，而且据最可靠的史料来看，他的名字第一次在文件上出现时，他的身份已经是一个被主人转买了两次的奴隶，这时正在第三次又被送到奴隶市场上待价而沽。可惜关于他的生活史料被保存下来的不多，因此身世历史非常隐晦，就是他的故乡在哪里，也无法确定。正如许多地方争说是大诗人荷马的故乡一样，现在至少有四个城市的居民争着承认他们的地方是伊索的故乡。第三次购买伊索为奴的那个主人名叫查特孟，正是他见到这个奴隶的谈吐机智有学问，便将他解救了，恢复了他的自由之身。按照古代希腊法律，一个恢复了自由的奴隶，经过了相当时日，他就获得资格享受一般公民应享的权利。于是由于伊索自己的努力，不久就获得了很受人尊敬的地位。据说他这时就周游希腊各属地，一面在藩王贵族之间过着幕客文士的生活，用他的机智的寓言博得他们的钦佩，一面又努力充实自己的学问。直到有一次，他奉命代表到某地去料理一笔债务，不料同当地居民龃龉起来，竟被他们杀死。一说系由于他所说的寓言伤害了这地方居民的自尊心，他们便怀恨将他从悬崖上推下去跌死了。

据希腊古史家希维多德氏的记载，伊索系生于埃及法老阿玛西斯的时代，这就是公元前六世纪中叶。但是据近代人的考证，一般都断定他的出世年代该是公元前六二〇年。至于究竟在哪一年被人谋害的，则至今还找不出可靠的资料足够下一个结论。

以上就是我们今日所能知道的这位古代大寓言家的事迹大概。据中世纪出的关于伊索的传记上说，他生得跛脚驼背，五官不正，相貌奇丑，现在已经证实这些记载都不可靠。但他的相貌究竟如何，也没有资料可供确定。

不过，尽管古代有关伊索的记载不多，而且又不可靠，但最基本的一点却是无人能加以歪曲或抹煞的，那就是伊索乃是一位最伟大的寓言家。自公元五世纪以来，他的寓言集已经以雅典为中心，广泛地向四处传布。

我们现在已经无法找出证据，是否有伊索的寓言集的原稿被保存下来，但是在公元前三世纪，已经有人搜

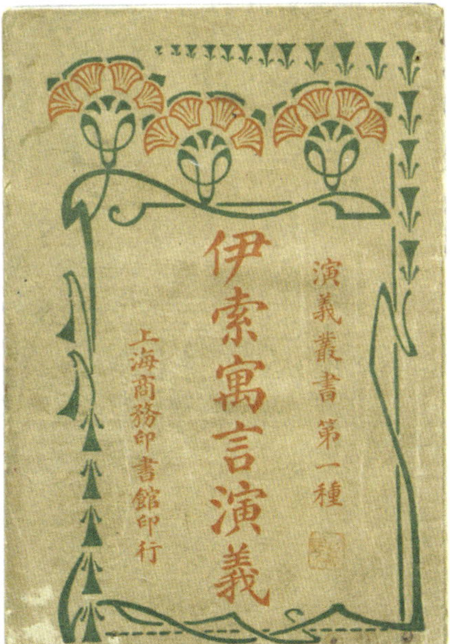

《伊索寓言演义》书影　商务印书馆 1919 年版

《伊索寓言》插图

Printed by Tuppo,1485,500 *Years of Illustration*, Howard Simon,Dover Publications,Inc.,2011

《伊索寓言》插图　by Arthur Rackham, *Aesop's Fables*, William Heinemann, 1912

《伊索寓言》插图 by Edward Julius Detmold, The Folio Society, 1998

▲《伊索寓言》插图　by Boris Artzybasheff

◀《伊索寓言》插图　Venice, 1487, *500 Years of Illustration*, Howard Simon,Dover Publications, Inc.,2011

《伊索寓言》插图

The Crow and the Pitcher, by Thomas Bewick, *Aesop's Fables*, Peter Pauper, 1941

集他的寓言，汇集成书，用来传抄讲述。稍后，又有一个名叫法特鲁斯的人，用拉丁文叙述伊索的寓言，他也是奴隶出身，就由于这件工作，由奥古斯德大帝赦免了他的奴籍，恢复为自由人。他所编纂的伊索寓言集，是采集古希腊流传下来的各种抄本，汇集而成。这是流传至今最古的伊索寓言集。

至于近代所采用的伊索寓言集的底本，则是由瑞士学者伊萨克·尼费勒特所整理的一种。他在一六一〇年前后，搜集了当时所能得到的各种古本伊索寓言集，一一加以比较整理，又从梵谛冈所藏的古抄本中选译了若干篇，汇成了自希腊时代以来最完备的伊索寓言集。目前各国流行的译本，差不多都是直接或间接从尼费勒特所整理过的这个底本翻译出来的。

今日的伊索寓言集，最多的一部所收的寓言有四百二十六篇，另一种也有三百多篇。毫无疑问，其中不免有许多篇乃是同时代人的作品，以及在他以前或以后流行的作品。据考证真正属于伊索的作品，大约不会超过二百篇。

伊索 （Aisôpos）公元前六世纪的古希腊寓言家。弗里吉亚人。原为奴隶，并被转卖多次，但因知识渊博，聪颖过人而获得自由。公元前五世纪末，“伊索”这个名字已为希腊人所熟知，希腊寓言开始归在他的名下。现在常见的《伊索寓言》是后人根据拜占庭僧侣普拉努得斯搜集的寓言及以后陆续发现的古希腊寓言传抄本编订的。伊索寓言大多是动物故事，短小精练，比喻恰当，形象生动。伊索和法国的拉·封丹、德国的莱辛、俄国的克雷洛夫并称世界四大寓言家。

俄狄浦斯与安提戈涅　by Emil Teschendorff, 1882

奥地普斯家族的悲剧

奥地普斯王的故事在文学上产生了不少杰作。其中最有名的，是希腊戏剧家索伏克里斯留下给我们的三个悲剧作品：《奥地普斯王》，《奥地普斯在科罗鲁斯》，以及《安地果妮》，据说索伏克里斯一生写过一百多个剧本，但是留传下来的只有七个。这三个以奥地普斯王的故事为题材的悲剧，就是七篇作品之中的三篇。

这三个悲剧，描写了奥地普斯王怎样自己发觉了自己所犯的弑父乱母大罪的经过，以及以后所过的苦难日子，直到由于乱伦关系所生的四个子女完全被毁灭为止，这样就结束了奥地普斯这个罪恶家族的历史。

三部曲的第一部《奥地普斯王》所描写的，是奥地普斯杀了斯芬克斯，成为地比斯王，自己在不知的情况下娶了自己的母亲约嘉丝妲为王后，并且生了四个子女以后的事。地比斯在奥地普斯王的治理下，富庶繁昌，百姓生活得十分幸福，因此一起歌颂新王的德政。不料过了十五年的安稳日子后，国内忽然天灾人祸相继发生，百姓大起恐慌，以为第二个怪物斯芬克斯又出现了，他们就一起列队到王宫的外面来向奥地普斯王请愿，认为奥地普

索福克勒斯像 梅耶作，1850

斯王在十五年前曾救过他们一次，希望这一回再拯救他们一次。

索伏克里斯的悲剧第一部就是在这背景下揭幕的。奥地普斯王接纳了民众的请愿，向天神去请示，希望知道使得地比斯人遭获天谴的原因。哪知不问犹可，一问就将自己在不知不觉之中所犯的可怕的罪行揭露了。这一来，就使得他从自以为十分光荣的王座上倒了下来，悲剧就接二连三地发生：约嘉丝妲王后羞愧自缢而死，他自己也抉出双目，弃国出走。

悲剧的第二部《奥地普斯在科罗鲁斯》，所写的是上述事件发生以后二十年的事，奥地普斯既盲且老，由他的女儿安地果妮陪伴着，在荒野漫游，过着流浪生活。地比斯王位由国舅克里安摄政，可是两个王子却开始在争夺王位了。

第三部《安地果妮》是奥地普斯王悲剧的大结束。他的两个儿子因争夺王位，互相残杀而死。这时国舅又当权了，他因了安地果妮姊妹违抗他的命令，下令将她们两人活埋而死，毁灭了奥地普斯由于乱伦关系所生的全部子女。

古希腊浅酒杯上的俄狄浦斯与斯芬克斯
约公元前470年，现藏梵蒂冈博物馆

以奥地普斯王的故事为题材的作品很多，但是最有名的自然要算希腊戏剧家索伏克里斯留下给我们的这三个悲剧了。奥地普斯的悲剧命运，虽然是天神早已预言过的，但是却由于他猜中了人面狮身怪物斯芬克斯的谜语而起，这可说是有关人面狮身像的一个最有名的插曲了。

索福克勒斯（Sophocles，约公元前496年—公元前406年）古希腊三大悲剧诗人之一，生在雅典西北郊克罗诺斯乡，父亲是兵器作坊主。索福克勒斯早年受过良好教育，有音乐才能。公元前440年，曾当选为雅典十将军之一。索福克勒斯一生写了123部悲剧和滑稽剧，流传至今的只有7部，分别是《埃阿斯》《安提戈涅》《俄狄浦斯王》《埃勒克特拉》《特拉基斯少女》《菲罗克忒忒斯》《俄狄浦斯在克罗诺斯》。其中，最能代表其创作才能的是《俄狄浦斯王》和《安提戈涅》。

《鲁拜集》插图　波斯细密画，*The Rubaiyat of Omar Khayyam*, New York Graphic Society, 1966

《鲁拜集》的知己

古波斯诗人莪默·伽亚谟的《鲁拜集》，在我国早有郭沫若先生的译本。许多人都以为“鲁拜”是书名的译音，正如荷马的《奥德赛》、歌德的《浮士德》一样，这乃是一个大错误。“鲁拜”（Rubaiyat）乃是波斯一种诗体的名称，正如我国的绝句一样。《鲁拜集》乃是莪默·伽亚谟所著的诗集，并非他著了“鲁拜”。

第一个发现这波斯诗人原作的费兹吉拉德，将它译成了英文，原稿在一家书店里搁了一整年，终于被退了回来。于是，在一八五九年春天，像一切诗集的必然命运一样，费兹吉拉德自费将这部译稿出版了。他印了二百五十部。《波斯大诗人莪默·伽亚谟的鲁拜》（鲁拜集），这生涩的书名，定价从五先令降到一先令，从一先令降到一便士，堆在便宜书的杂堆里，仍旧没有人过问。一直到有一天，当时的大诗人史文朋和罗塞蒂，两人闲逛这家书店，从一便士一册的便宜书堆中，为了好奇心，罗塞蒂拾起了一册《鲁拜集》，他打开来读了几行，由好奇心引起热忱，由热忱引起赞赏，终于止不住叫绝了起来。他将这发现告诉了一旁的史文朋，两人各花了一便士挟了一册回去。这时，史文朋等

◀ 鲁拜集插图 by John Buckland Wright, The Golden Cockerel, 1938

▶ 鲁拜集插图 by Hamzeh Abd-Ullah Kar, Illustrated Editions Company, 1938

◆《鲁拜集》插图　by Willy Pogány, David Mckay, 1942

◆ 欧玛尔·海亚姆漫画像　by Max Beerbohm, *Beerbohm's Literary Caricatures*, Allen Lane, 1977

鲁拜集书影

by Willy Pogány, David Mckay, 1942

在英国诗坛的影响很大，于是不出几天，伦敦满城的文人都在谈论着我默和他的《鲁拜集》了。

后来，史文朋在一封信中回忆这遭遇说，当天他们买进这书时是一便士一册，第二天已经涨到两便士。再隔几天，已经要花三十先令才能买到一册了。

费兹吉拉德第一次印行的《鲁拜集》，只有七十五首诗，隔了九年再版，已经增加到一百一十首。第三、第四两版出版时，译稿经过修改，又只剩下一百零一首。第四版（一八七九年）印出后，费兹吉拉德便去世了。

鲁拜集豪华版——『伟大的奥玛』 弗朗西斯·桑格斯基制作

欧玛尔·海亚姆 （Omar Khayyam，1048—1122）一译莪默·伽亚谟，波斯诗人。生于霍拉桑尼沙浦尔，曾在宫廷担任太医和天文方面的职务。海亚姆生前不以诗闻名，在他逝世五十年之后才有人提及他写过四行诗。四行诗是伊朗传统诗体，类似中国的绝句。1855 年，英国人菲茨杰拉德把他的四行诗译为英文出版，从此闻名欧美。郭沫若于 1928 年从英文转译为中文，题为《鲁拜集》，“鲁拜”即为四行诗的意思。《鲁拜集》最早的抄本是 1208 年本，现藏剑桥大学图书馆。《鲁拜集》版本甚多，很多画家为它画过插图。

阿柏拉与哀绿绮思

14 世纪插图，出自爱情诗 *Le Roman De La Rose* 手稿。*Famous Love Letters*, Edited by Ronald Tamplin,Reader's Digest, 1995

阿柏拉与哀绿绮思的情书

阿柏拉和哀绿绮思，这两个人可说是自古至今最伟大的一对情人。从前他们两人为了恋爱所受到的悲欢离合的挫折，以及从两人的情书中所表现的热烈深刻的恋情上来看，罗密欧与朱丽叶比起他们，不仅显得浅薄，而且简直近似儿戏。

为了恋爱，阿柏拉和哀绿绮思两人，先后遁入空门。但他们这么做，却不是消极的逃避。正如阿柏拉自己在写给朋友的一封信上所说，他为了不能同哀绿绮思结合，但是又为了嫉妒（哀绿绮思的舅父为了嫉妒阿柏拉与他甥女的恋爱，后来曾暗中买通歹徒，在夜中割去了阿柏拉的生殖器，使他不能人道），提防别个男子会娶了她，便要求她宣誓戴上面幕为尼，只有在获得这保障以后，他自己才安心也退隐到修道院里去做和尚。对于这样的处置，后世也有人非议阿柏拉太自私，不够伟大，缺乏恋爱上的自我牺牲精神。不过在当时的环境下，哀绿绮思只有将服从阿柏拉的意志，牺牲自己的一切，看成是他们这无望的恋爱之中唯一能够享受的安慰。因此他们两人若不是借了空门做存身的掩护，也许连后来那一点借了书信来倾诉相思的自由也会被剥夺了。

阿柏拉与哀绿绮思的情书插图

by Raymond Hawthorn, *Abelard and Heloise*, Folio, 1977

在这修道院里，阿柏拉为了安慰一位朋友，写了一封长信给他，其中回忆到他自己和哀绿绮思的往事，并说他至今仍未能忘情。不料这封信辗转落到哀绿绮思的手里，她读了触动旧情，便拈笔写了一信给阿柏拉，想借此安慰他。这样一来一往，就产生了流传至今的在世界文学史上认为最深刻美丽的情书——阿柏拉与哀绿绮思的情书。

这时两人业已分手多年，各自遁入空门。他们这时所写的情书，当然不再是小儿女的“卿卿我我”的情书，而是一种单纯美洁充满了哲理和智慧的思慕与慰藉。但是虽然如此，两人的那一颗心并没有死，并非死灰枯木，依旧热烈如昔。因此我们今日读着他们两人那时所写的情书，觉得其中仍是有血有肉，依然是一个活生生的男子与一个活生生的女子的情书，无论是欢乐还是痛苦，那感情仍是现世的肉体的而非灵的虚无缥渺的。这正是他们所以会成为古今最伟大的一对情人，他们所写的情书会感动了无数读者的原因。

阿柏拉与哀绿绮思的这一段情史，并非传说或小说，而是实有其事的真人真事。他们都是中世纪的法国人，阿柏拉并且是当时法国有名的哲学家之一，哀绿绮思是圣母院的一位教士的甥女。为了他所提倡的唯理主义的哲学教义，阿柏拉曾一再严厉地受到宗教迫害，被谴责为异端者，几乎性命不保。也正是为了这种礼教的阻挠，阿柏拉与哀绿绮思两人，虽然由师生成为恋人，并且有了孩子，但是终于无法正式结为夫妇，最后不得不以退为进，女的不嫁，男的不娶，各自遁入空门。

《阿柏拉与哀绿绮思的情书》书影
叶灵凤译，香港上海书局 1956 年版

阿柏拉生于公元一〇七九年，一一四二年去世，活了六十三岁。哀绿绮思的生年不详（一说一一〇一年生），死于一一六三年，比阿柏拉后死了二十年。她临死时曾要求与阿柏拉合葬一处。因了她当时已身为尼庵中的住持，这要求未被允许。一说这要求被照办了，甚至还有一个传说，据说当阿柏拉的坟墓被打开以便哀绿绮思下葬时，阿柏拉虽然已死了二十年，这时依然面目如生，竟张开双臂来拥抱他的爱人。

这一传说，颇与我国民间所传说的祝英台到梁山伯的墓上哭拜时，梁山伯的坟墓突然裂开了使祝英台得以跳下去差不多。这都是人们同情和拥护恋爱自由的幻想的最高表现。而根据他们的情史看来，阿柏拉与哀绿绮思两人的恋爱悲剧，实在与我们的梁山伯与祝英台差不多，都可以当得起是自古至今最伟大的情人而无愧。

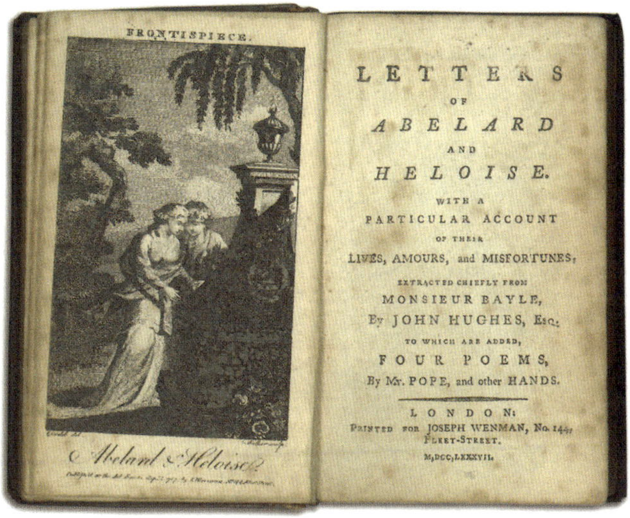

《阿柏拉与哀绿绮思的情书》英文版书名页

Letters of Abelard and Heloise, Joseph Wenman, 1787

阿柏拉 （Abelard，1079—1142） 中世纪法国哲学家。他与学生哀绿绮思（Heloise，约 1098—1164）热恋，并由此产生了“最美的情书”。姜德明说：“古老的情书大约写于 1128 年，1616 年在巴黎有过拉丁文本，1728 年在英国最初发现的可能就是这个本子。此后便以《阿柏拉与哀绿绮思的情书》为名，出现了无数的英译本和各国文字的译本……在我国的最早译本，是 1928 年底新月书店出版的，译者梁实秋。”叶灵凤的译本于 1956 年由香港上海书局出版，其在《译后小记》中说，依据的底本是在荷兰排印的英文本，“介绍上说是根据 1824 年出版的一种英文本重印的”。

萨迪与喀什青年

出自蔷薇园手稿，1547 年

萨迪的《蔷薇园》

伊朗古代诗人萨迪，是今年要纪念的世界三位文化名人之一，在上月二十日，北京刚为他举行了一次盛大的纪念会。

萨迪生于十三世纪（一二〇〇年，一说生于一一九三年），他的真姓名该是穆斯里·奥德·丁。他是古代中东那种近于圣者和先知的伟大诗人之一，笔下文辞单纯美丽，富于明彻深邃的智慧，可是并不抹煞人性。他生于伊朗的希拉兹，因此有“希拉兹的夜莺”之称。萨迪遗留下来的作品，最为人传诵的有两部，一是《古里斯丹》，即《蔷薇园》；另一是《布斯丹》，即《果树园》。这都是韵文诗与散文诗的混合集，内容包括寓言诗、小故事和含有教训的警句。现代黎巴嫩诗人纪伯伦的作品，显然就是受了他的影响。

我没有读过完整的《蔷薇园》译本，只是在一部英译古代东方文学作品的选集里，读到了一些。这里试译几段于下：

“财富乃是为了生活的舒适，并非生活乃是为了收集财富。我问一位智人，谁是幸运者，谁是不幸者。他回答道：‘曾经撒种而又收割的人是幸运的，那些死了不曾享受的人是不幸的。那

蔷薇园插图　波斯细密画

些一生之中只知道收集财富而不懂得运用的人，可说是无用的废物，你不必为他们祈祷！’

有两种人是徒劳辛苦，费力而无所获益：一是有了财富而不知道享受的人，另一是有了学问而不懂得运用的人。无论你已经拥有了怎样多的知识，如果你不加以实用，你就仍是一无所知。你在牲口背上驮了几本书，你并不能使它成为学者，或是哲学家。

那个空洞的头脑能够懂得什么呢，无论它驮的是珍贵的书籍还是木柴。

当一件事情能够用钱来解决时，那就不必冒生命的危险；除非一切方法都已运用失败之后，不应乞灵于刀剑。

事情往往成功于忍耐，躁急的结果总是失望。我曾经亲眼在沙漠中见过，行走缓慢的人赶上了快捷的人，健步如飞者因力竭而倒下，缓慢的赶骆驼伕子却能够支持到终点。

只知道死读书而不知道运用的人，就如驱牛耕田却不撒种。

如果每一夜都是权力之夜，权力之夜就要丧失它的价值。如果每一粒石子都是宝石，宝石就要与石子同价。

对于无知的人，最好的事情是沉默。不过，他如果能懂得沉默，他就已经不是无知了。”

萨迪的这部《蔷薇园》，最近在国内已经有了中译本，不过也是选译。

萨迪 （Moshlefoddin Mosaleh Sa’di，1208—1292） 波斯诗人。出生在设拉子。父亲是个清贫的传教士。萨迪幼时丧父，曾在神学院攻读文学和经学，后中途辍学，背井离乡，开始长达三十年的托钵僧生活，足迹西至埃及、埃塞俄比亚，东达印度和中国的喀什噶尔。结束漂泊生活返回设拉子后，蛰居乡里，潜心著述，除《果园》和《蔷薇园》外，还著有大量诗作。萨迪作品对后世影响很大，被译成几十种外国文字。《蔷薇园》更成为波斯文学的典范。

但丁像　by William Blake, Manchester Art Gallery

诗人但丁的机智

意大利十五世纪，以善说笑话逸闻著名的波吉奥，在他那部有名的笑话集里，收集了不少与诗人但丁有关的笑话逸闻，显示这位《神曲》的作者平日为人，是怎样的机智幽默，在谈笑酬答之间怎样的富于风趣。

据说，佛罗伦萨的王子加奈兄弟，有一次邀请但丁宴饮。王子兄弟和他们的仆人，大家商量好要捉弄这位大诗人一下。他们在进餐过程中，将大家吃剩的肉骨头，都悄悄地抛掷在但丁的脚下。起先还有台布遮掩着，所以看不出什么，及至餐毕撤去台布，他人的脚旁皆空无一物（当时欧洲上流社会的宴饮习惯，皆用手取肉大嚼，吃剩的肉骨头随手抛掷桌下喂狗），唯独但丁的脚旁堆了一大堆肉骨头。主仆皆莞尔而笑，嘲弄他是一个贪嘴的老饕。

见了这种情形，但丁神色不动地回答道："诸位不必惊异，这情形恰好证明了一件事情：如果狗是喜欢吃骨头的，这恰好证明我不是狗。"

又有一次，诗人因了政见不同，被放逐至西埃拉。某日，他满怀幽愤，独自坐在一座小教堂里沉思，有一个俗人认得他是大

△ 但丁《新生》书影　王独清译，光明书局 1941 年版
▷《神曲 · 炼狱篇》插图　by William Blake

诗人但丁，便走过来同他不三不四地兜搭，向他乱问一些很愚蠢可笑的问题。但丁敷衍了几句，实在不耐烦了，突然向这人问道：“请你告诉我，你认为世上最蠢的动物是什么？”

“大笨象。”那人回答道。

“好了，大笨象”，但丁说，“请你饶了我，因为我正有许多心事，不愿受别人打扰。”于是那人狼狈而去。

但丁由于与教会的意见不合，不能在佛罗伦萨安居，只好周游各地。这时奈勃耐斯王洛伯，仰慕诗人盛名，便修书托人邀请但丁到他的朝中来做客，但丁应邀前往，到了奈勃耐斯。由于他是诗人，而且旅途劳顿，他抵达奈勃耐斯后，也不曾换衣服，就穿了旅行的敝袍，随了使者去朝见洛伯王。这时恰值洛伯王大宴群臣，在座的全是锦衣绣服的王公大臣，使者见到但丁衣服破旧，便招呼他在末座坐下。但丁知道奈勃耐斯王瞧不起他，本要拂袖而去，但他想到既然来了，而且肚里又饿，便一声不响地吃了个饱，然后不别而行。

奈勃耐斯王宴会已毕，才想起但丁，叫人去请他来相见，才知道他已经走了。他知道是自己适才怠慢了他，连忙派人去将但丁

但丁《神曲》插图　15世纪手工装饰画，*Dante's Divine Comedy*, Crescent Books, 1979

但丁在佛罗伦萨　by C.M.Gere, *Great Books and Book Collectors*, Excalihur, 1983

追回来，向他致歉，然后另设盛宴款待他，请他坐了首席。

这一次，但丁早已换上了一件簇新的锦袍，可是在宴会进行时，但丁一再将自己吃剩的食物搁在身上，又用袍袖揩手拭嘴，又将酒倒泻在身上，好像毫不留意宴会礼节似的。这时陪坐的群臣皆抿嘴窃笑，笑他徒负虚名。洛伯王起先不言，后来实在忍不住了，便问但丁何故如此糟蹋自己的新衣。但丁正色回答道：

“陛下，我并非糟蹋我的新衣。我是因为先前穿了破衣前来，被人瞧不起；现在换了锦袍，却受到盛宴招待，可见受重视的实在是这件衣服，因此我应该也给它尝尝陛下所赐的丰肴美酒的滋味。”

奈勃耐斯王闻言大惭，当筵谢过，从此以上宾之礼款待但丁。

但丁·阿利吉耶里 （Dante Alighieri 1265—1321） 意大利诗人。1265 年 5 月生于佛罗伦萨，1321 年 9 月 14 日卒于拉文那。出身城市小贵族家庭，少时生活清苦，勤奋自修，在中古文化的各个领域，包括神学，都获得了精深造诣。他曾以“贪污、反对教皇”的罪名被革除公职，判处终身流放。二十年后又被缺席判处死刑。他的处女作是抒情诗集《新生》，献给他少年时代爱慕的女子贝娅特丽斯。《神曲》的写作开始于放逐初年，分地狱、炼狱和天堂三篇，原名《喜剧》，后人为表景仰，称为《神圣的喜剧》，中译本通称《神曲》。但丁是中古到文艺复兴过渡时期最有代表性的作家。

薄伽丘像　by A.del, Castagno(Florence, Uffici)

卜迦丘的《十日谈》

像一切伟大的文艺名著一样，卜迦丘的《十日谈》也是被人谈论得很多，可是很少人曾经读完过的一本书。我们虽然早已有了删节过的不完全的中译本，但看来恰如其他国家的许多卜迦丘的读者一般，我们所欣赏的也不过是其中捉夜莺的趣谈或魔鬼进地狱的故事而已。

在意大利文学史上，卜迦丘的《十日谈》曾与但丁的《神曲》并称。但丁的长诗题名是《神曲》，《十日谈》则被称为“人曲”。一个是诗，一个是散文；一个描写未来的幻想生活，一个描写眼前的现实生活。两部作品的风格和目的虽然不同，但在文艺上的成就却是一样，都是十四世纪所产生的一时无两的杰作。其实，卜迦丘所描写的和但丁所描写的都是同一个世界，不过但丁着重这一个世界的生活和另一个想象中的未来世界的关系，卜迦丘则抛开了人和“神”的未来关系，全部着重眼前这个世界的一切活动。在他的书中，世界就是世界，人就是人，不管他或她的职业和地位如何，他们都受着人性的支配。这就是这部作品被称为“人曲”的原因。西蒙斯在他的大著《意大利文艺复兴史》中说得好：

▲《十日谈》插图　by Steele Savage, *The Decameron of Boccaccio*, Blue Ribbon Classics, 1931

◀《十日谈》插图　by John Buckland Wright, *The Decameron of Giovanni Boccaccio*, Translated by Richard Aldington with Aquatints by Buckland-Wright, The Folio Society, 1998

薄伽丘像 by John Buckland Wright

但丁在他的《神曲》中企图对于世界的基本现象予以揭露，并且赋予它们以永久的价值。他从人性与神的关系去着手，注意这个世界的生活与坟墓那边生活的关系。卜迦丘则仅着重现世的现象，无意去寻求经验的底下还有什么。他描绘世间就如眼见的世间，肉就是肉，自然就是自然，并不暗示还有什么灵的问题。他将人类的生活看成是运气、诙谐、欲望和机智反复的游戏。但丁从他灵魂的镜子中视察这个世界，卜迦丘则用他的肉眼；但是这两个诗人和小说家却从同一人类中去采取题材，在处理上都显示同样深切的理解。

正因为卜迦丘在他的《十日谈》中将这个世界描写得太真实了，太没有顾忌了，遂使这本该是欢乐的泉源的好书（作者自己曾表示写这本书的用意是这样），却招惹了许多愚昧的纷扰和偏狭的嫉愤。从它初出版以来，这本书就被梵蒂冈列入他们的“禁书目录”中，经过了五六个世纪，至今仍未解禁。同时，在这期间，伪善者对于这本书所表示的误解和愚昧，并不曾因了人类文化的进展而有所醒悟。

乔奥伐里·卜迦丘，这位《十日谈》的作者，父亲是意大利人，母亲是法国人。他是在巴黎出世的，出生年代和日期没有准确的记载，这是因为他父亲是在巴黎作客期间结识这个法国妇人的，年代是一三一三年左右。他父亲后来似乎并未与这个法国妇人正式结婚，因此有人说卜迦丘像达文西一样，也是一个私生子，甚至有人说他根本不是这个法国妇人生的。但无论如何，他含有法兰西的血统却是一件没有人否认的事实。也许就是这一点渊源，使得他的《十日谈》充满了法国中世纪文学特有的机智讽嘲和诙谐趣味。

卜迦丘的父亲是商人，他跟随父亲回到佛罗伦萨以后，父亲有意要使他成为商人，后来又想他学习法律，但这一切安排都不能阻止卜迦丘对于文学诗歌的爱好。他成为但丁的崇拜者，曾写过一本《但丁传》，这书至今仍是研究但丁生活的最可靠的资料。像但丁的伯特丽斯一样，他也有一位爱人，这是一个有夫之妇，卜迦丘

《十日谈》书影　by Steele Savage

《十日谈》插图　波斯细密画，*Illuminated Manuscripts Boccaccio's Decameron*, Miller Graphics, 1978

将她理想化了，取名为费亚米妲，用来媲美但丁的伯特丽斯，后来并用这美丽的名字写了一部小说。

除了上述的两部作品外，卜迦丘又写过好些长诗和散文，但他主要的作品乃是《十日谈》，而且仅是这一部书也尽够他不朽了。《十日谈》作于一三四八年至一三五三年之间。当时欧洲人还没有发明印刷，这书只是借了抄本来流传，直到一四七一年才有第一次印本出版，因此这书也是欧洲最早的印本书之一。

《十日谈》（*Decameron*）的巧妙结构和它得名的由来，是这样的：

一三四八年左右，佛罗伦萨发生了一场流行的大瘟疫，死亡枕藉，人烟空寂，幸存的都纷纷逃往他处避疫。这其中有七位大家闺秀和三个富家青年，也都是从佛罗伦萨逃避出来的，偶然大家不约而同地在一座山顶上的别墅中见了面。因为是萍水相逢，大家无事可做，便互相讲故事消磨客中无聊的岁月。当时大家约定每天推一人轮流做主人，每人每天要讲一个故事。这样一共讲了十天，总共讲了一百个故事。恰好疫氛已过，大家便互相告别各奔前程去了。因为这些故事都是在十天内讲出来的，因此这书就名为《十日谈》。

卜迦丘实在是古今第一流的讲故事能手。在《十日谈》里，他的态度冷静庄重，不作无谓的指摘和嘲弄，也不抛售廉价的同情。他不故作矜持，也不回避猥亵，但是从不诲淫。那一百个故事，可说包括了人生的各方面，有的诙谐风趣，有的严肃凄凉，但他却从不说教，也不谩骂。他将贵族与平民，闺秀与娼妇，聪明人

《十日谈》插图 by Jean de Bosschère, *The Decameron*, Garden City Publishing Company, Inc., 1930

与蠢汉，勇士与懦夫，圣者与凡夫，都看成一律，看成都是一个“人”。而且在人生舞台上，有时娼妇反比闺秀更为贤淑，蠢汉更比聪明人占便宜，而道貌岸然的圣者却时常会在凡夫俗子面前暴露了自己的真面目，引起一般听众的喝彩，同时却激起了伪善者和卫道之士的老羞成怒。正因为这样，这《十日谈》虽然时时受到指摘和诬蔑，但仍为千万读者所爱好，使他们从其中享受到了书本上的最大的娱乐。

《十日清谈》书影　闽逸译，世界书局 1944 年版

《十日谈》里的故事，多数并非卜迦丘的创作，而是根据当时流传的各种故事加以改编的。因为说故事和听故事正是中世纪最流行的一种风尚。这些故事大多来自中东和印度，有的出自希腊罗马古籍，有的更是欧洲各国流传已久的民间故事。经过了卜迦丘巧妙的穿插和编排，便成了一部古今无两的富有人情味的故事宝库。有一时期，法国有些学者指摘卜迦丘的《十日谈》抄袭法国民间流传的寓言故事颇多，但这并不能损害《十日谈》在文艺上的价值，正如莎士比亚和乔叟虽然也从《十日谈》汲取他们

《十日谈》插图　洛克威尔·肯特作 , *The Decameron of Giovanni Boccaccio*, Garden City Books, 1949

的剧本和长诗题材，但也并不减低他们的成就一般。

为了反抗僧侣们所标榜的不近人情的禁欲主义，出现在黑暗的中世纪的这部《十日谈》，可说是给后来的文艺复兴运动照耀开路的一具火把，因为他首先将“人”的地位和权利从桎梏中解放出来了。

乔万尼·薄伽丘　（Giovanni Boccaccio，1313—1375）意大利作家。他是佛罗伦萨一商人和一个法国女人的私生子。少年时学过经商，学过法律，但他自幼就喜爱文学，大量阅读古代文化典籍。有机会出入宫廷，也丰富了他的阅历。他著作甚丰，包括传奇、史诗、叙事诗、十四行诗、短篇故事集、论文等。但他最出色的作品，是《十日谈》。《十日谈》由一百个故事组成，被誉为“一把投向中世纪禁欲主义和封建等级观念的锋利匕首”。《十日谈》也是欧洲文学史上第一部现实主义巨著，不仅为意大利散文奠定了基础，也开创了短篇小说这一独特艺术形式。乔叟的《坎特伯雷故事集》、纳瓦尔皇后的《七日谈》、巴西耳的《五日谈》，更是直接受到《十日谈》影响。

拉瓦皇后（Marguerite De Navarre）像　by Dumontier, *L'Heptaméron*, Garnier, 1967

拉瓦皇后的《七日谈》

拉瓦皇后玛格丽特的《七日谈》（*Heptameron*），显然是直接受了卜迦丘的《十日谈》影响的作品，但也只是在书名和结构方面而已。并且玛格丽特最初仅是将她的故事集命名为《幸运情人的历史》（*Les Histoices Des Amants Fortunes*），《七日谈》的题名还是后人给她加上去的，因了这名字很恰当动人，于是原来的书名反而被人遗忘了。

《七日谈》虽然是直接受了《十日谈》影响的作品，但绝不是像《红楼续梦》《红楼圆梦》那样，是狗尾续貂的东西。《七日谈》的故事都是作者根据自己的见闻来撰述的，有些更是当时时人的逸事，作者只是将人名和地点略加以更换而已。像《十日谈》一样，这些故事都充满了谐谑和风趣，更不缺少猥亵，但却叙述得那么文雅悠闲，真不愧是出自一位皇后的手笔。

拉瓦皇后玛格丽特（Margaret，Queen of Navarre），生于一四九二年，是法兰西斯一世的姊姊，一五〇九年嫁给亚伦恭公爵，后来公爵死了，她又改嫁当时法国的邻邦拉瓦王亨利，因此被称为拉瓦皇后。她自己爱好文学，并且执笔写作，当时法国著

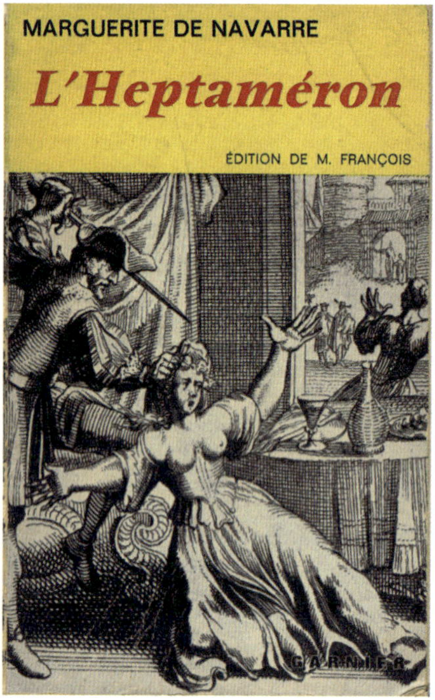

《七日谈》法文版书影 Garnier, 1967

名作家如拉伯雷等人都是她宫廷中的座上客，因此她的作品也就那么充满哲理和机智的嘲弄，有时对于僧侣的伪善生活也有一点轻微讥讽。她写过好几种喜剧和长诗。但使她的名字得以不朽的却是这部继续写出来的故事集。这部《幸运情人的历史》，开始于一五四四年，她原来的计划本是像《十日谈》一样，使十个人每天讲一个故事，讲满十天再分手，这样便恰好写满一百个故事的，但是为了别的事情时时搁置，这样，直到一五四九年，她刚写到第八天第二个故事时，便不幸逝世了。因此《七日谈》里仅有七十二个故事，而且也没有结局，谁也不知道那十个人后来是怎样分手的。因了这些故事是在七日的时间内由书中人讲述出来的，后来一个聪明的编者便给她题上《七日谈》这个名字。

《七日谈》的结构，毫无疑问是受了《十日谈》影响的。作者假设在某一年的秋天，有一群绅士淑女到温泉去沐浴休假，回来时因大雨成灾，河水泛滥，各人不得不各自设法绕道回家去。这其中有十个人为雨水所阻，停留在某一处的僧院里，十人中恰

《七日谈》插图 *by* Jacques *Le Roy*

好男女参半，大家客居无聊，便约定每天饭后在草地上讲故事，每人每天讲一个，讲完之后便大家讨论故事的内容或随意谈天。这遣闷的方法很成功，因为发现僧院里的僧人也躲在篱外来偷听，有时听得出神，甚至忘记了去做晚祷。

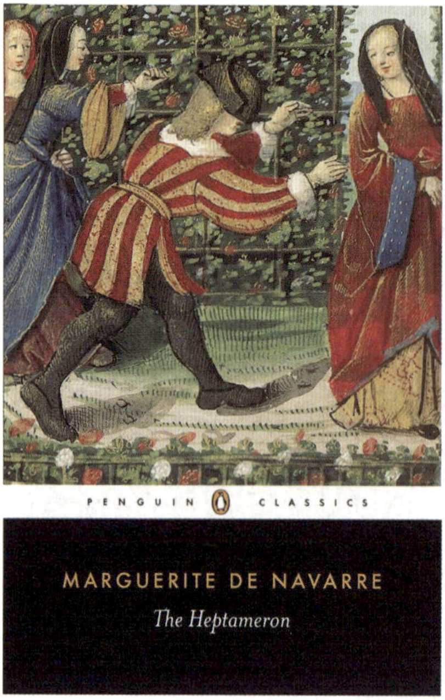

《七日谈》书影　*The Heptameron*, Penguin Classics, 1984

《七日谈》的原名是《幸运情人的历史》，因为大部分的故事，都是有关不忠的妻子和不忠的丈夫的。有的是丈夫用巧计瞒过了妻子去会情妇，有的是妻子欺骗丈夫去会情郎，当然占便宜的多数是情人。除此之外，更有一部分是讽刺僧侣生活的。此外，便是经过隐名改姓的时人趣事和当时所流传的真实发生的奇闻。

法国中世纪著名的一件母子父女兄妹乱伦奇案，便是出在这书里的。一位守寡的母亲为了要试验儿子是否同婢女有私情，竟在黑夜之中一时忘情同自己的儿子发生了关系，而且竟因此受孕，她托辞离家养病，后来将生下来的女儿寄养在远方，不使儿子知道。哪知儿子后来出去游学，偶然遇见这女儿，又彼此相爱，在外边偷偷结了婚回来，于是便铸成了这一个千古未有的大错。玛格丽特将这一段奇闻收在第三天最末一个故事里。后来曾使许多作家采作了剧本和叙事诗的题材。

《七日谈》的第一次印本是一五五八年在巴黎出版的，在这以前仅是借了抄本流传。目前巴黎国家图书馆还藏有十二种不同的抄本，多数是残缺不齐的。就是第一次的印本也仅有六十七个故事，而且次序颠倒，不分日期。现在流行的最好的《七日谈》版本，是一八五三年巴黎出版的林赛氏的编注本。他根据各种不同的古抄本，努力恢复了拉瓦皇后原来所计划的面目，并且增加了许多有趣的注解和考证。一九二二年伦敦拉瓦出版社曾根据林赛的版本译成英文，附加了七十三幅钢板插图和一百五十幅小饰画，又增加了若干注释，再请乔治·桑兹伯利写了一篇详尽的介绍文，印成五巨册的限定本出版，可说是最完美的《七日谈》英译本。

拉瓦皇后 （Marguerite De Navarre，1492—1549） 通译玛格丽特·德·纳瓦尔，法国文艺复兴时期最杰出人物之一。她于1492年4月11日生于昂古莱姆，很年轻时嫁与阿朗松公爵。阿朗松公爵死后两年，她嫁给比她小十二岁的纳瓦尔王国国王亨利·阿尔布雷。她的小宫廷成了一处人文主义发源地，身边聚集着拉伯雷等一批作家、艺术家。她自己亦是作家、诗人，最重要的作品是《七日谈》，系模仿薄伽丘《十日谈》写成的七十二个故事合集。她的两个儿子都很早就死去，唯一一个女儿让·娜·阿尔布雷是未来的亨利四世之母。

巴西耳像 by Nicolaus Perrey

巴西耳的《五日谈》

意大利拿坡里十六世纪作家，吉姆巴地斯达·巴西耳，也许很少人会知道他的名字或提起他，若不是因为他是《五日谈》（*Peutameron*）的作者。

这部故事集，它的原名本是《故事的故事》，正像拉瓦皇后的《幸运情人的历史》被改题作《七日谈》一般，原书出版后不久，也由于它的体裁和《十日谈》相近，被人改题作《五日谈》，并且使得原来的书名反而弃置不用了。

《五日谈》和卜迦丘《十日谈》相同的地方实在很少。虽然书中的人物也是每天讲一个故事，五天的时间一共讲了五十个故事，但是那些讲故事的人物，却没有一个是绅士淑女，全是年老的丑妇，跛脚的、驼背的，缺牙齿的、鹰钩鼻子的，全是哓舌骂街的能手，因此也都全是第一流的故事讲述者。

并且，所讲的故事也与《十日谈》和《七日谈》微有不同，它们多数是民间流传的故事，恢奇、古怪、想入非非，有些还带着浓厚的童话色彩。因此这部故事集成了后来欧洲所流传的许多的童话的泉源。著名的德国格林兄弟所采集的民间故事，有许多

WARWICK GOBLE

◀▲《五日谈》插图 by Warwick Goble, *Stories from the Pentamerone*, Macmillan, 1911

MABEL
LUCIE
ATTWELL

▲ 格林兄弟听农妇讲故事 *Books:A Living History*, by Martyn Lyons, Thams & Hudson, 2011

◀ 格林童话 *The Golden Goose* 插图 by Mabel lucie Attwell, *Grimm's Fairy Stories*, Raphael Tuck & Sons, Ltd., 1926

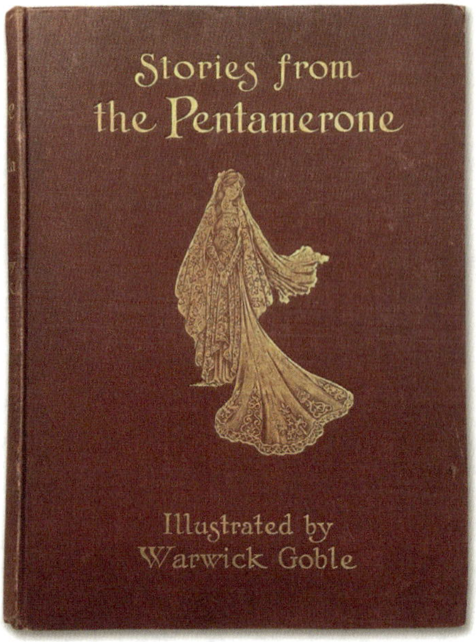

《五日谈》书影　Macmillan and Co., 1911

便源自于巴西耳的《五日谈》。

巴西耳一生以采集民间故事为自己唯一的嗜好，他漫游各地，直接用巷里的口语记载他所听到的故事，因此他可说是欧洲第一个民间故事的记录者。

巴西耳的《五日谈》是用拿坡里的方言写的，能读这种文字的人不多，一八九三年理查·褒顿爵士的英译本出版后，这才扩大了它的读者范围。这时褒顿刚完成了他的伟大的《一千零一夜的故事》的翻译工作，以余力来译述这部十六世纪的民间故事集，实在驾轻就熟，游刃有余。他的译文最初是以一千五百部的限定版形式出现的，后来才印行了廉价的普及版。

除了褒顿的译文以外，意大利的著名美学家格罗采也曾将巴西耳的原文译成了意大利文，目前另有一种英译本就是依据格罗采的译文重译的。

英国十八世纪以写想象人物对话著名的散文家兰多尔，也曾同样以《五日谈》的题名写过一本对话集，想象《十日谈》的作者卜迦丘和他的朋友诗人伯特拉克谈话，谈话的中心是讨论但丁的《神曲》，但有时也提及卜迦丘的作品和旁的问题，谈话一共继续了五日，所以书名也称为《五日谈》。

吉姆巴地斯达·巴西耳（Giambattista Basile，1575—1632，一说 1566—1632）意大利诗人、童话搜集者。出生于那不勒斯一个中产阶级家庭，担任过多位意大利王子的朝臣及雇佣兵。巴西耳在威尼斯开始诗歌创作，但他最为人熟知的成就是一部童话集《五日谈》。该书用那不勒斯方言写成，原名《最好的故事，小孩子的消遣读物》，在巴西耳死后由他的姐姐阿德里安娜·巴西耳以“Gian Alesio Abbatutis”的笔名分两卷于 1634 年和 1636 年在那不勒斯出版。后来受到《十日谈》启发，被人更名为《五日谈》（*Pentamerone*）。《五日谈》出版之后，在两百年时间里少人问津，直到格林兄弟赞扬其为“第一部民族童话集”之后，才获广泛关注。《五日谈》收录的许多故事都是现今所知的最古老版本，包括《灰姑娘》《睡美人》《鹅妈妈的故事》等。

乔叟骑马图　Chaucer：*The Prologue and Three Tales*, Longman Cheshire，1969

乔叟的《坎特伯雷故事集》

十四世纪英国大诗人乔叟的《坎特伯雷故事集》，最近已有很好的中译本出版。想到这样冷僻的西洋古典文学作品，在目不暇给的新出版物中也占了一席地，情形真令我见了神往。

乔叟是《十日谈》的作者卜迦丘的同时代者，《坎特伯雷故事集》也是一部《十日谈》型的作品，不过不是用散文而是用韵文写成的(只有两篇是例外)。乔叟与卜迦丘相识，而且也到过意大利，他又自称是《十日谈》的嗜读者，因此《坎特伯雷故事集》采用了当时最流行的《十日谈》型的说故事形式，正不足异。

乔叟假设有一群香客，到坎特伯雷的圣多玛教堂去进香朝圣。他们在一家旅馆里歇脚，约定大家一起结伴同往。连诗人自己在内，一共有三十一人，有男有女。他们的品流是很复杂的，包括有水手、厨师、乡下绅士、老板娘、农夫、教士，以及兜售宗教符箓的小贩等，差不多代表了中世纪英国中下社会的各阶层。

这一群香客聚集在一家名叫塔巴的旅馆里，大家餐后闲谈，由旅馆老板提议，为了解除旅途寂寞，大家在进香途中以及归途上每人各讲两个故事。讲得最好的人，进香完毕之后由大家请他

《坎特伯雷故事集》插图　by Warwick Goble, *The Complete Poetical Works of Geoffrey Chaucer*, Macmillan, 1938

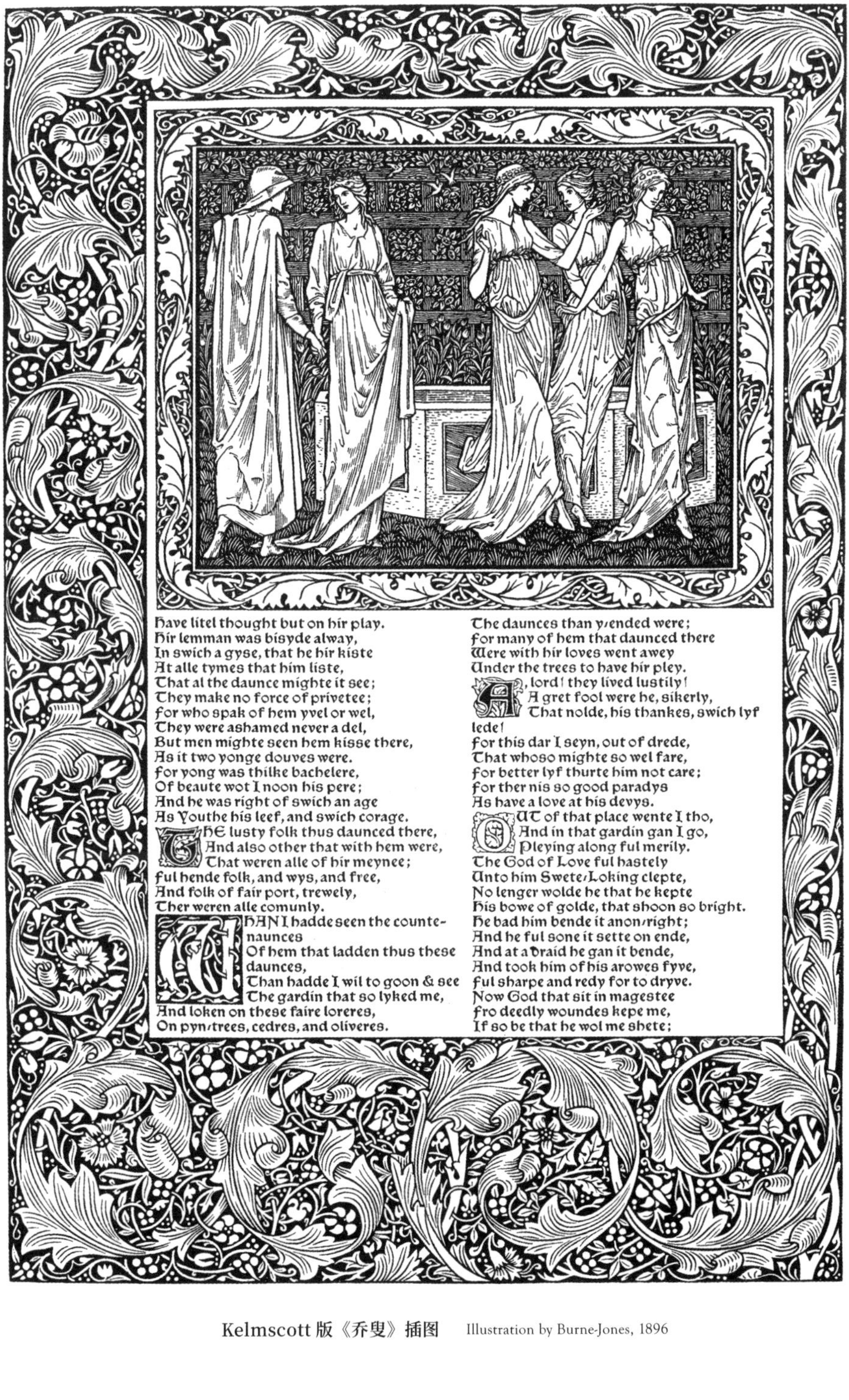
Have litel thought but on hir play.
Hir lemman was bisyde alway,
In swich a gyse, that he hir kiste
At alle tymes that him liste,
That al the daunce mighte it see;
They make no force of privetee;
For who spak of hem yvel or wel,
They were ashamed never a del,
But men mighte seen hem kisse there,
As it two yonge douves were.
For yong was thilke bachelere,
Of beaute wot I noon his pere;
And he was right of swich an age
As Youthe his leef, and swich corage.
THE lusty folk thus daunced there,
And also other that with hem were,
That weren alle of hir meynee;
Ful hende folk, and wys, and free,
And folk of fair port, trewely,
Ther weren alle comunly.
WHAN I hadde seen the countenaunces
Of hem that ladden thus these daunces,
Than hadde I wil to goon & see
The gardin that so lyked me,
And loken on these faire loreres,
On pyn-trees, cedres, and oliveres.
The daunces than y-ended were;
For many of hem that daunced there
Were with hir loves went awey
Under the trees to have hir pley.
A, lord! they lived lustily!
A gret fool were he, sikerly,
That nolde, his thankes, swich lyf lede!
For this dar I seyn, out of drede,
That whoso mighte so wel fare,
For better lyf thurte him not care;
For ther nis so good paradys
As have a love at his devys.
OUT of that place wente I tho,
And in that gardin gan I go,
Pleying along ful merily.
The God of Love ful hastely
Unto him Swete-Loking clepte,
No lenger wolde he that he kepte
His bowe of golde, that shoon so bright.
He bad him bende it anon-right;
And he ful sone it sette on ende,
And at a braid he gan it bende,
And took him of his arowes fyve,
Ful sharpe and redy for to dryve.
Now God that sit in magestee
Fro deedly woundes kepe me,
If so be that he wol me shete;

Kelmscott 版《乔叟》插图 Illustration by Burne-Jones, 1896

《坎特伯雷故事集》插图 by Warwick Goble, *The Complete Poetical Works of Geoffrey Chaucer*, Macmillan, 1938

吃一餐晚饭。

这样，一共三十一个人，每人来回讲四个故事，根据乔叟原定的写作计划，一共该有一百二十四篇故事。可是我们今日所读到的《坎特伯雷故事集》，仅有故事二十四篇，这是因为乔叟的这部作品，是在晚年写的，刻意经营，但是未及完成便在一四〇〇年去世了。

相传这位诗人写这部作品，为了要体验各阶层的生活真相，曾隐名改姓杂在众香客群中，到坎特伯雷去观光过一次。因此在这部故事集里，有些故事虽是流行在当时民众口中的传说，或是采自其他古本故事集里的，但是他能将每一篇故事与讲故事者的身份配合起来，尤其是各个香客的个性，和他们的职业背景，勾画得最生动深刻。因此这虽然是一部产生在中世纪时期的作品，而且乔叟所用的是英文古文，但是并不妨碍它至今仍是许多人爱读的文艺作品。

直率坦白，有笑有泪，富于人情味，而且不避猥亵，这正是这部故事集能流传不朽，为人爱好的原因。有人甚至将乔叟比成了英国的拉伯雷，这比拟可说很恰当。因为即使是这样的一部韵文的故事集，由于有些伪善者的嘴脸被刻画得太逼真了，使得梵蒂冈看了不高兴，有一时期竟将它列入“禁书目录”中，不许教徒读阅。

杰弗雷·乔叟 （Geoffrey Chaucer，约1340—1400） 英国中世纪著名作家。出生于一个酒商家庭，少年时做过宫廷侍从，1366年与王后寝宫的女官结婚，担任过廷臣兼外交官和行政长官。在出使欧洲大陆时，有机会接触但丁、彼特拉克、薄伽丘等人的作品，对他的文学创作产生很大影响。他曾写过《公爵夫人之书》《声誉之堂》《众鸟之会》《特罗勒斯与克丽西德》等作品，成就最大的是《坎特伯雷故事集》。这部由总引和二十四篇故事组成的集子，开创了英国现实主义文学传统，同时也奠定了英国文学语言的基础。乔叟去世后，被葬在威斯敏斯特教堂的“诗人之角”，在英国文学史上，他也被称为“英国诗歌之父”。

塞万提斯像　《译文》第二卷第三期，生活书店 1935 年版

《唐·吉诃德》和它的作者

《唐·吉诃德》的作者塞凡提斯，与莎士比亚是同时代人，可是我们的这位西班牙小说家，却没有英国戏剧家那么幸运。他一生不仅颠连困苦，而且默默无闻；他虽然写出了像《唐·吉诃德》那样不朽的作品，但是这对于他的贫困生活和个人的处境并没有什么帮助。直到他去世为止，谁也不当他是一个成功的作家。

塞凡提斯曾从军受伤，左臂残废；他又曾在旅途中被海盗所掳，被卖为奴，忍受过五年的奴隶生活；又曾因为亏空公款，被拘入狱。这些都是他的贫困生活的“锦上添花”。没有这些可怕的遭遇，他的一无所长的贫困生活，已经够他忍受了，何况再加上这些。后来尝试写作，认为这是可能解决他生活困难的唯一一条捷径。最初尝试写诗，写出来的诗坏得令人不堪卒读。他的同时代的戏剧家洛勃·特·费加在一封私信上向别人表示：塞凡提斯乃是西班牙最坏的一个诗人。

塞凡提斯写诗失败，改写剧本，一口气写出了三十个到四十个剧本。西班牙的文学史家给这些剧本的评价最适当：塞凡提斯这种创作热简直像火山口的爆发，可惜喷出来的并不是火花和熔

堂·吉诃德第一部第二版和第二部第一版卷前页

This Book-Collecting Game, by A.Edward Newton, Little, Brown and Company, 1928

岩，而是毫无用途的火山灰。剧本失败后，塞凡提斯又改写传奇故事。据说在他所尝试过的文学形式中，这是成绩最不堪的一种。根据这些经验，塞凡提斯自己无法不作出一个结论：他的人生其他方面的成就虽未可知，但是没有资格做作家，却是一定的了。

密古尔·特·塞凡提斯，生于一五四七年，当他经历过上述的这些遭遇时，他的人生旅程可说已经走完了一大半了，因为这时他已经是一个五十八岁的老人，看来一生已经注定要失败了，正是在这时候，他在写作上再作了最后一次的尝试，将一部断断续续已经写了多年的传奇小说设法予以出版。不料立时不胫而走，获得好评。这部传奇小说便是《唐·吉诃德》的第一部。

《堂·吉诃德》插图　by Sir John Gilbert, R.A., *The Adventures of Don Quixote*, Routledge, 1925

W. HEATH ROBINSON

◀▲《堂·吉诃德》插图 by W.Heath Robinson, J.M.Dent & Sons Ltd., 1956

堂·吉诃德在他的书房里　by Gustave Doré, *Gustave Doré*：*A Biography*, Cassell, 1980

这是一六〇五年的事情。《唐·吉诃德》一出版后，立时受到读者一致的喝彩。但是对于这部小说的作者，似乎谁也不去理会，塞凡提斯所过的仍是贫困如旧的生活，并且以后十年也是如此。出版家和翻版书贾赚了钱，作家却被抛在一边，古今的遭遇似乎如出一辙。

《堂·吉诃德》西班牙文版书影　R.Sopena，1936

《唐·吉诃德》的第一部，有一部分是在狱中写成的。第二部则是在激怒之下执笔的。由于《唐·吉诃德》第一部的畅销和获得好评，居然有人“狗尾续貂”，出版了一部《唐·吉诃德》续编，不仅写得很坏，而且还歪曲了这位骑士的性格。塞凡提斯从来不说自己的文章写得好，他在第二部的序言里曾坦白地承认第一部里有许多缺点，希望读者不要理会这些缺点，集中注意力去欣赏书中有趣的地方；但是对于唐·吉诃德的个性，他却十分看重，一点也不许别人歪曲；因此当冒牌《唐·吉诃德》续编在市上出现以后，他就十分生气，赶紧埋头写作，在一六一五年出版了真正的续编。这就是我们今日所见的《唐·吉诃德》第二部。

幸亏塞凡提斯这么赶着写完了第二部，因为在第二年，我们

解放了的董吉诃德书影

海上书屋 1941 年版

的作者就去世了。但是世上已经留下了两个不朽的人物：唐·吉诃德因了塞凡提斯而不朽，塞凡提斯也因了唐·吉诃德而不朽。

《唐·吉诃德》的第一部，是以这位着了魔，可是并不曾迷失本性的骑士为中心；第二部的中心人物，则是他的那位忠实的侍从桑科班萨。他做了十天几乎“弄假成真”的总督，然后又回来追随他的旧主人。

十六世纪的西班牙，正是骑士传奇小说的盛行时代，塞凡提斯因为自己的文学写作尝试一再失败，发愤要写一部小说讽刺这些流行的骑士小说，他将自己一生在生活中所忍受的苦痛和激愤，完全发泄在这里面，结果使得这个假骑士成为人世真正伟大的真

吉诃德先生传书影

作家出版社 1954 年版

骑士：一位骑士见了风车误认为巨人而去攻击，固然可笑；但是当他相信这是真的巨人，依然毫不踌躇地冲上前去攻击时，这就值得我们佩服了，世上没有几个骑士能有这样真正“骑士精神”的。

唐·吉诃德和桑科班萨主仆两人，行为虽然十分可笑，而且有时也愚騃得惊人，但是他们的本性却纯朴勇敢，从不乘人之危，也不背信贪言，高贵得令人敬佩。这才使得他们两人成为一对可贵的典型人物，同时也使得塞凡提斯的这部小说成为不朽的杰作。

《堂·吉诃德》插图　古斯塔夫·多雷作

米格尔·德·塞万提斯·萨维德拉　(Miguel de Cervantes Saavedra，1547—1616)　西班牙小说家、剧作家、诗人。出生于马德里附近的阿尔卡拉小镇，父亲是一名普通的外科医生，为养活七个孩子四处谋生，年幼的塞万提斯也跟着父亲各地奔波。虽然没有受过系统的正规教育，但他天生好学，中学时代即因诗名被一位红衣主教收为侍从。二十三岁那年他选择从军，英勇善战，落下终身残疾。退伍后，迭遭苦难，做过奴隶，蹲过监狱，住过贫民窟，但他在艰难困苦中写下大量作品，特别是《唐·吉诃德》，达到了西班牙古典艺术的高峰，不仅是欧洲文学史上第一部现代小说，也是世界文学的瑰宝之一。

莎士比亚像

关于莎士比亚的疑问

莎士比亚固然是英国的国宝，使英国人提起了他的名字就要感到光荣，可是有时又不免有点头痛，会暗暗地叫苦。因为莎士比亚的作品虽然具在，可是有关他的生活资料却十分缺乏，使我们不知道他什么时候生，也不知道他什么时候死。今日他的坟墓虽然在威斯敏斯特大寺，可是里面所埋的究竟是不是莎士比亚，也曾经有人提出过疑问。

也许有人认为这未免有点亵渎了莎士比亚，未免太荒唐了。其实一点也不如此，这正是使得有些英国人提起了莎士比亚，就要头痛的一个原因。休说对他的葬处表示怀疑，就是对莎士比亚本人，是否果有其人，也有人表示过怀疑。

不仅如此，就是那些剧本，从《哈姆莱脱》以至《罗密欧与朱丽叶》，甚至也有人怀疑，认为不是莎士比亚的作品，甚或是莎士比亚剽窃他的朋友的著作。

这些关于莎士比亚的疑问，也不是从近年才开始的，远在十八世纪，就有人提出疑问了。最有名的是莎士比亚与培根两人

▲ 莎士比亚时代的伦敦　*Bill Bryson*, Harper, 2009

◀《罗密欧与朱丽叶》插图　by Sylvain Sauvage, Heritage, 1937

《威尼斯商人》插图 by Sir James D. Linton, R.I, *The Merchant of Venice*, Hodder & Stoughton，1900

《哈姆雷特》中的奥菲利亚 by W.S.Herrick, *The Girlhood of Shakespeare's Heroines*, by Mary Cowden Clarke , Bickers and Son, 1890

皆大欢喜插图
by John Austen, William Jackson, 1930

的纠缠，英国甚至有人组织了培根学会，出版刊物，专门指摘莎士比亚抄袭培根的真相。

近年更有一个名叫霍夫曼的人，搬出种种证据，证明莎士比亚虽实有其人，却是将姓名借给别人去顶替。不仅作品不是他的，甚至我们见惯的那幅莎士比亚画像，所画的也是别人，这真叫人见了吃惊。霍夫曼还写了专书揭露这个秘密，又嚷着要掘开一个贵族的坟墓，说有关莎士比亚的最大秘密，可能就埋藏在这座坟墓内。近两年已不见有人提起这件事了，不知是否已经开棺看过，还是看了毫无结果。

就这样，莎士比亚就成了一个箭垛人物，许多古怪的传说都集中到他的身上，使得想研究莎士比亚的人，除了要应付那些专家们在字句上的浩瀚注释外，还要应付这些越来越奇的真伪问题。难怪有些英国人提起了莎士比亚就要头痛。

威廉·莎士比亚 （William Shakespeare，1564—1616） 英国剧作家、诗人。出生于英国沃里克郡斯特拉福镇。幼时在斯特拉福文法学校读书，1587 年，离开家乡前往伦敦，加入剧团，开始演员生涯，并尝试写作剧本。他总共写下三十八部戏剧、两首叙事诗，一百五十四首十四行诗和其他各种诗歌。代表作有《哈姆雷特》《奥赛罗》《李尔王》《麦克白》《威尼斯商人》等。1614 年，离开伦敦和剧坛，返回故乡。1616 年 4 月 23 日去世，终年五十二岁。1995 年，联合国教科文组织将 4 月 23 日确定为世界图书与版权日。1623 年，他所在剧团的两位演员为他出版包括三十六部戏剧在内的作品集，史称“第一对开本”。迄今为止，这些戏剧的表演次数与研究次数仍远超其他任何戏剧，他被喻为“人类文学奥林匹斯山上的宙斯”。

《哈姆雷特》扉页　by Eric Gill, The Limited Editions Club, 1933

限定版俱乐部的莎翁全集

美国的“限定版俱乐部”（The Limited Editions Club），是一家以一般爱书家为对象的出版机构。每年出版十二部书。会员每年纳相当的会费，每月得书一部。每部书的印数是有限定的，而且是非卖品。这些书虽然日后也许可以从古书店里买得到，但价钱总要比那每月平均的会费贵得多了。

他们所出的都不是新著，而是将世界名著经过名家的插绘和装帧的精印精装本，每种大约印一千五百本，每种平均的代价大约是美金十元，这十元确是值得的，因此这俱乐部的会员没有空额过。

“限定版俱乐部”的书都不是自己印的，而且不限定在美国印，他们按照每一本名著的内容和特殊的需要，选择最适合于这本书风格的画家作插画，然后再送到各个著名的印刷所去承印。世界每一国的最好的印刷所差不多都承印过他们的书籍。他的乔伊斯的《优力栖斯》是印自巴黎，由马蒂斯作插画；他的英译本《论语》为了要保存东方风格，特地托我们的商务印书馆代印，并且采用宋锦封面作成线装书的仿古装帧。

“第一对开本”（《威廉·莎士比亚先生的喜剧、历史剧和悲剧》）书影 *Bill Bryson*, Harper, 2009

今年，“限定版俱乐部”发了大愿，筹备印行插图本的莎士比亚剧本全集，每剧一本，一共三十七大本，排印设计由布鲁斯·罗吉斯（Bruce Rogers）主持。罗吉斯是当代美国关于字型和书籍装帧的权威，著名的牛津版巨型《圣经》就是在他几十年辛苦经验之下完成的。剧本的文字校订由赫伯特·法杰安（Robert Farjeon）担任，他正是一位莎氏研究的权威，以前“盖世出版部”的莎氏剧本就是由他校订的。

插图方面，“限定版俱乐部”的经营者乔治·马西氏（George Macy），决定请每一位名画家担任一本，这画家的风格不仅要适

《第十二夜》插图　by Rockwell Kent, *The Complete Works of Shakespeare*, Doubleday, 1936

《哈姆雷特》插图　by Eric Gill, *Hamlet*, The Limited Editions Club, 1933

合莎氏的剧本，而且他本身对于所画的剧本也要有兴趣。马西氏邀请许多画家发表他们愿意为莎氏哪一种剧本作画的意见，据接得的答复，有七位要画《暴风雨》，五位要画《仲夏夜之梦》和《奥赛罗》，四位要画《哈姆奈脱》。而著名的《罗密欧与朱丽叶》只有两人要画。

《哈姆雷特》书影　by Eric Gill

根据这样的选择标准，现在插画人选已决定的有：匈牙利名画家穆拉耳为《科利奥那洛斯》作水粉画，欧立克基尔为《亨利第八》作木刻，俄国画家拉普沁为《地丢斯·安德罗尼克斯》作新派水彩画，法国画家奈格朗为《哈姆奈脱》作石版画，意大利画家迦奈伐利为《第十二夜》作炭画，著名英国舞台设计家咯噔克雷为《麦克贝斯》作铅笔画等。

这计划大约要一年才可以完成，他们决定每月出版三本，十一个月出三十三本，第十二月出四本，一年出齐三十七本。全部的预约价并不贵，一共一百六十六元五角美金。不知在抗战中我们能有这样的闲情和购买力的爱书家否？

克伦威尔拜访弥尔顿　David Neal 作，R.Hoskin 刻，1887

弥尔顿的《阿里奥巴奇地卡》

英国诗人弥尔顿，大家都知道他是英国十七世纪大诗人，是长诗《失乐园》和《复乐园》的作者，好多人已经写文章介绍过了，但是很少人提起在反对宗教迫害和书报检查，在争取言论自由方面，他乃是当时英国最勇敢的一位文化斗士。

一六四三年，英国国会通过建立检查出版物和统制印刷所的法规，严厉地钳制了当时著作和出版自由。第二年十一月，诗人弥尔顿便发表了他那篇有名的雄辩散文《阿里奥巴奇地卡》（*Areopagitica*），对于国会上年所通过的议案，表示了强烈的抗议。他从宗教上、政治上、历史上和文化本身上，引经据典地辩明这种法案对于国家政治到文化进步上的有害。弥尔顿针对着当时英国顽固的政治力量，特别指出印刷出版物的检查制度，是黑暗的中世纪宗教裁判制度发明的苛政之一。他说，既然宗教改革运动正在进行，这黑暗时代遗留下来的苛政更不能容忍它复活。

所谓“阿里奥巴奇地卡”，是诗人借用古希腊雅典审判罪犯的阿里奥巴古斯法庭，来嘲笑当时英国要推行的这种“文化裁判”制度的。

△ **弥尔顿向女儿们讲述失乐园的故事** 德拉克洛瓦作，1827 年或 1828 年，苏黎世美术馆藏

◁ **弥尔顿诗歌《给西里亚克·斯基纳》插图** 十七世纪英国木刻

弥尔顿《失乐园》插图　by William Blake, Heritage, 1940

法姆在一篇介绍弥尔顿的这篇《阿里奥巴奇地卡》的序文上说：

“在弥尔顿的时代，人们进步的获得，大都寄托在宗教和道德观念上。那时代的任务是在继续韦克里夫和马丁·路德所开始了的工作；更进一步去改革“改革运动”的自身。在这任务上，弥尔顿比他任何一个同时代者都有更大更可观的收获和成就。他不使自己囿于争议某一种或一项特殊的信条；而是，用他使对方无可置喙的理由和辉煌的雄辩，拥护着被当时许多人认为可厌恶的原则……”

弥尔顿说，“宗教裁判”对于文化的迫害，可以从有些流传下来的古稿本上看得出。有一位达梵沙帝的著作稿本，其上留着五个宗教机关审查过的批语和印鉴。弥尔顿说，这位达梵沙帝先生的著作，大约很合法，所以在当时才可以被批准付印，同时也有机会使原稿留存下来，否则早已在焚烧“异端著作”的火焰中被销毁了。

约翰·弥尔顿 （John Milton，1608—1674） 英国诗人。生于伦敦，在剑桥大学读书时开始写诗。1638 年到欧洲游历，得知革命即将爆发，毅然返国，写下大量拥护人民自由的小册子。因劳累过度，双目失明。1660 年，英国封建王朝复辟，弥尔顿被捕入狱，被释放后深居简出，专心写诗，完成了《失乐园》、《复乐园》和《力士参孙》。在英国诗人中，弥尔顿的地位常排在莎士比亚之后，而在所有其他诗人之前。

拉·封丹像　*Fables*, Imprimerie, 1958

拉·封丹的寓言

我很喜欢读拉·封丹的寓言。他的寓言与伊索的寓言不同。伊索的寓言，是借了狐狸和狮子的口来说人话，来灌输人的道德，因此认为狐狸偷吃小鸡是不该的。其实，人可以吃母鸡，狐狸为什么不能吃小鸡呢？而且，你凭了什么来裁判狐狸的罪名是“偷”呢？狐狸的社会没有金钱，它如果肚饿了要吃东西，除了凭自己的本领去猎取以外，是没有肉食商人给它送上门来的。

拉·封丹的寓言便有点不同了，出场的同样是狐狸、狮子和猴子，但它们所说的不一定是“人话”，它们说的全是它们自己的话。这就是说，是从各种鸟兽本身的立场来发表意见，而不是模拟或复述人的意见，这正是拉·封丹寓言最大的特色。他非常同情自然界的一切生物，从不使它们道貌岸然地向人类说教。这位十七世纪法国的伟大寓言家，曾任过乡下的园林官，所以对于自然的知识很丰富。正因为有过这样的生活体验，他才能够不像一般的寓言家那样，用人的道德尺度去衡量狐狸的行为，才能够使自己走进它们的世界，使他所写的寓言充满了自然的机智和讽刺。

我们且来看看他笔下的狐狸，这是关于一只老狐狸断了尾巴

PIERRE
NOURY 1926

▲ 拉・封丹《叙事诗》插图　by Charles Martin, *Contes et Nouvelles en Vers de Jean de La Fontaine*, Librairie de France, 1930

◀《拉・封丹寓言》插图　by Pierre Noury, *Fables de La Fontaine*, Ernest Flammarion, 1947

拉·封丹寓言法文版书影

Fables de La Fontaine, Ernest Flammarion, 1947

的笑话：

有一只老狐狸，捉鸡捉兔子是它的拿手好戏，它能够从半里之外就嗅到好东西的气息。可是有一天终于失手，跌进了猎人的陷阱。幸亏它的本领高强，到底设法逃了出来。可是也并非一无损失，原来它失掉了它的尾巴。

一只狐狸没有尾巴，这简直太不像话。这老东西也多心计，既然自己没有了尾巴，何不使别人也像自己一样。于是它召集同类开了一个大会，在会上当众慷慨地宣布：

“我们的尾巴真是一个累赘，除了拖在后面扫地之外，可说一无用处。这东西全然是多余的，我提议大家一起将它剪去！”

“好有见识的一个提议！”有一只小狐狸这么说，“请你老人家暂时站开，让我们来付表决。”

当老狐狸回身站开时，大家发现它原来早已失去了尾巴，这才哗然大笑，明白了它的提议的用意。于是大家一哄而散。各人仍旧拖着自己的尾巴，谁也不去理睬它。

拉·封丹的寓言，全是用韵文写的，并不是散文。他另外还有几部小故事集，写得也很有风趣。

让·德·拉·封丹 （Jean de la Fontaine，1621—1695）法国寓言诗人。出生于香巴涅一个小官员家庭，幼年在农村度过，对大自然兴趣浓厚。曾在巴黎学习神学，后改学法律，获巴黎最高法院律师职称。一度回到乡下，接替父职。也曾携家定居巴黎，投靠过权贵，出入上流社会。也因写诗向国王请愿，被迫流亡。《寓言诗》是拉·封丹代表作，发表于 1668 年，与《伊索寓言》和《克雷洛夫寓言》并称世界三大寓言。他还著有《故事诗》和韵文小说《普叙赫和库比德的友情》。1684 年，当选为法兰西学院院士。

佩皮斯像　by Randolph Adler, Illustrated Editions, 1932

泼佩斯的日记

英国日记文学中最著名的一部，撒弥尔·泼佩斯的日记，在一六六七年四月十二日的一天上记载着：

这天从海军部办公回来，推门进去，大门竟没有闩。门是为了“关门”而存在的，不关要它何用？这是女仆黛西的疏忽。泼佩斯勃然大怒，走进门去向女仆下部就是一脚，接着迎面又是一掌，幸亏他的一脚，女仆向后一跌，很自然地就躲过了这一掌。女仆并未跌坏，爬起来很驯良地关上了门。照理，泼佩斯这天该心满意足了，可是他无意发现他的这一切举动，都被隔壁邻舍威廉潘爵士的仆人看个明白。泼佩斯是海军部的书记，这仆人一定会将这事告诉他主人的。给人背后议论，他的尊严何在？泼佩斯在这天日记上担心这事会被人知道，后来终不见朋友提起，女仆黛西更缄口不曾告诉旁人，他知道这秘密可以保守了，自己觉得很宽心。哪里知道，在这事发生的一百五十八年后，和着他日记上的其他“秘密”，全部公开在世界人士眼前了。

泼佩斯日记的原文是用速记写的，不是每一个素人所能认识的书法。因此，关于他的这部缜密详细的日记，当时是准备给自

佩皮斯像 by Randolph Adler, Illustrated Editions, 1932

己一人看的，还是存心日后发表？这是到今天还没有人能解决的疑问。

我们今日所读到的《泼佩斯日记》，并不是“发表”而是无意被人“发现”的。泼佩斯死时，曾遗嘱将他的藏书捐给伦敦桥大学的马格达林学院，藏书共有三千多册，管理人整理时发现有稿本六巨册，都是用不识的速记书法所写，当时也就扔在一旁，无人注意。这样一直隔了很多年，泼佩斯同时代的约翰·爱菲伦发现了他的著名的日记，其中有不少地方提到泼佩斯，这事使得当时马格达林学院院长格林费尔想到他校中泼佩斯所捐的藏书，那六册原稿也许有点重要的史料，便请人花了三年工夫整理解读出来，于是这著名的日记始为世人所知道。

《佩皮斯日记》插图　by Randolph Adler, Illustrated Editions, 1932

佩皮斯曾经供职的英国海军部　1673 年大火摧毁之后重建，*The Illustrated Pepys*, Book Club Associates, 1979

Everybody's Pepys 书影　Bell, 1963

泼佩斯的日记共记了九年零五个月，开始于二十七岁生日，三十六岁时中止。今日我们所读的并非全文，在那六巨册之中，至少有三十页，因了种种不便（大约是记载他的性生活），至今不曾公开出来。

塞缪尔·佩皮斯　（Samuel Pepys，1633—1703）英国作家。出生于伦敦一个裁缝家庭，先后就读于圣保罗中学和剑桥大学，获学士学位。做过海军大臣，任内因提高功效反对腐化的努力遭到权贵嫉恨，一度身陷牢狱，幸因查理二世解散国会，才摆脱杀身之祸。退休在家十四年间，与科学家艾萨克·牛顿、建筑师克里斯托弗·雷恩、文学家约翰·德莱顿等过从甚密，并收集资料撰写英国海军史，只完成前言。他主要以其二十七岁到三十六岁十年间的日记闻名于世。日记共有六本，全部以速记符号写成，连同他的藏书一起捐赠给母校剑桥大学马格达林学院，埋没百年无人问津。直到 1818 年，由于同期历史人物约翰·爱菲伦日记出版大获好评，当时的院长才让人破译出版，不意成为继《圣经》和《约翰逊传》之后，英语中最佳床边读物。

笛福像

狄福的《荡妇自传》

丹奈尔·狄福是一个怎样的作家？也许有些文艺爱好者对这个名字不大熟习。可是我们若是说他乃是《鲁滨逊漂流记》的作者，大家对他就一定有一种亲切之感了。是的，这部从少年人以至老年人都爱读的航海沉船、孤岛冒险生活的传奇故事，正是这位英国十七世纪小说家的杰作。

在介绍他的这部小说之前，先将他的生平和其他著作介绍一点给读者诸君知道。

丹奈尔·狄福，生于一六六〇年，去年正是他的诞生三百周年纪念。全世界爱读他的作品的人士，包括我们中国人在内，都曾经为这位《鲁滨逊漂流记》的作者举行了热烈盛大的纪念会，并且发表了许多介绍他的作品的文章。

狄福虽因了《鲁滨逊漂流记》一书而名垂不朽，可是事实上他写小说写得很迟。在不曾改行写小说以前，他已经写过很多其他文章。他一生遭遇，极富于戏剧性，可说变化多端，发达过，也倒过霉，还坐过监，甚至有一次被判戴枷站在街头示众。他从事过的职业，包括商人、政治运动家、皇家顾问、间谍在内。直

到晚年才改行写小说，终于写出了那部风行一时的《鲁滨逊漂流记》，使他名垂不朽，成为英国十七世纪最享盛誉的小说家。

狄福本是小市民家庭出身，父亲是肉商，他们的家庭是不信

◐▲《荡妇自传》插图 by Reginald Marsh，The Limited Editions Club，1954

奉英国国教的，因此在社会上有许多地方都受到歧视。偏偏他又喜欢参加政治活动，时常写了小册子，发表一些反对当局和宗教的言论。一七〇三年，他这时已经四十多岁了，因了一本小册子得罪了国会的议员，法院要拘捕他，他藏匿起来，因此当局又悬赏五十镑通缉他，后来终于被捉获，审讯结果，被判戴枷站在街头示众三天，还要再监禁若干日。

狄福除了喜欢搅政治之外，又喜欢做生意，其实两者对他的性格都不适合，因此不断地给他带来了麻烦，也差不多耗费了他的大半生的精力。直到快要六十岁了，一事无成，这才改行写小说。一七一九年，《鲁滨逊漂流记》出版，使他一举成名，于是

就专心一意地去写小说。一七二二年，他又出版了《荡妇自传》。就是这两部小说，使他在英国文学史上获得了不朽的声誉。

《荡妇自传》的产生经过，对我们这位作家说来未免太惨痛，因为这是他从监狱里获得的资料。

狄福曾入狱多次，他是因了钱债和政治活动而入狱的。在当时只要成为一个犯人，不管张三李四，都关在一起，而且几乎是男女同狱，因此狄福在狱中不仅结识了不少强盗、小偷和骗棍，同样也结识了不少可怜的被凌辱、被磨折的女性。正是从她们的口中，使他获得了《荡妇自传》的资料。

《荡妇自传》出版于一七二二年。在这部小说的封面上，作者这么写道："这是关于那个有名的摩尔·佛兰德丝，她的幸遇和不幸。这个妇人在新门监狱出世，在她三十多年的生活中，迭迁变故，除了孩童时代之外，十二岁就做了妓女，结婚五次，有一次竟是同她自己的兄弟；做过十二年的窃贼，八年的流放生活，终于富有了，过着正经生活，并且悔罪而死。本书是根据她自己的回忆写成。"

《荡妇自传》这部小说的原名，直译起来是《摩尔·佛兰德丝》。这是一部暴露和控诉性非常强烈的小说，有一时期在美国和英国都被列为禁书，这书暴露社会黑暗和监狱腐败太厉害了，使得许多人见了头痛。

本书的女主人公摩尔·佛兰德丝是妓女又是女贼。但是她果真坏得如此吗？那又不尽然。摩尔虽然又是妓女又是女贼，但是她的心地仍是善良的，而且仍有自尊心。可是生活使她没有机会好好地做人，社会甚至不许她改过自新。他们认为：若是摩尔·佛兰德丝也会成为好女人，这世界还成什么世界。

狄福的这部小说，就是以第一人称的体裁，描写这个不幸女人的一生，她的被迫的堕落，无望的挣扎，以及社会道德不许她改过做好人的经过。

狄福自己曾两次被关入新门监狱，使他亲身接近了许多“摩尔·佛兰德丝”，这才写出了这部动人的小说。

狄福在新门监狱内，可能真的见过摩尔・佛兰德丝，因为据她在这部小说一开始的自叙，她乃是在监狱里出世的。女犯人唯一占便宜的地方，就是在她被判充军或吊刑时，她可以申请说是自己有孕，请求缓刑。这是对女犯人唯一的恩典，因为她腹中的胎儿也许来历不明，但他还未出世，到底是清白无罪的，不能使他随同母体一同去受苦或是死亡。因此女犯人一旦被检验真的有了孕，她就可以苟延残喘，在狱中生了孩子之后再去受死刑或是充军。

摩尔・佛兰德丝的母亲，就是这样在监狱里养下一个女儿。这在当时十七世纪的监狱里是常有的事，因此狄福因了债务被判入狱后，他在新门监狱内自然有机会能目睹这样的事情。虽然谁也不知道摩尔・佛兰德丝究竟是谁，因为这是一个假名，但是我们不难想象，狄福一定有机会见过这种一出世就被烙上罪恶的印记，注定要终身受侮辱的不幸女孩子。

狄福在他《荡妇自传》前面有一篇自序，表示这部小说所叙述的乃是真的事实，不过隐去了真实的姓名和有关的环境，以免

《荡妇自传》插图　by John Austen, *500 years of Illusitration* by Howard Simon, Dover, 2011

被人认出，改用了摩尔·佛兰德丝这姓名。他又表示原来这女子所叙述的，所用的字句，有些难以登大雅之堂，因为她乃是在新门监狱内说的，所用的全是监狱内所通行的口吻，他不得不略加修饰，使得某些读者读了也不致脸红。

作者要求读者谅解，说是像摩尔·佛兰德丝这种女子，一出世就与罪恶为伍，甚至根本就是从罪恶中诞生的，很难希望她所叙述的自己的生活会是很“干净”的，因为社会根本不容许她干净，就是她本来是干净的，也很快地有人给她涂上了污秽。

狄福虽然这么一再表示他的这部小说已经修饰得“干净”，可是出版之后，仍遭受许多人的非难。有些人认为狄福自己曾经在新门监狱里被监禁过，他的笔下所描写的监狱不人道和黑暗，未免有主观的成分在内，故意低抑这部小说的控诉性。可是到了今天，这种成见已经完全消除了。

丹尼尔·笛福　（Daniel Defoe，1660—1731）英国作家。出生于伦敦圣盖尔斯街。从事过商业活动，参加过光荣革命。经商破产后还当过情报员。早期多出版政治论著、讽刺诗等，还独立主办《评论》杂志。1719年，出版长篇小说《鲁滨逊漂流记》，创立了一种“让客观事实自己说话”的现实主义创作模式。英国诗人瓦尔特·德拉·梅尔说：“他的杰作的魅力不仅仅是传奇的故事，而是这传奇故事被披上了纪实的外衣，使故事看起来真实可信。”他还著有小说《摩尔·弗兰德斯》、《杰克上校》和《大疫年日记》等。

《鲁滨逊漂流记》插图　by Edward A. Wilson, Heritage, 1930

谁是鲁滨逊?

一七〇四年，在一只航行南美洲的英国船只上，有一个水手和船长口角了起来，水手名叫亚历山大·席尔寇克，性情很暴躁。这时这只船正泊在智利海岸附近的一个荒岛上，水手向船长发脾气，他说他宁可留在这岛上，他不愿再上船去。船长是个狠心肠的人，听了这话就吩咐立时开船，将席尔寇克一人剩在这荒岛上。虽然他懊悔了，收回了自己的话，涉着沙滩上的浅水向船长哀求，但这只船终于扬帆而去。

席尔寇克在这荒岛上一人住了四年四个月才遇救。他在救他的船只上又做了三年水手，于一七一一年方回到英国。这是一个稀有的遭遇，许多报馆的访员都来听他叙述他的故事。

隔了八年，伦敦市上忽然发现了一册奇异的书，书名长得惊人，全部翻译过来是：

“约克水手鲁滨逊的生涯和他奇异惊人的奇遇：他在奥洛诺克大河附近，美国沿海的无人荒岛上，一人住了二十八年；因了船坏，全船遇难，只有他一人在这岛上住着。并记载他终于怎样古怪地为海盗所救。”

鲁滨逊漂流记插图

by Richard Floethe, Peter Pauper

这下面还有一行重要的字："此书乃本人所作。"

只有书店老板知道这个"鲁滨逊"不是别人，乃是那个六十多岁，曾因了一本政治小册子被判坐监戴枷示众过的丹尼尔·笛福。这时也只有笛福自己知道他的书是根据席尔寇克的遭遇而写成。《鲁滨逊》出版时，席尔寇克还活在人世，他自己是否知道自己就是这不朽的"鲁滨逊"，却是一个永远的疑问。

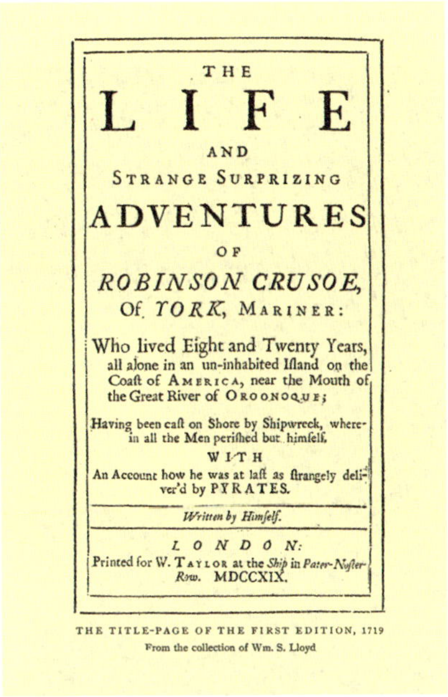

THE
LIFE
AND
STRANGE SURPRIZING
ADVENTURES
OF
ROBINSON CRUSOE,
Of *YORK*, MARINER:
Who lived Eight and Twenty Years, all alone in an un-inhabited Island on the Coast of AMERICA, near the Mouth of the Great River of OROONOQUE;
Having been cast on Shore by Shipwreck, wherein all the Men perished but himself.
WITH
An Account how he was at last as strangely deliver'd by PYRATES.
Written by Himself.
LONDON:
Printed for W. TAYLOR at the *Ship* in *Pater-Noster-Row*. MDCCXIX.

THE TITLE-PAGE OF THE FIRST EDITION, 1719
From the collection of Wm. S. Lloyd

《鲁滨逊漂流记》1719 年初版书名页
From the collection of Wm.S.Lloyd

《鲁滨逊》出版后风行一时，笛福立刻续写了第二部第三部。关于这，《笛福传》的作者奈特说得好："百万人读过鲁滨逊的第一部，读过第二部的只有几千，至于知道有第三部的人怕只有几十。"

卢骚在他的教育名著《爱弥儿》中，将《鲁滨逊》推荐给十五岁的爱弥儿读，因了卢骚的这几句话，从那时起，《鲁滨逊》就立时并且永远地成了一部"少年读物"。这是当时笛福怎么也想不到的奇遇。

怀特像　*White of Selborne*, by Walter S. Scott, The Falcon Press, 1950

淮德的《塞尔彭自然史》

想要买一种版本比较好一点的淮德（Gilbert White）的《塞尔彭自然史》，以便闲暇的时候可以随意摊开来读一两节，既可以从这位业余的自然学家不朽的笔下领略鸟兽虫鱼的奥妙和美丽，又可以同时鉴赏插图和装帧上的艺术成就，但因为没有适当的机会，这奢望至今还不曾实现。不久以前，从伦敦《泰晤士报》文学副刊的新书广告上，见到克利塞出版部有一种新的版本，附有奥特罕姆的木刻插绘，是由英国当代著名自然学家费沙编辑的，售价仅八先令半，倒是很理想的版本，随即托当地的书店去订购一部，最近居然寄到了。

《塞尔彭自然史》的版本很多，而且新的版本还继续不断地出现，前几年说是已有一百四十四种不同的版本，今年的统计，则说已经超过一百五十种了。好的版本都是兼有插图和注释的，开本很大，价钱大都很贵。我目前所买到的这一种，在廉价本中，怕是最理想的了，编者是这方面的专家，而且据说是研究《塞尔彭自然史》的权威。“企鹅丛书”本的《塞尔彭自然史》，就是他编的，很得好评，这一次是第二次，除了将注解增多之外，他

丹尼斯·巴林顿像

Reproduced from the Engraving by C. Knight after Slater, *Gilbert White's Selborne*, Preemantle, 1900

重新写了一篇长序，介绍作者淮德的个性，他的文笔以及在生物学上的成就，因为这三者对于这本书都是同样重要的。缺少一样，《塞尔彭自然史》将是一部普通的散文集或自然史，早已被人遗忘了。插图共有二十四幅，都是木刻，可惜不够精细，而且作风也太新了一点，因为像《塞尔彭自然史》这样一部书的插图，是该像《伊索寓言》、卜迦丘的《十日谈》、狄更斯的《辟克魏克俱乐部文抄》、迦诺尔的《爱丽斯漫游奇境记》一样，最好采用旧版本的原有插图，若是换用新的，便该注意画家的风格是否与原著调和。亚伦氏编的一种附有插图一百八十幅，是大版本，可

托马斯·本南德像

From a Drawing in the Print Room, British Museum, after the Painting by Gainsborough, *Gilbert White's Selborne*, Preemantle, 1900

惜未见过，想来一定是保有那种古雅的铜版精细风格的。

《塞尔彭自然史》是用书信体写的，塞尔彭是伦敦西南五十里的一个小教区，作者淮德是当地的助理牧师。他爱好自然，喜欢观察生物动态。因了职务清闲和生活安定，他便利用自己的闲暇从事这种心爱的自然观察工作。他将自己观察所得，大至气候景物的变化，小至一只不常见的小鸟的歌声，一只蜗牛生活的情形，都详细地记下来，随时向远方两位研究生物学的专家朋友通信，一面向他们报告自己的观察所得，一面向他们请教。《塞尔彭自然史》便是这样的一部书信集。

View in Selborne Street

《塞耳彭自然史》插图 by Eric Ravilious, 1937

塞耳彭街景 by Edmund H.New, *The Natural History of Selborne*, The Bodley Head, 1900

▲ 怀特塞耳彭故居　*White of Selborne*, by Walter S. Scott, The Falcon Press, 1950

▶《塞耳彭自然史》插图　by Eric Fitch Daglish, *Modern Book Illustration in Great Britain and America*, Studio, 1931

怀特在写信 by Edmund Sullivan, *Gilbert White's Selborne*, Preemantle, 1900

这本小书出版于一七八九年，至今已逾一百五十年，但仍保持着它的清新和美丽，在英国文学中占着一个光荣的位置，继续不断地为男女老幼所爱读。这件事情看来很神秘，但原因也很简单。第一，淮德不是有心要写这本书的；他写信的动机，完全是为了自己爱好，同时实在清闲，便将自己心爱的事情不厌琐碎地告诉远方另一些同好的朋友，因此这些信便写得那么亲切自然可爱。同时，他研究生物，观察自然，态度完全是业余的。他从不曾将那些鸟兽虫鱼当作死的，被生物学家分门别类的标本来研究；他将它们当作是自己的邻人，自己的朋友，或是偶然路过塞尔彭的一位过路客人（那是一只偶然飞过的候鸟）来观察，因此书中到处充满了亲切、同情和人情味，超越了时间和环境的限制，至今为人们所爱读。

吉尔伯特·怀特　（Gilbert White，1720—1793）英国博物学家、散文家。先后获得牛津奥里尔学院学士学位和牛津大学硕士学位，随后担任斯瓦雷顿的助理牧师，三年后被任命为牧师。怀特爱好自然，喜欢观察动植物，特别是鸟类。在他的家乡塞耳彭，他时常给远在伦敦的两位从事博物研究的朋友——托马斯·本南德和丹尼斯·巴林顿通信，交流他对于鸟兽草木虫鱼的观察所得，在这些书信基础上形成了一部《塞耳彭自然史》，于 1789 年出版。这部书被誉为自然文学的开山鼻祖，发行上百个版本仍经久不衰。

卡萨诺瓦像　*Arthur Schnitzler*, Rowohlt, 1976

迦撒诺伐和他的《回忆录》

迦撒诺伐这人，可说是欧洲十八世纪历史上的一个怪人。他说不上是当时的“名人”，更说不上是作家，可是就凭了他的那部《回忆录》，内容虽然有许多地方很荒唐，却使他成了一个无人不知的人物。

有许多大诗人大作家都写过自己的回忆录和忏悔录。庐骚写过《忏悔录》，托尔斯泰写过《忏悔录》，就是圣徒奥古斯丁也有一部《忏悔录》。他们都写得很坦白，尤其关于自己的私生活和思想上的变化。圣徒奥古斯丁叙述他自己怎样与自己内心的肉欲挣扎斗争的情形，是有关灵与肉斗争的最有名的文字，许多艺术家甚至将奥古斯丁内心所发生的情欲幻想画成画，累得美国的糊涂法官认为是淫画要下令禁止。但是这些有名的“忏悔录”，比起迦撒诺伐的《回忆录》来，却不免有点逊色。因为迦撒诺伐从不忏悔。他对于女性，只是感到欢乐、冒险，以及战胜者的骄傲；有时得意忘形，不免夸张地说起谎来，但大部分总是老老实实的记载。这正是使得他的这部回忆录至今仍被许多人爱读的原因。

奥国著名小说家支魏格（有名的中篇《一个不相识妇人的情书》

▲ 卡萨诺瓦像　by Rockwell Kent, Sylvan, 1947

◀ 卡萨诺瓦在威尼斯读信　by Auguste Leroux, *The Journeys of Casanova*, Hatje Cantz, 2004

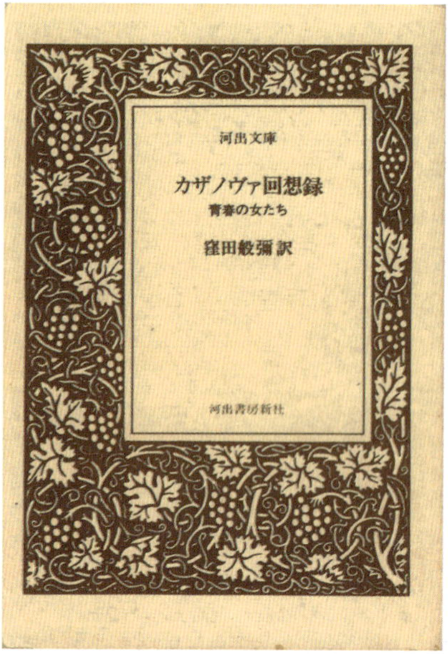

《卡萨诺瓦回忆录》日文版书影　河出书房新社

作者)，在他的那部《迦撒诺伐、斯丹达和托尔斯泰》三人的合论里说得好，欧洲中世纪流传下来的著作，除了但丁的《神曲》和卜迦丘的《十日谈》以外，便要数到迦撒诺伐的《回忆录》最受人欢迎了。

女人是一本书，她们时常有一张引人的扉页。但是你如想享受，必须揭开来仔细地读下去。

这是迦撒诺伐所说的有关女人的警句。他是意大利与西班牙的混血儿，一七二五年出世。从十七岁开始，因了行为不检，从学习的僧院里被革除出来以后，一直到七十三岁（他在一七九八年去世，活了这年纪），就在不断地体验自己所提倡的这样的“人生观”。就像一位爱书家一样，见了书就读，从不放过一次机会。不仅欣赏书的扉页，还要像他自己所说的那样，揭开来仔细地读下去。

他一生不曾结过婚。但是为了女人，他流浪欧洲各国，从事各样古怪的职务，从外交使节以至魔术师和职业赌徒都做过。挣来的钱全部花在女人身上。他为了一个女人，可以从伦敦一直追到圣彼德堡。坐监、越狱、决斗、被人下毒，从腰缠万贯一夜之间变成一文不名，都是为了女人，始终乐此不疲。

直到晚年，又穷又老，不再想到女人了，便寄食在一个贵族的门下，终日躲在藏书楼里写他的回忆录，用来排遣无多的岁月。这对于迦撒诺伐本是一件无可奈何的事情，然而就凭了这本回忆录，使他获得一个欧洲大情人的不朽声誉。这大约也是他自己意料不到的事。

根据他自己在回忆录原稿上的说明，“一七九七年为止的我的生活史”，可见他准备将他的生活回忆一直写到最后一刻。可是事实上，从现存的原稿看来，他写到一七七四年，即他四十九岁那年，便不曾再写下去，因为原稿到这一年便中断了。

Casanovas Heimfahrt 书影　fischer Verlag, 1950

这部回忆录的原稿，是出于迦撒诺伐本人的手笔，是无可置疑的。不仅笔迹与他遗留下来的其他书信文件相同，就是在他自己的信上，以及他的朋友的信上，都提起了他在晚年曾写回忆录这件事。但是原稿给后人发现，却是偶然的。

一八二〇年十二月十三日，德国莱比锡的一家有名书店布洛卡哈乌斯，忽然收到一位不相识的署名蒋特赛尔的人来信，说是有一部原稿，是一位“迦撒诺伐”先生所写的，到一七九七年为止的生活回忆录，问他们是否有意出版，并且说明原稿是用法文所写。迦撒诺伐是意大利人，这时去世已二十多年，不要说是在当时德国莱比锡，就是在巴黎和威尼斯，大约也不再有人会记起有这样一个人。但是老板布洛卡哈乌斯，照例请蒋特赛尔将所说的原稿寄来看看。哪知一看之下，立即发生了兴趣（这正如我们今天揭开他的《回忆录》一样，谁读了几页之后不被它的有趣内容所吸引？），请人译成德文，分册出版，由于销路十分好，给巴黎的出版商看中了，可是布洛卡哈乌斯将法文原稿秘不示人，巴黎出版商便不待布洛卡哈乌斯同意，从德文译本译成法文出版。德文译本已经删改得很厉害，从德文译文转译的法文译本又再改上加改，因此迦撒诺伐《回忆录》从第一次与世人相见以来，就已经不是它的真面目。不仅如此，巴黎的法译本出版后，布洛卡哈乌斯大为生气，但他并不将自己手上的法文原稿印出来，却也根据自己出版的德译本另译了一种法译本出版。这就是最早的迦撒诺伐《回忆录》的三种版本，出版过程和内容同样地都是乌烟瘴气，真正的原稿始终未与世人相见。

这份迦撒诺伐《回忆录》的原稿，共有十二大卷，全是用笔迹细小的法文写在粗糙的纸上，正反两面都写满了，至今仍藏在德国。目前我们所读到的各种版本，全是根据上述的那三种祖本而来。最多的有十二大册，可是杂志报摊上卖给水手读的则变成仅有一二百页的薄薄的小册子。这里面的差别可想而知。迦撒诺伐自己说得好，生活的精华是直接去享受，回忆已经是糟粕。因此后人无论将他的遗稿怎样割裂删改，对他本人可说早已毫无损害了。

贾科莫·卡萨诺瓦 （Giacomo Girolamo Casanova，1725—1798）意大利冒险家、作家。生于意大利威尼斯，卒于波希米亚的达克斯。卡萨诺瓦在欧洲可以说是家喻户晓的名字，一生精力过人，四处游历，做过外交家，当过间谍，坐过牢，越过狱，但他最响亮的头衔却是“大情圣”，一生都在“追寻女色”，据说曾与一百三十二位女子有染。他生命的最后岁月在达克斯城堡度过，创作了自传性质的作品《我的一生》（*Histoire de ma vie*），忠实地记录了他激情横溢、险象环生、肆无忌惮、纵情声色的一生。

哥德史密斯像　Drawn by G.J.Pinwell, Engraved by The Brothers Dalziel, *Dalziel's Illustrated Goldsmith*, Ward and Lock, 1865

谷德司密斯欠房租

在英国大文豪约翰逊的自述里，有着这样一段故事：

“有天早上，我接到可怜的谷德司密斯的一封信，说他在绝大困难中；因了他无法脱身来看我，他希望我接信后立即去看他。我回信说我将尽可能地即来，并且随信附了半磅钱去。后来我真的抽暇立刻赶去，我发现他因了积欠房租，被房东太太押在房里不许出外，他正在大发脾气。他已经将我送来的钱买了一瓶葡萄酒，一人在举杯独酌。我给他将酒瓶盖好，吩咐他不必心急，开始和他研究脱险的方法。他说他写好了一部小说，随即拿出来给我看。我看了一下，看出了它的好处，随即吩咐房东太太耐心等一下，我出去不久就可回来。我出去将这部小说卖给一家书店，卖得了六十磅。我将这钱送给谷德司密斯，他就付了房租，并高声将房东太太痛骂了一场。”

豪爽疏狂的约翰逊这样救了谷德司密斯的急，是英国文坛上的著名佳话。谷德司密斯这次所卖去的小说，就是他的名著《魏克菲尔牧师传》。不过有人说，所卖的仅是十磅，约翰逊在自叙中写成了六十磅，乃是想夸张他在出版界所占的权威地位而已。

▲《威克菲尔德的牧师》插图 Drawn by G.J.Pinwell, Engraved by The Brothers Dalziel, *Dalziel's Illustrated Goldsmith*, Ward and Lock, 1865

▶《威克菲尔德的牧师》插图 by Arthur Rackham, *Arthur Rackham*：*A Life with Illustration*, *Pavilion*, 2010

《威克菲尔德的牧师》书影　Seeley, 1930

又有一种传说，这是根据当时的《肯保朗的回忆》中所说，谷德司密斯的房东太太爱上了谷德司密斯，故意容许他欠房租，然后在他无钱付房租的时候，便和他讲条件，他如愿娶她为妻，则旧欠一笔勾销，而且还可以带一笔妆奁过来。不过这妇人过于精明能干，所以谷德司密斯始终敬谢不敏。但有人说这传说是不经之谈，因为根据考证，谷德司密斯的房东太太那时已经是位老太婆了。

奥利弗·哥德史密斯 （Oliver Goldsmith，1730—1774）英国诗人、剧作家、小说家。出生于爱尔兰中部的帕拉斯，父亲是牧师。1749 年毕业于都柏林大学三一学院。后来先后到苏格兰爱丁堡大学和荷兰莱顿大学学医，但他从未行过医。漫游欧洲几年之后，于 1756 年回到伦敦，靠投稿、当编辑艰苦谋生。他的代表作是《威克菲牧师传》，一方面描写了社会现实的黑暗和罪恶，另一方面又创造了一幅纯朴、真诚、理想化的田园家庭生活图画。这部小说对狄更斯创作小说《匹克威克外传》产生过影响，也成为公认的世界文学名著。他还写过剧本，最著名的是《屈身求爱》。

歌德像　by Eugène Delacroix, Heritage, 1932

歌德的《浮士德》

歌德是十八世纪德国最伟大的诗人。他的长篇诗剧《浮士德》不仅是他的一生文艺工作的代表作，更是世界不朽的古典文学作品杰作之一。可是由于原作是韵文的，篇幅又很长，是一首一万六千行的长诗，里面所引用的希腊神话和德国地方传记典故，十分复杂难解，描写的词汇又丰富；又因为所采用的是诗的形式，往往一句话要用几种譬喻来婉转地表达出，因此在我国虽然早有了忠实流畅的译文，但是一般文艺爱好者因了这书的内容深奥，往往没有勇气和决心去读它。只是耳熟《浮士德》这部古典名著的大名，多数不知道它的内容究竟是怎样。

歌德，一七四九年生于德国佛朗克府。他是诗人、小说家、戏剧家和哲学家。享寿很高，活了八十三岁，一八三二年逝世。因此他一生所产生的文学作品，和他自己的生活一样，非常丰富复杂。他的作品包括长篇叙事诗、诗剧、短诗集、小说、论文、自传等，共有六七十种之多。今日最为文艺爱好者所熟知的，除了《浮士德》之外，还有他的长篇小说《少年维特之烦恼》。这两部书都有了中译本。此外，他的另一部长篇小说《威廉·弥斯特》，

浮士德与格雷琴的美丽邂逅　by Gustav Heinrich Nacke, 1895

H. NÄCKE PINX N. STRIXNER DEL.

也为许多人所爱读。他的自叙传《诗与真实》，是他早年生活的回忆。这书也有了中译本。

诗人歌德可说是一位天才，同时也是幸运儿，他生于富有的家庭，环境极好，自幼就才华焕发。著名的《少年维特之烦恼》出版于一七七四年，他那时还不过是一个二十五岁的青年，但这书出版后风靡德国，使歌德在一夜之间成了欧洲的名人，他一生出入公卿，成为魏玛公爵的上宾，又被任命为魏玛公国的首相。就由于歌德长期住在魏玛，这个城市成为当时欧洲文艺活动的中心。在文学史上，一个作家能过着这样繁华富贵的生活，一面又能继续生产这许多文学作品的人，除了歌德以外，可说是找不出第二个人的。

歌德的《浮士德》是一部长篇诗剧，共分两部，第一部不分幕，除了短短的序剧和《天上序幕》之外，第一部共分二十五场；第二部则分为五幕。《浮士德》是歌德集中毕生精力所产生的一部作品。他活了八十三岁，但是这部《浮士德》的写作，在他八十多年的岁月中，却占了近六十年。文学史上很少有一部作品是要花费这样长久的时间才完成的。据歌德的传记所记载，歌德蓄意要写这部作品，开始于一七七三年，一七七五年完成了初稿大纲，直到一七九〇年才写了若干断片。但又毁稿重写。我们今日所读的《浮士德》，第一部在一七九七年动笔写，写了九年，直到一八〇六年才写成。第二部则继续写了二十多年，直到一八三一年才脱稿。这部开始于二十四岁的作品，直到八十二岁才正式完成。《浮士德》全书出版后一年，我们这位大作家便去世了。

由于《浮士德》是经过了这样长久时间写成的，所以第一部与第二部在故事结构和思想上，有着极大的差异和变化。第一部是青年浪漫思想的流露，第二部则已经是老年哲理的沉思。《浮士德》虽是一个追求人生真理的幻想故事，但在精神上有些地方可说也是诗人歌德自己的写照，他热爱“真理”和“善”，虽然有时为“恶”所诱，一时离开了正路，但是从不真正地爱“恶”，到底必然仍回到“善”的路上来的。这是《浮士德》的遭遇，也就是歌德一生努力的所在。他曾说这部作品是他“文学生活的伴侣”，放在身边写了又改，改了又写，继续了几十年还不舍得将它问世，实在是真话。

歌德的《浮士德》故事大概是这样的：

浮士德本是德国古代传说中的一个魔术家，在德国各地民间传说中，都有关于他的不同传记。在歌德的这部《浮士德》诗剧中，浮士德则以一个精研人生哲学的老学者的姿态出现。他因为不能理解人生的奥秘，思想苦闷，几乎想自杀。春日偶然出游，在街上见到一条黑狗，带它回到书斋。不料这条黑狗竟是魔鬼莫非斯特菲勒斯的化身。他曾在天上与天帝打赌，一定有办法能将浮士德诱入魔道，因此下凡来诱他。这时到了浮士德的书斋，莫非斯特菲勒斯便现了真身，向浮士德引诱，说他有法力能解决浮士德的苦闷，使他在任何方面获得满足。但是有交换条件，即在浮士德对世上一切感到满足之后，他自己就要卖身给魔鬼。浮士德答应了这条件，魔鬼莫非斯特菲勒斯就使浮士德喝了一种法水，返老还童，成了一个美少年，然后魔鬼就驾了云头，偕了浮士德到

浮士德插图

by Willy Pogany, Hutchinson & Co, 1908

《浮士德》插图　by Eugène Delacroix, Heritage, 1932

歌德像 Painted in 1779 by Johann Heinrich Wilhelm Tischbein

各处去游玩作乐。由于有魔鬼用法力在一旁保护他，因此他可以神出鬼没地到处乱闯。在这中间，他爱上了一个少女玛加丽。可是因为要同玛加丽恋爱，竟弄死了她母亲和哥哥，并且同玛加丽生了一个私生子。结果玛加丽被判死刑，并且拒绝浮士德的援救。

《浮士德》第一部至此终结。第二部又是另一个世界，浮士德同了莫非斯特菲勒斯，上天下地地经历了许多人天的奇事，场面恢奇怪异之极，发挥了歌德高度的想象力。后来浮士德盲了双目，但心中这时不禁发出了满足的欢呼。按照他同魔鬼订立的契约，他这时就应该属于魔鬼所有。魔鬼正拟胜利地将他带走，但

《浮士德》插图　by Eugène Delacroix，1932

忽然被已登仙界的玛加丽将他救走，使他终于脱离了魔鬼的掌握。

这就是《浮士德》全部故事的大概。但这部杰作，它的伟大之处是在于通过了浮士德思想上的动摇苦闷，成功地表现人性上善与恶的斗争，以及歌德在这部诗剧中所表现的诗人才华。仅是知道一点《浮士德》的故事概略，是未能接触到这部作品的真价值的。爱好文艺作品的读者们，还是设法去读一下这部伟大的作品吧。

约翰·沃尔夫冈·冯·歌德 （Johann Wolfgang von Goethe，1749—1832） 德国作家。出生于法兰克福一个富裕的市民家庭。1765 年到莱比锡学习法学，因大咯血中断学业，于 1768 年返回法兰克福。歌德长期为魏玛公国服务，曾担任枢密顾问。他是最伟大的德国作家之一。他在 1773 年写了一部戏剧《葛兹·冯·伯利欣根》，从此蜚声德国文坛。1774 年发表《少年维特之烦恼》，更使他名声大噪。1831 年完成代表作《浮士德》，这部作品与荷马史诗、但丁的《神曲》和莎士比亚的《哈姆雷特》并列为欧洲的四大古典名著。除文学创作外，歌德还擅画，对自然科学亦有广泛研究。

维特与绿蒂　　《少年维特之烦恼》德文版，Insef, 1916

歌德和《少年维特之烦恼》

西洋古典作家，令我发生特别浓厚感情的，乃是歌德。

我想产生这种感情的原因有二：一是时代的影响，一是个人的影响。前者是由于读了他的《少年维特之烦恼》，使我深受感动，后者乃是由于将歌德作品介绍给我们的，是郭沫若先生。

《少年维特之烦恼》这部小说，不过是一个中篇，情节和故事都很简单。由于是书信体的，许多情节都要靠读者自己用想象力去加以贯穿，然而它的叙述却充满了情感，文字具有一种魅力，使人读了对书中人物发生同情，甚至幻想自己就是维特，并且希望能有一个绿蒂。而且在私衷暗暗地决定，若是自己也遇到了这样的事情，毫无疑问也要采取维特所采取的方法。

这大约就是当时所说的那种“维特热”，也正是这部小说能迷人的原因。别的读者的反应怎样，我不知道，我只知道自己第一次读了郭老的中译本后，非常憧憬维特所遇到的那种爱情，自己也以“青衣黄裤少年”自命。如果这时恰巧有一位绿蒂姑娘，我又有方法弄到一柄手枪，我想我很有可能尝试一下中国维特的滋味的。

绿蒂像　《少年维特之烦恼》德文版 , Insef, 1916

就凭这一部小说，我从此对歌德发生了浓厚的感情。我开始注意别人所提到的关于他的逸话，读他的传记，读他的自传，读他的谈话录。

但是，我要坦白地说，我虽然读过《浮士德》，可是读得极为草率，而且读过一遍之后，就一直没有再读一遍的意念。对于《少年维特之烦恼》则不然，我每隔几年总要拿出来再读一遍，从不会感到陈旧，而且每次总有一点新的感受。郭老的《少年维特之烦恼》，初版是由上海泰东书局印行的。后来创造社出版部成立，便收回自己出版。创造社的《少年维特之烦恼》，是由我重行改排装帧的。当时对于这部小说的排印工作，曾花费了不少时间和

维特像　《少年维特之烦恼》德文版，Insef, 1916

心血，从内容的格式，以至纸张和封面，还有插图，我都精心去选择，刻意要发挥这部小说的特色。封面的墨色特地选用青黄二色，并且画了一幅小小的饰画，象征维特的青衣黄裤。书里面所用的几幅插图，还是特地向当时上海的一家德国书店去借来的。这家书店，开设在苏州河畔的四川路桥附近，主人是一位德国老太太，鲁迅所得的那些德国木刻，就是向她店中买来的。

郭老的《少年维特之烦恼》，在创造社出版部的业务停顿后，过了几年，第三次再印行时，仍是由我经手付印的。这一次的出版者，是现代书局，因此那版样和封面又是由我设计的。这个新版本的封面，我采用了德国出版物的风格，在封面上印上了作者

《少年维特之烦恼》插图　by Wilhelm von Kaulbach, *Goethe Galleries*, Verlagsanstalt Für Kunst und Wissenschaft, 1880

《少年维特之烦恼》书名页 叶灵凤设计，现代书局 1931 年版

和书名的德文原文，并且采用了德文惯用的花体字母，以期产生装饰效果，墨色是红蓝两色，封面纸是米色的。因此若是拿开那两行中文，简直就像是一本德国书。

也许是我自己的年岁大了一点，“维特热”的热度已经略见减低，我自己觉得这一版的封面设计，远不及创造版。承郭老的好意，还在他的后序里对我夸奖了几句。

到了一九三二年三月，正是歌德逝世一百周年纪念，我手边恰巧有一些关于歌德的图片，便在《现代》三月号上编辑了歌德逝世一百周年纪念图片特辑。这时郭老避难在日本，接到了这一期的《现代》，在信上说令他特别高兴。

来到香港以后，有一次我曾在嚤啰街的旧书摊上买到一部德国出版的歌德图片集，共有图片几百幅之多，洋洋大观，关于歌德一生的人物、行踪和生活图片，可说应有尽有。我曾给乔冠华看过，他见了非常赞赏，劝我应该什袭而藏。后来郭老也到了香港，有一次我特地拿给他看，谈起一九四九年就要到了，正是歌德的诞生二百周年纪念，他说到时应该好好地利用一下这一册图片，最好编一本纪念画册出版，他愿意写序。可惜不久他就匆匆离港北上，这个计划不曾实现。到了一九四九年八月，只能从这部画册里选了十几幅图片，由我在一家报纸上编印了一个纪念特刊，可说真是大材小用了。

有一种附有插图的德文版《少年维特之烦恼》，我求之多年，可惜一直还不曾得到。只知道其中最有名的一幅插图，是维特第一次与绿蒂相见的情形。他来到绿蒂家中，邀请她一起去参加一个舞会，却发现绿蒂正在家中分面包和奶酪给弟妹们吃。这景象更使维特一见钟情，曾在信上详细告诉他的那位好友。

在创造版的《少年维特之烦恼》里，曾附有这一幅插图，很足以为译文生色。可惜这样的旧版本，现在要找一本已经不容易。新一代的文艺青年，也不像我们当年对这本书那么狂热。因此在这里所见到的当地翻印的《少年维特之烦恼》印得很草率，简直令我不堪回首了。

Goethe, ſeinem Secretär dictirend. Nach J. S. Schmeller. Um 1823.

歌德与艾克曼 by Nach F.S.Schmeller, 1823

艾克曼的《歌德谈话录》

艾克曼的《歌德谈话录》，这一部曾被尼采誉为“德国的一本好书”，是研究歌德作品和思想的第一手好资料，内容真是太丰富了。

艾克曼是歌德晚年所聘用的秘书，帮助歌德整理校订稿件的。艾克曼的这一项任务，开始于一八二三年，这时艾克曼三十一岁，但是歌德已经七十四岁，虽然体力和精神仍很充沛，不过到底年纪大了，五十多年的工作成就亟待整理，自己手边又有新的工作要做，就想找一个适当的助手来帮忙，恰巧艾克曼在这时来到魏玛。他从小就是歌德的崇拜者，熟读他的作品，就想找机会接近这位巨人。他这次到魏玛是来找职业的，因此来得正巧，歌德同他谈了几次话，就看出这正是自己所渴望的一个好帮手，立刻就邀请他担任了这职务。从一八二三年开始，直到一八三二年歌德去世为止，艾克曼成了他的最后十年生活中每日不离的伴侣。

一八三六年，艾克曼出版了他的这部《歌德谈话录》第一卷第二卷，这是根据他自己的札记和歌德的信件遗稿编写而成，是一种近于日记体的记事文。我们今日所知道的歌德晚年生活的故

玛丽恩巴德 A 18 Century Engraving。1823 年 10 月 27 日，歌德把艾克曼叫到身边，用庄重的语调读了《玛丽恩巴德》这首诗的开头。

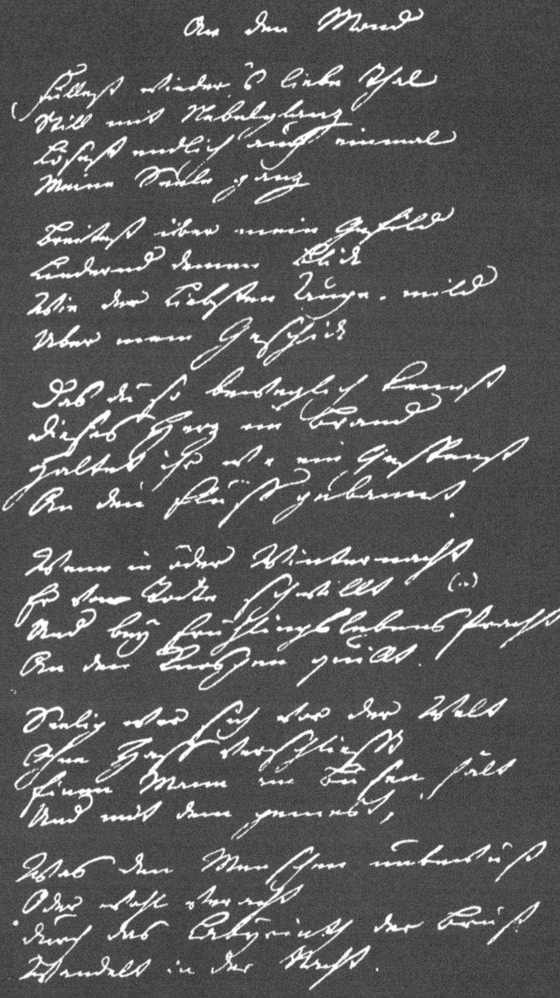

歌德手迹

◀ 《哥德对话录》书影　海燕出版社 1963 年版

◀ 歌德诗集《赫尔曼与多萝西娅》插图

by Wilhelm von Kaulbach, *Goethe Galleries*, Verlagsanstalt Für Kunst und Wissenschaft, 1880

事，全是依靠了艾克曼的这本书。他在一八四八年又发表了一册续编，后来还准备用新的材料再补充，未及写成便去世了。

当然，伟大的歌德，并非靠了艾克曼的这部书，才为世人所知的。但是若没有艾克曼，我们今天就无法知道这个巨人在晚年的一些生活和思想活动的详情。再有，艾克曼的记载，不是一个受薪的秘书无关心的记载，而是一个弟子，一个崇拜者，一个友人的忠实而且同情的叙述。

艾克曼的《歌德谈话录》，一直记叙到一八三二年三月二十一日为止，三月二十二日歌德便去世了。在他的这本书的最后，艾克曼记载了他瞻仰歌德遗体的印象，他说：

> 歌德去世次日的清晨，有一种深湛的愿望使我想再见一见他的人世躯壳。他的忠忱的老仆斐特烈，给我打开了他长眠在里面的厅房。他躺在那里，好像在睡眠中一样，在他高贵的脸上笼罩着一种深刻的宁静肃穆之感。巍然的眉宇之间似乎仍在孕蓄着思想。我很想获得一绺他的头发作纪念，但是由于对他的尊敬，不敢动手去剪……

艾克曼这么瞻仰了歌德的遗体之后，又用手放到他的胸口，感到一派深湛的静默，“于是我连忙回过头去，隐忍已久的眼泪已夺眶而出了”。

爱克曼　(Johann Peter Eckermann，1792—1854)　德国诗人、作家。出身贫穷，在当地一位要人资助下学了一些德文、拉丁文和音乐。1821年曾进哥廷根大学学习法律，也由于资金匮乏而中途辍学。1823年，他将自己撰写的论文集《论诗，特别引歌德为证》寄给歌德。歌德在魏玛接见了他，并建议他留在魏玛工作。从此，爱克曼一直担任歌德的秘书。1836年，他撰写的《歌德谈话录》问世，他也因此闻名于世。

席勒像　After a Painting by Tischbein Original（in The Municipal Museum of Leipzig）

席勒诞生二百周年

歌德的好友，历史剧《强盗》《华伦斯坦》《威廉·退尔》的作者，德国大诗人约翰·席勒，生于一七五九年十一月十日，今年（一九五九年）十一月正是他诞生二百周年纪念。北京为了纪念这位诗人，上演了他的《阴谋与爱情》，这是诗人早期另一部重要的剧本，曾被恩格斯誉为德国第一部有政治倾向的戏剧。因为一对纯洁青年男女的爱情，竟在贵族统治者和封建制度的压迫下，活活地被扼杀了。

约翰·克利斯多夫·斐特烈·席勒，这位德国十八世纪伟大诗人和戏剧家，是一个军医家庭出身的孩子。父亲虽然是军官，可是家境很穷，席勒先被送到军官学校学习军法，后来又要求父亲让他改学军医。但这两种学科都不能使他发生兴趣。他在军事学校期间偷闲看课外读物，读到了莎士比亚、卢骚和当代大诗人歌德的作品，使他决定要成为一个诗人和戏剧家，于是暗中开始学习写作。他的第一个剧本《强盗》，就是在军事学校里写的，这个剧本于一七八一年出版，第二年开始在各处上演，这时席勒已经离开军事学校了。由于这个剧本的主题是劫富济贫、反抗暴

▲《威廉·退尔》插图　by Rafaello Busoni, Heritage, 1952
◀ 席勒诗歌《铃声》插图　by Leopold Bodes

华伦斯太书影

郭沫若译，生活书店 1947 年版

政，对人道、自由、平等的热烈歌颂，因此在法国受到的欢迎比在德国更大。当时法国共和政府曾以荣誉公民的头衔赠给席勒。这时席勒不过是个二十几岁的青年，他在国外所获得的这种声誉使得乌尔登堡公爵大怒，他乃是席勒父亲的上司，这一领地的统治者，认为席勒是个叛徒，便下令将他监禁十四天，并且不许他以后再写东西。

因此，席勒一开始就和封建制度不能两立，他只好逃离故乡，避到外地去，在朋友和同情者的援助下，在当时德国那些不同统治者的封建领域中过着流亡生活。他在一七八八年第一次会见了歌德，此后两人就成了终身好友。席勒的一生，受到歌德的影响最大。他的作品受到歌德的鼓励，晚年的生活更受到这位大诗人的照顾。歌德可说是席勒一生最大的知己。

席勒在戏剧方面最著名的作品，除了早年所写《强盗》外，《华伦斯坦》三部曲完成于一七九九年，《威廉·退尔》完成于一八〇四年。在《威廉·退尔》里，农民英雄退尔被迫用箭射他自己儿子头上一枚苹果的故事，今日已是尽人皆知的有名戏剧场面。

在完成《威廉·退尔》的次年，一八〇五年五月间，我们的诗人便去世了，他这时正在写作一个新的剧本《德米特里乌里》，不幸未写成就被病魔夺走了生命。

约翰·克里斯托弗·弗里德里希·冯·席勒 （Johann Christoph Fridrich von Schiller，1759—1805） 德国诗人、剧作家。出生于德国符腾堡的小城马尔巴赫的贫穷市民家庭。1766 年举家迁往公爵行宫所在地路德维希堡。1773 年，公爵把十三岁的席勒强行选进他创办的军事学校，席勒在心理学教师阿尔贝的影响下，接触到莎士比亚、卢梭、歌德等人的作品，开始发表一些抒情诗，并形成了自己的反专制思想。1781 年，他的剧本《强盗》在曼海姆上演，引起巨大反响。此后，他相继完成《阴谋与爱情》《欢乐颂》《堂·卡洛斯》等。1794 年，席勒与歌德成为挚友，迎来第二个旺盛的创作期，《华伦斯坦》和《威廉·退尔》是这时期的重要作品。席勒被公认为德国文学史上地位仅次于歌德的伟大作家。

布莱克像　After the Painting by Thomas Phillips, R.A., *The Poetical Works of William Blake*, Oxford, 1925

诗人画家布莱克

威廉·布莱克生于一七五七年十一月二十八日，这位富于天才和理想的英国诗人和画家，一生遭遇坎坷寂寞，不为当世人所认识，甚至还受到冷嘲和排挤，可说是在十八世纪英国顽固守旧的社会里，一位有才华有理想的文人所受到的典型的遭遇。

布莱克的身世和气质，可说是纯粹的伦敦人。出身于一个手工业的小家庭，父亲是个袜商，布莱克已经是他的第二个孩子。他从小就喜欢冥想和观察，这正是诗人和画家的基本天赋。父亲当然希望他将来能承继衣钵，但是小布莱克对于商业显然毫不发生兴趣，他爱好的就是画片和穿街插巷地去接近普通人的生活。他的仅有的零用钱，都节省下来购买那些廉价的大画家作品的复制品，尤其是意大利文艺大师的那些作品。我们从布莱克的传记资料里，找不出他从小就喜欢的这些艺术品的名目，但是不难想象在这些意大利文艺复兴期的大师之中，最多的必然是弥盖朗琪罗的作品，因为我们的诗人画家一生所最崇拜的就是他，而且他的作品也深深受到了这位大师的影响。

布莱克虽然出身贫困，但是难得有一个好父亲，一个不顽固

布莱克绘画　*Pity*, c.1795

的父亲，因为父亲看出孩子对自己的业务不感兴趣，便放任他，任随他向自己的兴趣方面去发展，从不加以阻挠。当他到了要决定去正式读书，以便决定将来的职业时，小布莱克便表示不愿读书，而是去学画，但他所采取的学画途径，却不是进美术学校，而是投身到一个绘画雕版师的门下去当学徒。他说这样可以节省父亲的家庭负担，甚或很快地就可以挣一点钱帮助父亲。这样，布莱克就开始学会了这一门精细的专门手艺。后来不仅令他能发挥他的插画和书籍装饰天才，而且他的半世生活也就依靠了这一门手艺来维持。一位布莱克的传记家曾这么写道：

“布莱克从不曾失去与一般平民，以及依靠手艺来生活的人们的联系。虽然他的想象有时飞翔得很高，但是终其一生，他始终是依靠他的手艺来换取生活的一个低微的雕版师。据说，每当他的简单家庭开支所需用的那一点钱也没有了的时候，他的太太便在吃饭的时候将一只空餐盆放在丈夫的面前，于是他就立时离开对于另一个世界的憧憬和预言（但是仍忍不住要骂一句‘该死的金钱！’），拿起他的刻板刀来从事一点可以糊口的工作。”

布莱克是在一七八二年结婚的，他这时才二十五岁，妻子凯赛琳是比他出身更穷困的农家女。由于当时英国平民教育非常不发达，凯赛琳连读书识字的机会都被剥夺了。因此在他们的结婚仪式中，当新娘要在结婚登记册上签上她的姓名时，她只能用不惯握笔的手，在登记册上颤抖地打了一个“×”记号。这动人的情形是由亚历山大·吉尔克利斯特在他那部最详尽的布莱克传记里记录下来的。

凯赛琳虽然目不识丁，但是却是个贤妻，因为她不仅能料理家务，而且能帮助丈夫。他们的夫妇生活非常恩爱，在布莱克的帮助和指导下，凯赛琳不仅渐渐地能识字读书，而且从她丈夫手下也学会了雕版技术，成为他的得力的助手。吉尔克利斯特曾记下了一个这么动人的逸话：

布莱克想出版他的诗画合集，没有一个出版商人肯替他出版，于是有一天，布莱克太太就拿了一枚五先令的银币，这是他们夫妇在这世界上的全部财产了，从其中动用了一先令十便士，出去采购为了实验这工作的一切必需材料。就靠了这一先令十便士的投资，他们夫妇居然获得了以后主要的赖以生活的方法。为了自行制版、自行印刷、自行装订和出版，诗人和他的太太担任了完成一本书的全部必需工作：他们自己抄写，自己绘图制版，自己印刷。除了不曾自行制纸之外，一切其他材料都是夫妇两人动手自己制造的，因为所使用的印书和着彩的油墨和颜料，也是他们自己制造的。

布莱克夫妇这么自己合作印刷的诗画集，包括诗人早年的著名作品《天真之歌》、《经验之歌》和《天堂与地狱的结婚》等，在当时只是诗人的亲友们，为了卖情面才向他们买一两本的，现在早已成了艺术上的瑰宝。在当时，这些诗画集就根本不称其为一本“书”，因为并非正式出版，只是有人要的时候，就印一两本，再用手工着色的，而且也没有定价；或是别人先送了钱来，布莱克就“画”一本诗集给他；或先向别人借了钱，就用一本诗集去抵账，一般的代价约在三十先令到四十先令一部之间。有一次，

布莱克绘画　*Melancholy*, c.1816-20

布莱克为了急需一笔较大数目的款项（其实，诗人的经济情形是随时都在“急需”之中的），向几位朋友每人借了二十镑，然后加工画了一部诗集送给大家作抵，每人一部，插画涂了彩色之外还描了金，这可说是布莱克作品最豪华的版本了。由于是手抄着色的，几乎每一个都是一本“原稿”，一本“真迹”。这些诗集在目前英国珍本书的市场上，至少要值两千镑一本。

除了装饰自己的诗集之外，布莱克又曾经为出版家作过其他书籍的插画，如当时出版的古希腊诗人维吉尔的《牧歌集》，但丁的《神曲》，都由他作过插画，这些插画有的是木刻，有的是水彩。他给《神曲》所作的那一套水彩插画原稿，共六十八幅。在一九一八年出现在古书拍卖市场时，就已经卖得七千六百六十五镑的惊人高价。现在又过了三十年，世人对于这位诗人画家的作品愈来愈重视，如果有人再拿出来拍卖，那售价一定要高得令人难以想象了。

在诗人气质上，布莱克最接近他本国的大诗人弥尔顿，他的绘画则是伟大的文艺复兴大师弥盖朗琪罗的缩影。布莱克的画很少是大幅作品，但他的想象的丰富，他所憧憬的那个未来新世界的面目，其伟大复杂决不下于弥盖朗琪罗的艺术世界。他的诗和他的绘画，虽然像是一只鸽子一样，翱翔在他的理想世界中，但他的生活却始终和当时伦敦的平民联结在一起，所以他留下来的那许多诗作，都是语言朴素，风格明朗，感情真挚；那些想象丰富的绘画，也都是形象写实，色彩和易悦目的。这正是布莱克最可爱的特质。然而诗人的这些成就是不为他的同时代人所理解和接受的。这一直要到十九世纪以后，布莱克的天才和难得的成就，才渐渐地被真正爱好艺术的人士所看重。

布莱克死于一八二七年。由于他的墓上连块墓碑也没有，因此至今谁也不知道他的坟墓所在。然而，这位天才诗人画家却给世人留下了许多不朽的作品。

《天真之歌》初版书名页

William Blake, Oxford, 1967

威廉·布莱克 （William Blake, 1757—1827）英国诗人、版画家。出生于伦敦一个袜商家庭，十四岁当雕版学徒，后于1779年入英国皇家艺术学院学习美术。与花匠女儿凯瑟琳·布歇结婚后，以绘画和雕版的酬劳过着简单平静的生活。他出版了《天真之歌》《经验之歌》等四本诗集，这些诗作清新奔放、充满想象，也具有明显的宗教和哲理色彩。这些诗集都是他和妻子自己动手制作，把诗和画刻在铜板上，印成书页，再手动上色。他的版画也像他的诗作一样充满创造与梦幻。晚年，他陷入疾病折磨，1827年去世。

彭斯像　by J.B.Alexander

苏格兰农民诗人彭斯

彭斯是充满了泥土气息、不折不扣的农民家庭出身的诗人。他的一生的光阴，差不多都花费在苏格兰乡下的田地里。务农生活虽然使他很辛苦，但他自幼就热爱劳动和土地，屡次将他积蓄起来的钱全部用在农庄上，虽然蚀光了也毫不踌躇，因为他始终不愿忘本。正如他在一首向他的毛驴贺年的诗里所说：

多少次我们一同辛苦干活，
跟那疲惫的世界争夺！
在不少日子里我曾感到焦灼，
怕我们会倒地不起；
没想到能活到这么大年纪，
还能勤苦不息！

诗人的家庭和他的童年生活，他自己在留下来的日记里曾说得非常清楚：“我一出世就是一个很穷苦的人的儿子。我父亲结婚很迟，我是他的七个子女之中的长子。在我六七岁时，我父亲

◉ ▶ **阿洛维镇街巷**　彭斯在此出生并度过七年童年时光，*The Poetical Works of Robert Burns*, Routledge, 1888

是爱耳附近一位小财主家里的园丁。若是他的环境不曾有什么改变，我一定不免要成为什么农家一个小打杂的了。但是我父亲却渴望他的子女们能一直留在他自己的身边。”

彭斯家庭的穷困，还可以从他兄弟的一则回忆里看出来。“在一个狂风暴雨的早上”，诗人的二弟吉尔勃这么写道：“这时罗伯特刚出世只有九天或十天，在黎明之际，屋顶的一部分忽然倒下来，其余的也摇摇欲坠，因此我母亲和罗伯特就不得不冒着风雨，被抬往邻人家里暂避，他们在那里住了一星期，直到家里房屋修理好了为止。”

由于家里穷，彭斯小时几乎没有机会读书，他只能在农作的余暇，到离家一里以外的一家学校里去念书。教师茂杜讫本身就是一个十八岁的青年。彭斯直到十四五岁，他的学校教育还只是半工半读，这就是说，一到收割和播种的时候，他就要辍学回家下田去帮忙了。因此到了十五岁，他已经是一个老练的小农夫了。

彭斯的学校教育受得很少，他的对于故乡传说和民歌的知识，全是从他母亲那里得来的。在十六岁时，彭斯已经写出了他的第一首情诗：《漂亮的尼尔》，这是为了田里的一个女伴而作。彭斯在自己的日记里曾经写着，这女子很会唱歌，彭斯握着她的手给她拔去手掌上的荆棘小刺时，他说他的心弦震动得像五弦琴一样。

彭斯的诗，大部分是用苏格兰的方言所写，而且这正是他的作品的精华，只有一小部分是用通行的英语写的。彭斯虽然不曾明说他不喜欢英语，但他正如每一个忠实的苏格兰人一样，热爱

罗伯特·彭斯漫画像　by Max Beerbohm, *Beerbohm's Literary Caricatures*, Allen Lane, 1977

他的故乡，热爱故乡的土地、语言和流传在这土地上的无数传说、歌谣和故事。彭斯的诗，有许多是古老民间歌谣的改作，或是旧歌新词。经他润色过的苏格兰民间歌曲，无不注入了新的生命，同时又保存着原有大众喜见乐闻的格调。彭斯是一位真正生活在田间的诗人。他的诗不是坐在城市书房里的民间文学研究家的作品。

彭斯的父亲劳苦了一生，一七八四年因肺病去世。彭斯的乡下种耕生活也无法维持自己和家庭，在一七八六年，他决定离开苏格兰到辽远的西印度群岛去谋生，因为有人介绍他到牙买加的一个林场去当记账员，但是旅费却要自己筹划。旅费并不多，只要船资九镑左右就够了。可是彭斯哪里拿得出这一笔旅费？他的田地主人汉密登倒是个有心人，一向知道彭斯喜欢写诗，这时便向这个二十七岁的佃户提议，何不把他所写的诗凑在一起，印一本诗集，托人四处推销，这样岂不是可以筹到了旅费？汉密登先生愿意代垫印刷费，彭斯自然高兴地答应了，因为这是一举两得之事，哪一个诗人不愿自己的作品印成诗集？汉密登为这事奔走甚力。三个月之后，这就是一七八六年七月三十一日，我们大诗人的处女作，第一部诗集《诗集，大部分是用苏格兰方言写的》居然出版了。据后人的考证，这部现在已价值巨万的彭斯第一部诗集的初版本，一共印了六百册，事前已推销了三百五十册左右，其余的出版后也很快就有了主顾，因此不仅汉密登所垫的本钱能够收回了，还使彭斯获得了约二十镑的收入。

旅费有了，彭斯的牙买加之行自然可以实现了。哪知就在他筹划行装期间，由于这本诗集的出版，使得彭斯结识了一批新的知音。就由于这一点新的发展，他的牙买加之行忽然又取消了——这对彭斯自己和苏格兰来说，可说是万幸之事。因为西印度群岛不过少了一个无足轻重的事务员，英国文学史上却多了一位大诗人了。

这件事情是这样的：有一位名叫布莱克·洛克的老诗人，也是苏格兰人，双目已盲，住在爱丁堡，在当地的文人中间颇有影响力量。这时读到了彭斯新出版的诗集，觉得是一个可造之才，便在这年十一月间，托人写信给彭斯，劝他到爱丁堡来走走，表示不仅可以使他有机会接近当代许多文人，而且还有机会使他的诗集再版一次。大约是后一项动议最使彭斯听了高兴，因为他曾经向原来的印刷人接洽再版，被拒绝了。于是在十一月二十二日，彭斯就单人匹马（据他自己在日记上说，这匹马是借来的）向爱丁堡出发去闯世界了。

彭斯的爱丁堡之行，是成功的。他的诗集果然有人愿意再版了，而且一纸风行，使他获得了五百镑巨款的收入。他在名誉上的收获更大，周旋在爱丁堡当代文人和上流社会之间。谁都想结识一下这位充满泥土气息的乡下诗人。自然，有些高贵的仕女不免像看猴子一样地看他，但彭斯毫不以为意。这正是我们诗人的性格最伟大之处，他丝毫不曾被城市繁华和客厅文士的荣誉所吸引，依然保持着自己的本色，一尘不染地离开了爱丁堡。

彭斯的诗，在文字上有苏格兰方言和英语的分别。在性质上，也约略可以分成三种，即短小抒情的爱情诗，采用民歌民谣形式

《彭斯诗集》插图　by Sir John Gilbert, R.A.George Routledge and Sons, 1888

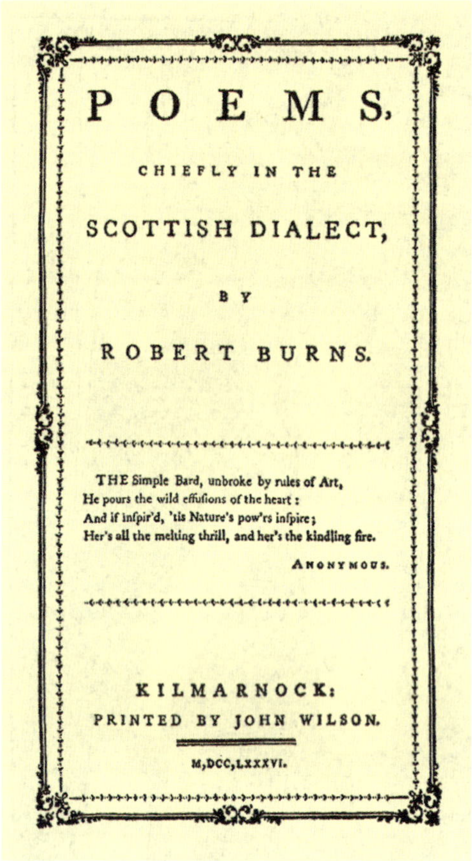
POEMS,

CHIEFLY IN THE

SCOTTISH DIALECT,

BY

ROBERT BURNS.

THE Simple Bard, unbroke by rules of Art,
He pours the wild effusions of the heart:
And if inspir'd, 'tis Nature's pow'rs inspire;
Her's all the melting thrill, and her's the kindling fire.

ANONYMOUS.

KILMARNOCK:
PRINTED BY JOHN WILSON.

M,DCC,LXXXVI.

基尔玛诺克版《彭斯集》（1786）书名页

The Amenities of Book-Collecting and Kindred Affections,

by A.Edward Newton, The Atlantic Monthly Press, 1918

歌咏苏格兰田野生活和民间传说故事诗，此外还有一种是具有强烈正义感和嘲弄伪善顽固分子的讽刺诗。在后一种的作品里，他曾经歌颂过苏格兰历史上的民族英雄们，又向当时法国大革命寄托了他的同情。不用说，彭斯最大的成就，乃是他承继了苏格兰方言文学的传统，用乡间的土话所写出的那些歌颂土地和勤劳生活的亲切真实的作品。

彭斯在私生活上有一个缺点，就是太喜欢喝酒，这和他一向在生活上受尽了折磨有关。可是就因为他经常喝酒，得了一种风湿病，最后竟在这上面送了命。彭斯生于一七五九年一月二十五日，死于一七九六年七月二十一日，年纪很轻，只活了三十七岁。

彭斯像 by Monro S. Orr *'Songs and Ballads of Robert Burns'* T.N.Foulis Limited 1897

罗伯特·彭斯 （Robert Burns，1759—1796） 苏格兰诗人。1759 年 1 月 25 日生于艾尔郡阿洛韦教区一个佃农家庭。彭斯是长子，从小就在田里劳动，只上过两年多的学，但他父亲明白知识对于孩子的意义，指导和支持他学习文法和神学知识。彭斯 1783 年开始写诗，1786 年出版了第一部作品《苏格兰方言诗集》。诗集善于从地方生活和民间文学汲取营养，为诗歌创作带来新鲜活力。他被邀请到爱丁堡，成了社交界和文学界名人。在爱尔兰和美国，他的著作被盗版，这使他具有了国际名声。1788 年，彭斯考取税务局职员，翌年谋得一个小税务官职位。他后半生主要收集苏格兰民间歌曲和词作，使许多将要失传的民歌得以保存。1796 年 7 月 21 日，彭斯病逝。

雪莱像 *P.B.Shelley in the Baths of Caracalla*, Joseph Severn 1845

诗人雪莱的悲剧

时常被人引用的“如果冬天来了，春天还会远吗”这两句诗的作者，英国十九世纪浪漫诗人雪莱，是在意大利海上乘船遇风淹死的，死得很凄恻。根据意大利的卫生条例，凡是溺死的尸体，被捞起之后，一定要就地火葬。在英国利物浦的市立画廊里，就藏有一幅法奈尔所画的油画，画的就是雪莱的遗体在沙滩上举行火葬的情形。海天空阔，火葬正在开始，雪莱的遗体架在柴枝之上，火焰缓缓地上升，站在一旁俯首致哀的，有诗人的好友拜伦等人。这是一幅令人看了要喟然感叹的绘画。

这个悲剧发生在一八二二年，诗人仅仅活了三十岁就死去了，可说不幸之至。但他的不幸还不止此，在六年之前，在一八一六年，他的妻子哈丽艾特，因为雪莱爱上了另一个女子，弃家出走，竟投河自杀了。

雪莱与哈丽艾特的结合，本来是很美满的姻缘，不料结果竟以悲剧收场。两人相爱时，雪莱只有十九岁，哈丽艾特只有十六岁。因为不能获得双方家庭的同意，两人竟双双私奔，一八一一年在爱丁堡正式结婚。第三年生了一个女儿。可是到了第二年，两人

济慈、雪莱罗马故居　*Keats and Italy: A History of the Keats-Shelley House in Rome*, Il Labirinto, 2005

玛丽·雪莱像　*Shelley and His World*, by Claire Tomalin, Thames and Hudson, 1980

伊顿景色 *Shelley and His World*, by Claire Tomalin, Thames and Hudson, 1980

的感情已经破裂，雪莱有了新欢，弃家出走，哈丽艾特也别有所眷，但是旧恨难忘，在一八一六年竟投河自杀身死了。

雪莱的新欢是有名的高特温的爱女玛丽·高特温，两人在一八一四年就秘密同居，直到哈丽艾特自杀了，两人才正式结婚。可是结婚只有六年，雪莱就遭遇了不幸。

玛丽·高特温，这位雪莱的第二任妻子，是女小说家。她的有名的作品，就是那部曾经拍成电影的《科学怪人》，原名是《弗郎堪斯坦》。

英国曾有人将雪莱和他第一个妻子的婚姻悲剧，写成一本书，取名为《哈丽艾特·雪莱：五年悠长的岁月》。对于这个悲剧，有许多人都同情雪莱，认为哈丽艾特不是诗人的理想配偶，他发现自己的错误后就移情别恋，是情有可原的。

雪莱可说是浪漫主义的革命诗人。他非常喜欢意大利，更崇拜希腊。那首有名的《西风歌》，就是同玛丽结婚后，住在意大利所写。他这时写了许多美丽的抒情诗。

《解放了的普罗米修斯》书影 雅典书屋 1944 年版

珀西·比希·雪莱 （Percy Bysshe Shelley，1792—1822） 英国诗人。出生于英格兰萨塞克斯郡霍舍姆附近的沃恩汉，十二岁进入伊顿公学，1810 年进入牛津大学。因自费出版《无神论的必要性》被开除出校，也见弃于家庭。1822 年 7 月 8 日，在斯贝齐亚海上覆舟淹死，时年不满三十周岁。雪莱著有长诗《解放了的普罗米修斯》以及《西风颂》等。被誉为“诗人中的诗人”，与他的好友拜伦并称为英国浪漫主义诗歌的“双子星座”。

济慈像　by John Buckland Wright

济慈的《伊莎贝娜》

十年以来，颠倒在每个少年人所颠倒的梦中，历尽了人世的悲欢离合，使我对于我的书籍起了加倍的珍惜和爱护，觉得在欢乐的时候，它能被冷淡了而不嫉妒，在我落寞的时候，它能不念已往而向我慰藉。

同时，只有他们才清晰地知道，一个少年瞻圣者在心的王国中所历的行程，是怎样的艰辛而峻险。

因了这，我爱护着我的每一册书，因为它是我最忠实的伴侣，可以为我舍身的忠实的伴侣。

五年前，我收到过一封信，蜷伏在家庭桎梏之下的琴向我诉说她的遭遇，不仁的兄长剥削了她的一切自由，更要出卖她终身的幸福，她要求我最后一次的帮助。我知道她希望的是什么，可是我不愿轻易地施舍，于是我便使我无言的伴侣作了一次舍身的牺牲。

那是一册英国薄命诗人济慈的诗集，我知道那里面正包含了一个同样的欢艳的故事，叙说一位名叫伊莎贝娜的姑娘，她的恋人怎样遭了她不仁的哥哥的谋害，她得到了消息，怎样偷到她恋

◎ 济慈诗集《思底弥翁》插图 by John Buckland Wright, Golden Cockerel Press, 1947

◎ 芬妮 · 布朗像 Painted by an Unidentified Artist in 1833. *Famous Love Letters*, Edited by Ronald Tamplin, Reader's Digest, 1995

人的头颅，把他埋在一株罗勒花的盆内，放在自己的卧室里，每天怎样悄悄地用眼泪浇灌她永不枯竭的爱情。

我将这册书寄给了她，附着短短的两句：

珍重着，必要的时候，
他会代替一个人的头颅。

不消说，我便永远失去了这册书，一直到今天。可是我不惋惜，因为我知道它早已完成了我所托付的使命。

约翰·济慈 （John Keats，1795—1821）英国诗人。生于伦敦，青少年时期父母即相继离世。1815 年就读于伦敦国王大学，1817 年开始写作。1818 年至 1820 年，先后完成《伊莎贝拉》《圣艾格尼丝之夜》《夜莺颂》《恩底弥翁》等作品。1818 年年底，迁居汉普斯泰德朋友家中，在那里爱上了邻居芬妮·布朗，次年，与之订婚。1820 年 3 月，济慈出现咯血，为治疗迅速恶化的肺结核，在友人陪伴下来到罗马。1821 年 2 月，在罗马病逝。芬妮·布朗收到死讯后悲痛欲绝，为济慈服丧长达七年，直到去世都一直戴着济慈送给她的订婚戒指。济慈的墓志铭为他自己生前撰写：“此地长眠者，声名水上书。”

海涅像　叶柴司托夫作，《海涅诗选》，橄榄社 1946 年版

海涅画像的故事

“请放一柄剑在我的棺上，因为我曾经是人类解放战争中的一员战士。”

不容于祖国的诗人海涅，在他的一首诗中，曾经这样地要求过。海涅是犹太人，一百年后他的族人在今日德国所受的虐待，他在当时早已身受过。他的著作不仅随时遭禁，而且不得不流亡到巴黎。但同时他的祖国却无人不吟咏着他的情诗，玩味着他的幽默。

海涅不仅是诗人，而且还是一位一流的散文家，他的书信和旅行随笔正与他的抒情诗一样的美丽，再加上他的一颗受着创伤的心，满腔的热情，颠沛的一生，因此世上正有不少“海涅狂”的人，珍视着和他有关的一切。

奥国的女王伊利沙白在生前就是一位著名的“海涅狂”。她为海涅建立雕像和纪念碑，更收藏着关于这诗人的一切。据说在一八八四年左右，德国有一家刊物发表了海涅在生前不允发表的回忆录，其中附了一帧海涅的画像，也是外间从未见过的。隔了几天，这帧画像的收藏者恩琪尔先生忽然接到了女王的一封来信，信上简单地写着：

海涅诗剧《浮士德博士》插图　by Josef von Divéky

DIVEKY.

Germania 插图　by M.N. Poliakov, *500 years of Illusitration*, Howard Simon, Dover, 2011

"你正是我所要买的一帧海涅画像的物主。将价钱说出来，我即照付。"

女王是以收藏"海涅"著名的，而且她的话就是命令。恩琪尔先生知道他这时只要说一个价目，他也许就可以借此享半世福。但他也是爱好海涅的人，考虑了一下，他就这样写了一封回信：

"谁也不将海涅的肖像出售。"

女王立刻明白了来信的意思，知道不可勉强，她于是很客气地写了一封信去，信上说："我了解你。凡是海涅的爱好者，谁都不忍和他的东西分手。但是，请允许我这一点请求，因为我也正是一个海涅爱好者：可否将你的藏品借给我，以便临摹？我决慎重护持，用后立时奉还。"

这当然不能再拒绝。于是过了几天，便有一辆皇室的马车来到恩琪尔的门口停下，再隔四星期，这帧画像又物归原主，伊利沙白女王还附了一封道谢的信，报告临本临得很好，现已挂在她的书斋中，每日可见。此外，她又附了一枚巨价的猫眼石，一只钻石胸针，作为借画的酬谢。

海涅确是一位值得这样爱好的诗人。他的晚年的残疾，尤其使人心痛。他从一八四八年起，差不多因了筋骨痛就渐渐不能行动，终于成了半身不遂症，盲了一目，缠绵病榻，直到一八五六年才去世。他自己慨叹这几年的病榻生涯为"床褥上的坟墓"。

一八四八年，就是他发病的那一年，他于五月间到卢佛美术馆去走了一趟，归后即卧病不起，可说是海涅一生中最后一次的出外。关于这事，他自己曾有一段凄凉的记叙：

◀▲ 《海涅诗集》插图　by Fritz Kredel, The George Macy Companies, 1957

“很困难的，我将自己拖到了卢佛宫，走进了那辉煌的厅堂，我们所钟爱的‘弥罗’，这永远受人祝福的美之女神所站的地方，我几乎瘫了下去。在她的脚下，我躺了许久，尽情悲泣了一阵，我相信大约连石人也要哀怜我了。女神似乎怜悯地望着我，但是并不慰藉，好像在向我说：你看不见吗？我并无手臂，因此我也无法帮助你。”

末一句是垂泪的微笑，正是海涅式的幽默。

▶《海涅诗选》书影　林林译，橄榄社 1946 年版

◀《哈尔次山旅行记》书影　冯至译，北新书局 1928 年版
《德国——一个冬天的童话》书影
艾思奇译，生活·读书·新知三联书店 1950 年版

海因里希·海涅　（Heinrich Heine，1797—1856）德国作家。生于莱茵河畔杜塞尔多夫一个犹太人家庭。童年和少年时期经历了拿破仑战争。在学习法律的同时开始诗歌创作，先后出版《诗集》《还乡集》等，还写出具有独特风格的散文《哈尔茨山旅行记》。1825 年，接受基督教洗礼，同年获法学博士学位。1830 年后自愿流亡巴黎，出版过长诗《德国，一个冬天的童话》。更多的是撰写政论，参与政治活动。晚年他双目失明，完全瘫痪，在被他称为“褥垫墓穴”的病床上躺了八年之久，以惊人毅力口授完成诗集《罗曼采罗》。1856 年 2 月 17 日，逝世于巴黎。

巴尔扎克像　by Maxime Dastugue

巴尔札克和他的《人间喜剧》

在文学史上，巴尔札克的名字永远是光辉的。因为这位十九世纪法国大作家，不仅他的作品受到世人的爱读和赞扬，还有他的洋溢的天才，充沛奋斗的精力，对于人世正义的同情，以及他一生在金钱上所受到的磨折，都使爱好文艺的人对他特别尊敬和同情。

巴尔札克的名字，是与他的《人间喜剧》分不开的。这是他为自己计划要写的小说所题的一个总名。在他拟订的写作计划上，这部《人间喜剧》将由一百四十四部小说构成，预定出现在书中的人物将有四千人以上。他后来虽然不曾全部完成这个计划，但在他去世时，已经写下了六十多部，在他笔下创造出来的人物典型也达二千人以上。仅是这一点文学成就，在历史上已经很少有人能够比得上他了。

《人间喜剧》这题名的由来，是由于意大利诗人但丁的杰作《神曲》的暗示。一八四二年四月间，巴尔札克同一位出版家订立了合约，全权出版他的作品。他将已出版过的重行加以整理，又准备续写计划中的作品。他自己和出版家都觉得“全集”这一类的名称太空洞平凡，他想给自己的全部小说题一个有意义的总名。想了许久还想不出一个恰当的，因为他的写作计划是要描写一个整个的时代，这时代的各种面貌，活动在这时代的每一种典型人物，都在他的分析和批判之列。后来偶然有一位从意大利旅行回来的朋友，同他谈起意大利文学和大诗人但丁的《神曲》。巴尔札克忽然灵机一动，这时就想到了《人间喜剧》这题名。因为但丁的《神曲》原题的意义，乃是神的喜剧（按：但丁的原题本是如此，中国译为《神曲》，因沿用已久，所以这里不再改动），所描写的乃是地狱、天堂和净罪天的种种事情。那么，描写天上的诗篇既可称为“神的喜剧”，他的描写现世人间的小说，自然不妨题作《人间喜剧》了。巴尔札克对于这个题名很喜欢，自己曾写过一篇长长的自序来加以解释。

巴尔札克为自己的《人间喜剧》所拟订的写作计划，预定将他所要描写的人物和故事，以及他们的背景，分为数组，题为私生活、外省生活，以及巴黎人生活，等等。其中有几部以小孩和青年男女为主题，有些则写乡下人和外省人的生活，有些则写巴黎人的糜烂罪恶生活。此外还有军事生活、政治生活和哲学研究各小部门。所谓“哲学研究”，也仍是以小说方式出之，目的是分析那些决定社会上各种人物形态性格的基本因素。在《人间喜剧》计划的最后部分，巴尔札克还拟下了“社会生活的病理学”，“改善十九世纪的哲学和政治的对话”等等专题，这些也同样不是论文，都是要采用小说方式用人物故事来表现的。总之，依据巴尔札克《人间喜剧》原定计划，他要将整个法国社会写入他的小说内。

高老头插图

Drawn and Etched by W.Boucher, J.M.Dent and Co., 1909

《金眼女郎》书影

The Girl With The Golden Eyes, Illustrated Editions, 1931

在那篇有名的《人间喜剧》自序里，巴尔札克这么阐明他的计划轮廓道：

“私生活景象的部分要描写童年和青年，他们所经历的那种不可靠的路程。外省生活景象部分将显示这些人所经历的情欲、计算、自私和野心阶段。巴黎人的生活景象部分，则描写各种趣味和罪行的发展面貌，以及在毫无拘束之下的各种不轨行为，因为这正是都市生活的风格和道德特征。在这里，善和恶就不免要发生强烈的斗争了。”

“完成了社会生活的这三个部门后，我仍有未完的工作，要表现某些生活在特殊情况下的人物典型，他们是某些生活兴趣的代表或集合体，而这些人，乃是站立在法律之外的。为了这些，因此我要写政治生活的景象。当我完成了社会生活这一部门的广大景象后，我仍不免要描写一下它的最凶猛地发挥它的功能的面貌，这就是说，当它为了自卫或是征服的目的而迈步前进的景象。这种景象，我将收在我的‘军事生活景象’内。最后，我还要写‘乡村生活景象’，这将是我所从事写作的这种社会戏剧的最后部分工作。在这一部分作品内，将出现我的最纯洁的人物，以及对于秩序、政治和道德的最高原则的运用。”

巴尔札克对于他的这个写作计划显然很自负，称之为前所未有的“人类分类学”，要将当时社会生活和人物的每一种典型，毫不遗漏地表现出来，每一个角色代表一种典型人物，每一个插曲代表社会生活的一面，而这一切又不是单独、各不相关的，而是不可分割的互相有连带关系，构成整个社会生活的全部面貌：“完成一部完整的社会生活历史，每一章由一部小说代表，每一部小说就是代表一个时代。”

他在《人间喜剧》自序的最后说：

“这个无可比拟的计划的范围，不仅要包括一部现社会的历史和批判学，更要从事对于它的罪恶的分析，以及应有的基本原则的阐明。这一切将表示我现在给我这些作品所拟定的一个总名：人间喜剧，将是十分恰当的。这有点太自夸吗？它果真能名副其实吗？当全部作品问世之后，我静待读者大众的高明判断。”

《葛兰德·欧琴妮》书影　海燕书店 1950 年版

前面已经说过，巴尔札克在一八五〇年八月间去世时，

左拉向巴尔扎克致敬漫画

安德列·吉勒作。

他并不曾来得及完成他的《人间喜剧》全部计划，但他已经先后写下了六十多部小说。这些有的是长篇，有的是由几个中篇和短篇构成的，而且发表先后不一，但都是属于他所计划写作的《人间喜剧》中的一部分。我们今日所读到的他的作品，如《老戈里奥》《表妹彭丝》《欧基尼·格朗地》，还有许多短篇，都是属于《人间喜剧》的作品。

巴尔札克生于一七九九年，一八五〇年去世，活了五十一岁。这位伟大的天才作家，他的天赋和精力都过人，因此在写作和生活计划上也具有惊人的野心，他一面从事写作，一面又投资从事各种企业。他的住宅附近有一片空地，他甚至也拟订了一个计划，利用这空地来种植凤尾梨，预期不久之后，就要成为法国的“凤尾梨大王”。不用说，他的事业计划都是一个接着一个地失败了，因此他在写作方面的收入，全部耗费在这些计划上，赔了本还不够，还要长年地负债。甚至他的《人间喜剧》的计划的拟订，也是为了偿付逼人的债务而作的一种努力。

在私生活上，巴尔札克完全表示了一个天才的风貌，他的食量惊人，曾经一次吃了一百只生蚝，十二块羊排，一只全鸭，一对山鸡和一条鱼。他习惯午夜写作，喝着浓烈的咖啡，直到黎明才停笔。他的原稿改了又改，有时改至二三十次，以至最后的定稿和他的初稿完全是两篇文章了。

奥诺雷·德·巴尔扎克 (Honoré de Balzac，1799—1850)
法国小说家。生于法国中部图尔城一个中产者家庭。1816 年进大学法科学习，毕业后不顾父母反对，毅然走上文学创作道路。他的第一部作品是五幕诗体悲剧《克伦威尔》，并未获得成功。他曾一度弃文从商，经营印刷厂和铸字厂，出版名著丛书，也均告失败，债台高筑。1829 年，他发表长篇小说《朱安党人》，初步奠定文学界地位。1831 年《驴皮记》出版，立即成为法国颇负盛名的作家之一。全盛时期致力于打造《人间喜剧》这部史无前例的文学巨著，不到二十年时间，写出九十一部小说，塑造了众多栩栩如生的人物形象。终因劳累过度，于 1850 年 8 月 18 日卒于巴黎。

巴尔扎克诙谐故事集插图 by Gustave Doré

巴尔札克的《诙谐故事集》

巴尔札克写信给他的爱人韩斯卡夫人，谈到他自己哪一些作品写得最满意时，曾特别推荐了《诙谐故事集》。他说：

> 如果你不喜欢拉·封丹的故事，不喜欢《十日谈》，如果阿里奥斯多也不能使你开心，那么，你最好不必读《诙谐故事集》，虽然我认为我自己将来的声誉，大部分将依赖在这本书上。

规划了《人间喜剧》那样大著的巴尔札克，自己特别推重这本故事集，并不是他自己的偏嗜或是故弄狡狯，实在是另有一种见解的。因为这些故事虽然都是早期的作品，但是巴尔扎克却在取材和叙述这些故事的手法上，承继了法国文学的光荣传统，这就是说，他像他的那伟大的先辈拉伯雷一样，嘲弄了贵族阶级和僧侣的顽固与贪婪荒淫，同时也歌颂了恋爱的神圣和妇人的智慧与美丽。他认为《人间喜剧》为法国小说开拓了新的疆域和视野，《诙谐故事集》则承继了拉伯雷、拉·封丹以及拉瓦皇后等人的

◀▲《巴尔扎克诙谐故事集》插图　by André Collot, Rameau D'OR, 1934

《巴尔扎克诙谐故事集》插图　by Jean De Bosschère, The Bodley Head, 1926

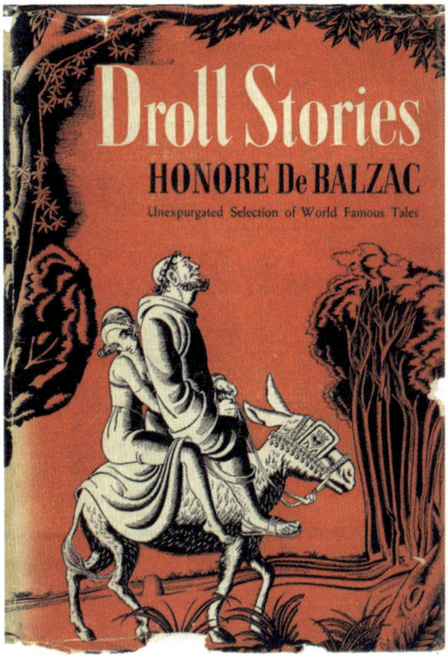

巴尔扎克诙谐故事集书影 by Steele Savage
'The Droll Stories of Balzak' Blue Ribbon Books' 1932

光荣传统，保存了法国文学那种中世纪的讽嘲和乐天的精神。这种精神，自巴尔札克以后，仅在法朗士的作品上略微有一点反应，现在差不多已经后继无人了。

巴尔札克的《诙谐故事集》，本来是想像卜迦丘的《十日谈》那样，写满一百个故事的，但是先后写了三十篇便停了手，后来在一八五三年搜集在一起印行，便成了今日所见的这部《诙谐故事集》。因了内容充满了法国中世纪文学特有的那种大胆和讽嘲的描写，许多巴尔札克作品集都不敢收入这书，因此知道的人也就不多了。其实这种见解是愚昧而且可笑的，因为巴尔札克自己就认为这是他的重要作品之一，还说他的未来声誉大部分要建筑在这本书上哩。

雨果像　*Victor Hugo:His Life and Work*, Eveleigh Nash, 1912

雨果和《悲惨世界》

爱好文艺和爱看电影的人，我想他如果不曾读过或是看过《悲惨世界》（又译《孤星泪》），他一定会读过或是看过《钟楼驼侠》。如果两者都不曾，他至少会知道这两部名著的名字。因为这都是雨果的名著，已经不止一次被搬上银幕，改拍成电影。

维克多·雨果是法国十九世纪浪漫主义文学大家，是诗人、戏剧家，同时更是小说家。我们翻译雨果的作品很早，不过从前不是将他的名字译成雨果，而是译成嚣俄。

当年林琴南与别人合作翻译外国小说，就译过雨果的名作《悲惨世界》。不过当时的书名不是用《悲惨世界》，而是用《哀史》。就是《钟楼驼侠》也曾经译过。雨果这两部小说都很长，林译都是节译的。但是无论如何，我们对于雨果的作品，总不算陌生了。

雨果生于一八〇二年，正是拿破仑不可一世的时代，也正是法国多事的时代。雨果在文学上的成就，虽以小说为世人所知，但是他的性格可说是诗人的性格，热情、冲动，富于正义感、富于同情心，对于爱情又十分看重。他可以为真理而死，又可以为爱情而牺牲，所以具有典型的诗人气质，同时也是典型的浪漫主

《巴黎圣母院》法文版插图 by Frans Masereel, The Limited Editions Club, 1930

义作家。

雨果出身于军人家庭，他父亲是拿破仑部下的军人。他虽然出身在这样的家庭环境中，但是很小就有文学天才。十三岁时，他在学校里就动手翻译拉丁古典诗人维吉尔的《牧歌》，结果给老师打了一顿，并不是责他翻译得不好，而是老师自己也恰巧翻译了这首诗，他怪这孩子竟胆敢同他竞争。雨果只好噙着眼泪回家，但他并不气馁。他瞒了这位老师参加校中的诗歌竞赛，毫不费事地就获得首选。到了十七岁，他已经是一位受人喝彩的青年文人了。

他的名作《钟楼驼侠》，作于一八三〇年，这时雨果已经二十八岁。他在这年九月开始动笔，在整个秋天和冬天勤力地写着，到了第二年一月，这部大著就已经脱稿了。

《钟楼驼侠》的原名该是《圣母院的驼背汉》。这是以法国巴黎那座有名的圣母院为背景，描写该院一个司钟的驼背汉的故事。这个驼背汉被人目为废物，讥为白痴，指为怪物。可是在他的心里不仅有善有恶，还有正义感，还有爱情。因此中文译名称他为“驼侠”，可说十分恰当。雨果的小说，写来场面大，故事曲折，情节紧张，有笑有泪，有愤怒有幽默，是典型的浪漫主义文学作品。《钟楼驼侠》正是如此。所以一共拍过几次电影，每一次都很能吸引观众。

《悲惨世界》的篇幅比《钟楼驼侠》更长，场面也更伟大。这可说是文学史上伟大作品之一，比起托尔斯泰的《战争与和平》也毫无逊色。雨果仅凭了这一部小说，在法国文学史上已经可以获得不朽的声誉。

《悲惨世界》出版于一八六二年，这时雨果已经六十岁，可说是他千锤百炼的精心作品，未出版以前已经先有了九种语文的译本，同时在巴黎、伦敦、布鲁塞尔、纽约、马德里、柏林、圣彼德堡、吐伦等地出版，可说是当时世界文坛的一件大事。据雨果的传记说，《悲惨世界》在巴黎出版的第一天，在清晨六时，读者就包围了书店门口，等候开门后抢先购买。据说在仅仅几小时之内，就销去了五万册。

《悲惨世界》共分五大卷，以若望·瓦尔若望的一生为故事中心。他本来是个善良的农民，为了偷一块面包救济他姊姊挨饿的孩子，结果以偷窃罪被判入狱五年。由于想越狱逃走，刑期更被加重到十九年。这就是《悲惨世界》的开端。瓦尔若望刑满被释后，历尽辛酸，无以为生，幸得一位主教收容他。可是他的心里受尽了人世的冤屈，有点激愤反常。主教待他那么好，但他临走时竟偷了主教家中的银器逃走。途中被警察捉到了，带到主教家里来认赃，善良的主教竟表示这些银器是他自己送给瓦尔若望的，要求警察释放了他。这一来，真正地感动了瓦尔若望。他认为自己虽然受尽了世人虐待，但是世上到底仍有真正的善人，他自己也仍有机会为善。于是他决定重新做人，报答这位好主教。

《悲惨世界》就是叙述瓦尔若望在这一念之下所干出的许多可歌可泣、令人感动的事情。这小说是以巴黎为背景的，雨果描写了巴黎那些贫民窟的居民、流浪者、亡命之徒的生活，又描写了滑铁卢大战，还有革命暴动的场面，少男少女的纯洁爱情场面，

《巴黎圣母院》法文版插图　by Frans Masereel, The Limited Editions Club, 1930

五光十色，令人目不暇接。紧张处令人透不过气来，但是又不忍释卷。

瓦尔若望立志为善后，在社会上一帆风顺，成为富有的实业家，后来更当选为市长，俨然一个重要人物。但是有一个警方的密探，知道他的底细，不时威胁他，甚至要捕他入狱，这里面就产生了许多紧张动人的场面，其中有一处描写瓦尔若望为了要拯救一个孤女，在巴黎地下的大沟渠内逃避警探追捕的经过，是令人读了怎样也不会忘记的。后来瓦尔若望有点爱上了这一手抚养大的孤女，但当他知道另一个有为的青年也爱上了她时，他便牺牲了自己，成全了这一对年轻人的姻缘。

《悲惨世界》实在是一部不朽的杰作。

《钟楼怪人》中译本书影　病夫译，真善美书店 1928 年版

雨果享寿很高，活了八十三岁，到一八八五年才去世。八十岁生日时，全欧洲文坛为他举行了盛大的庆祝。但他临终时，却遗言要求以他的遗产分赠巴黎穷人，并且不要举行盛大的葬仪，用简单朴素的柩车送往坟场。

雨果的一生都是同情生活在巴黎的“悲惨世界”里面的那些人物的。

维克多·雨果 （Victor Hugo，1802—1885） 法国作家。生于法国东部的贝桑松，十六岁时已能创作杰出诗句，二十一岁时出版诗集。1831 年出版长篇小说《巴黎圣母院》。1845 年，法王路易·菲利普授予雨果上议院议员职位，自此专心从政，作为一个作家，沉默了将近十年。拿破仑三世称帝，他对此大加攻击，因此被放逐国外，二十年间各处漂泊，在此期间，他的长篇小说《悲惨世界》问世。1870 年 3 月回到巴黎后，写出最后一部重要作品《九三年》。1885 年 5 月 22 日，在巴黎逝世，法兰西举国为他志哀。他被人们称为“法兰西的莎士比亚”。

梅里美像 V. 法复尔斯基作

梅里美的短篇小说

法国十九世纪浪漫主义作家梅里美的短篇小说，是属于世上第一流短篇之列的。他的作品主题、语言和结构手法，与契诃夫、莫泊桑等人不同，并非网罗人生各方面的喜怒哀乐的片段供人欣赏，而是演绎和表现最浓烈的情感，用精练华丽的手法去写出来的。故事性特别强，更是梅里美作品的一个特色。他所演绎的全是感情浓烈，如暴雨雷霆似的故事。然后又经过精心布局安排，以恰好的美丽文字写出来，因此每篇皆是散发着艺术芬芳，令人不忍释卷的好小说。

梅里美的作品，包括剧本和一些中篇，都写得很成功，但是即使没有这些，仅凭了他的数量不多的几个短篇小说，已经足够使他在法国文坛享受不朽的声望。当代英国著名小说家毛姆，他的作品风格虽然全与梅里美不同，也一向对梅里美的短篇非常钦佩。

梅里美的短篇小说，最受人称赞的，有《马特奥·法尔科勒》，写一个好汉为了自己独生的小孩不义，接受官方的贿赂，将一个托庇在他家草堆内的逃犯告密，认为有辱门楣，便宁可自己绝后，

◀▲《卡门》插图　by André Collot, *Carmen*, Marcel Lubineau, 1935

ESCAMILLO
Baritone
CARMEN
Soprano
DON JOSE
Tenor
MICAELA
Soprano
FRASQUITA
Mezzo-Soprano
REMENDADO
Tenor
ZUNIGA
Bass
DANCAIRO
Baritone

毫不徇情地将这孩子击毙。还有《一场赌博》，写一个兵士用欺骗手法在赌台上赢钱，酿成对方的悲剧后，他自己所感到的悔恨。还有更有名的《伊尔的维纳斯》，是一个以考古和传说结合起来的神秘、悲剧故事，也写得非常精彩出色，令人读了难忘。

▲《伊尔的美神》书影　文化生活出版社 1948 年版
◀《卡门》插图　川西英作，版画庄，1934 年版

普罗斯佩·梅里美　（Prosper Mérimée，1803—1870）法国小说家。生于巴黎一个知识分子家庭，家境富裕。虽然他根据父亲的安排，进入巴黎大学学习法律，大学毕业后也取得律师职称，但他在大学中就对文学发生兴趣，早期以“西班牙女演员克拉拉·加苏尔”为名发表一部戏剧集，稍后连续写出一批成功的短篇小说，包括《马特奥·法尔哥内》《塔芒戈》等。他在中篇小说方面也取得出色成就，其中尤以《嘉尔曼》（一译《卡门》）最为脍炙人口。他的作品充满地方色彩和异国情调，语言朴实凝练，情节引人入胜，人物性格鲜明，富有传奇色彩。1853 年，梅里美成为参议员，之后，写作较少。1870 年 9 月 23 日病逝于戛纳。

霍桑像

霍桑和动人的《红字》故事

文学史上有许多作家因一本书而名垂不朽。《红字》的作者霍桑就是如此。

拉撒奈尔·霍桑是美国人，生于一八〇四年。他本是税关职员，可生性爱写作，写过不少童话和故事，并且也获得相当成功。但是直到他失业之后，才无意写出了他的杰作，这就是成为十九世纪美国著名小说之一的《红字》。今天，霍桑就凭了这一部小说而永不会被人忘记。他虽然后来也写过好几部其他作品，但它们的有无已无关重要了。

《红字》这部小说，是霍桑在四十五岁时写的。这是一八四九年的事，这时霍桑已经结婚，他的妻子索菲亚是个典型的贤妻，他们已经有了两个孩子，税关职务的薪水本来已足够他们生活，不用有什么忧虑。可是这一年由于人事上的变动，他的职位忽然被裁撤了，于是霍桑突然失业起来。由于平时没有什么积蓄，眼看一时又找不到新的职位，他的前途不觉显得十分黯淡。

可是贤惠的索菲亚，这时反而安慰丈夫道："你既然不用去办公了，你岂不是反而有时间可以安定地坐下来写你许久要写的

红字插图 by Hugh Thomson Portland House Illustrated Classics 1987

小说了？”据霍桑的传记所载，这时他妻子鼓励他，给他收拾干净书桌，又给他在壁炉里生了火，请他舒服地坐下来，然后跑上楼拿了一个小包裹来给霍桑看，里面是一百五十元现款，这是她平时辛苦撙节下来以备不时之需的。现在这笔小款项至少可以够他们一家人两个月的生活费。

此外，他的朋友诗人朗费罗等人，知道他失业了，大家也凑了一笔钱寄给他，嘱他安心写作。于是霍桑就在这种既感激又兴奋的心情下，坐下来开始写他许久想写的长篇小说。他当时对于自己所写的东西并没有什么自信，因此当一位出版家来拜访他，问他可有什么现成的稿件可供他们出版时，他起先还谦逊地不肯拿出来，直到再三询问，他才勉强从抽屉里拿出一卷原稿来给他说：

“请你拿回去看看，这东西行不行？”

就在当天晚上，这位出版家就写了一封信给霍桑，对他交来的这部原稿大加称赞。这部原稿不是别的，就是《红字》。

《红字》的故事非常动人，霍桑是用回叙的方法来写这部小说的。小说的背景是美国的波士顿城，一开始，女主角亥丝特正从监狱里释放出来。她因丈夫不在家，与人通奸有孕，不为当地美国清教徒的严厉法律所容，被判入狱。这时刑满放出来，但是早已在狱中分娩，孩子已经有三个月大了。她被释后，还要再经过示众一次，才可以完全恢复自由。她被命令穿上一件特殊的长袍，胸前绣了一个红色的“A”字，这是“犯通奸罪的妇人”（adulteress）一字的缩写。当地的法律规定她要终身穿上胸前绣

红字插图 by W. A. Dwiggin, Heritage, 1935

有这个字（这正是这部小说题名《红字》的由来）的衣服，并且在出狱之际，还要站在刑台上示众一次。亥丝特都这么做了，但是她只有一件事始终不肯做，那就是泄露奸夫的姓名。

亥丝特站在刑台上，身穿胸前有红字的耻辱长袍，怀抱通奸怀孕而来的独生子，在那里示众之际，出门两年的丈夫正从外地抵埠了，他杂在人丛中来看热闹，因为他根本不知道这件事情，一看站在示众台上的竟是自己的妻子，这才知道出了乱子。霍桑的小说就是从这一幕紧张的场面来开始叙述描写的，因此一开头就吸引了读者。

丈夫站在人丛中，自然又羞又恼。但是人丛中还有一个心中

《七角楼房》书名页
House of Seven Gables, Thomas Y Crowell & Co., 1899

更难过的人，那就是当地那个年轻而受人敬重的牧师。他这时心里难过，并非因为他的教区内出了这件有悖道德礼教的风化案，而是他正是亥丝特怀中所抱的私生子的父亲。但是由于亥丝特坚决拒绝透露她的情夫姓名，他们发生关系的经过又十分隐秘，大家更绝对不会疑心她的通奸对手乃是受他们敬重的牧师，因此谁也不会疑心到他。但是这年轻的牧师实在是个好人，只不过他对亥丝特的爱情战胜了他的道德观念，这才做出这样的事。因此他见到亥丝特勇敢地一人单独受过，又拒绝牵连到他，站在台下受到良心的谴责，十分难过。

牧师的秘密，别人虽看不出，但是由于亥丝特出狱以后，他对她的特别关怀和同情，使得丈夫渐渐地猜中了这秘密。这丈夫是个医生，他因了牧师的健康不好，便借了给他看病为名，用种种言语磨折他，使他的内心增加苦痛，用来向他报复。

最后，牧师和亥丝特都受不了这种精神的谴责了，她勇敢地同牧师商议，要求带了私生的女儿一同逃到别处去生活。但是牧师拒绝了，因为他决定要忏悔自己的罪过。

有一天，在一次极为动人的盛大说教之后，这牧师便挽了亥丝特的手，带着这时已经七岁的私生女儿，一同走上那座示众的刑台，在全体市民极度惊异之下，庄严地向大家宣布，他说他早应该在七年之前就同亥丝特一起站在这里了，但是现在迟了七年，请大家原谅，不过他终于有机会这么做了，因为他正是那个“奸夫”，也就是这个私生子的父亲。他说完之后，就因为激动过甚，病体支持不住，倒在亥丝特的怀里死去了。

这就是霍桑的这部杰作的动人内容。《红字》出版于一八五〇年，他那时已经是四十六岁。后来又写了几部其他作品，但都赶不上这部动人的杰作。他活了六十岁，于一八六四年去世。

纳撒尼尔·霍桑 （Nathaniel Hawthorne，1804—1864）美国小说家。出生于马萨诸塞州塞勒姆，幼年丧父，同寡母一道住到外公家。1825年，从波登大学毕业后，回到塞勒姆，从事写作。1839年，在波士顿海关工作两年，之后进入布鲁克农场，结识超验主义思想代表人物爱默生、梭罗等人。他的代表作长篇小说《红字》于1850年出版，获得巨大成功。此后又出版了《七角楼房》和短篇小说集《重讲一遍的故事》。霍桑自称他的小说是“心理罗曼史”，善于揭示人物的内心冲突。1864年5月19日，霍桑在新罕布什尔州的普利茅斯去世。

乔治·桑像 德拉克洛瓦作，1838 年，奥德拉普卡尔德美术馆藏

乔治·桑和萧邦的恋爱史

十九世纪法国女作家乔治·桑，和波兰大音乐家萧邦的一段恋爱史，文学与音乐的结合，可说是法国文艺史上最为人爱谈的一段佳话。

乔治·桑（George Sand）女士原来的姓名是奥罗尔·杜特凡（Aurore Dudevant），杜特凡是她丈夫的姓，但他们结婚后就彼此感情不谐，终于分居。乔治·桑是个很有丈夫气的妇人，她宁可不要丈夫的赡养费，自己到巴黎去靠一支才笔来写作谋生。由于不愿被人嘲笑为闺秀作家，她特地选用了“乔治·桑”这个完全男性的姓名来作自己的笔名。她平时也喜欢作男性打扮，长绔窄衫，口衔雪茄，出入文艺沙龙，与当时作家往还，加之她的才华不凡，写作是多方面的，小说尤其写得很动人，因此不久就享了盛名。

她和波兰音乐家萧邦的一段恋爱史，开始时乔治·桑已经是三十四岁的中年妇人了，但是那位波兰大音乐家却比她年轻，比她小了七岁，而且已经患着严重的肺病。因此有人认为乔治·桑对萧邦的爱，除了普通男女之爱以外，还隐有一种母爱潜藏着。

因为在他们两人的恋爱期中，富于丈夫气的乔治·桑对衰弱文雅的萧邦，竟看护得十分体贴，无微不至，充满了女性的母爱精神。这时乔治·桑早已同她的前夫杜特凡离了婚，同小说家缪塞的一段短暂罗曼史也结束了，便将她的万丈情丝缠到萧邦身上，她已经有了两个儿女，大的是儿子，已经十五岁，小女儿也有十岁。但是乔治·桑仍不避物议，带了前夫留下来的这一对儿女，同萧邦去同居。

他们为了避免在巴黎过于遭受物议，便选定法国南部地中海的玛佐卡岛作为他们“爱情蜜月”生活的地点。他们本来都是住在巴黎的，但是从巴黎出发往玛佐卡岛去时，却故意分道扬镳，以免过分引起别人的闲话和议论，到了目的地以后再在约定的地点聚首。

玛佐卡岛是地中海的一座阳光普照、风景明媚的海岛。出生在北国波兰的萧邦，住惯潮湿寒冷的巴黎的乔治·桑，两人一来到这海外胜地的玛佐卡岛，不觉愉快异常。因为岛上有的是油绿的棕榈树，蔚蓝的天空，浅碧的海水，天上白云缓驰，阳光温暖。这时虽然已经是十一月，但是岛上的气候还煦和如春，使他们一来到以后就沉醉起来了。

可是，他们很快就遭受到意外的麻烦，使他们的恋爱美梦遭受了创伤。原来玛佐卡岛上的自然环境虽然很美丽，可是居住条件却很差。他们两人在一八三八年十一月的一个早上抵达玛佐卡岛的首府伯尔玛以后，人地生疏，首先在住处方面就发生了问题。

▶ **萧邦在工作** 乔治·桑作，1841年

◀ **萧邦诞生地热里亚左瓦·沃拉** 舍尔米斯基作

乔治·桑小说《小法岱》插图
George Sand, by Aline Alquier, Editions Pierre Charron, 1973

两人找来找去，才在海边一家小旅店里租下了两个小房间，一切设备很简陋，床上所铺的床褥，用乔治·桑自己的话来说，“又硬又薄，简直像是一块石板”。房外的窗下就是几个木匠的工作场，整天的在那里敲着铁锤，钉造木桶，使得这一对情人不能休息，只好搬家。

乔治·桑和萧邦两人在玛佐卡岛上，不过享受了三个月的甜蜜同居生活，可是在这三个月内，却搬了四次家，住到一座古老的别墅内，这时天气已入冬季，岛上的气候变得阴冷潮湿，多雨又多风，对于萧邦的病体非常不利。空洞的古屋连生火取暖的壁炉也没有，只好用炭盆取暖，烟气弥漫，经常惹得萧邦终夜呛咳不能安睡，更妨碍了邻居的安眠。邻人知道萧邦是患有传染病的，便向屋主提出抗议，屋主只好请这一对巴黎来客搬家。由于乡下地方小，消息传得快，大家怕传染肺病，当地人谁也不肯租屋给他们，甚至女仆也辞职不干。于是这一对小说家和音乐家的情侣，竟一筹莫展，只好求助于驻伯尔玛首府的法国领事，蒙他招待他们在自己家里住了几天，以便有时间可以慢慢地找住处，这次已经是乔治·桑和萧邦两人来到玛佐卡岛上后，在短短期内所换的第三个住处了。

找来找去好容易才找到一家公寓肯租屋给他们，这是用一座古老的僧院改建的，那些古堡式的屋宇已经有三四百年的历史，正厅下面有宽阔的地下室，都是当年僧侣习静的静室，辟作公寓供人居住。他们两人租用了这样一间地下室，里面分成三个房间。这座古僧院现在还存在，萧邦和乔治·桑当年住过的地方，现在已成为古迹名胜，来到岛上游览的旅客都要来参观一下。

住处虽然很不好，但是环境却很好，因为从僧院的庭院里就可以望见蔚蓝的海。萧邦的身体虽然越来越不好，但他仍不肯放弃工作，租了一架钢琴，支持病体来努力作曲。就是在这岛上古僧院的地下室里，同乔治·桑同居的期间，这位伟大的波兰作曲家创作了许多首出色的作品，这里面包括几首序曲，一首马叙尔卡舞曲，一首 F 调的谣曲，一首朔拿大，还有两支波格奈斯舞曲。就是乔治·桑自己，一面要照顾萧邦的病体和两个孩子，一面又

乔治·桑听萧邦弹琴　by Adolf Karpellus

要亲自上街去买菜，回来再入厨，在这样百忙之中，她也用这座古老的僧院作背景，写了那部小说《斯毕列登》。

后来，萧邦的病体更严重了，岛上的冬季气候实在对他太不利。两人只好结束了在玛佐卡岛上的同居生活，乘船回巴黎去。这样就结束了他们的好梦，同时也结束了这一段短暂的恋情。

乔治·桑 （George Sand，1804—1876） 法国女小说家。原名露西·奥罗尔·杜邦，生于巴黎一个贵族家庭，父亲是第一帝国时期的军官。她四岁丧父，由祖母抚养，在诺昂的农村长大，十三岁进入巴黎一修道院。1820年回到诺昂，发奋读书。十八岁与杜德望少尉结婚。1831年年初，她带了一儿一女，离开丈夫，来到巴黎。一身男性打扮，终日周旋于众多追随者之间。据说，即使乔治·桑这个笔名，也来源于她的一个年轻情人。1832年，她发表第一部小说《安蒂亚娜》，一举成名。此后又相继写出二百多部作品，包括《莫普拉》《木工小史》《康素爱萝》《安吉堡的磨工》《魔沼》等。

安徒生像 from a Painting by C.A.Jensen, 1836

可爱的童话作家安徒生

我们虽然还没有安徒生童话全集的中译本，但他最为人爱读的一些童话，都已经有了译文，因此我们对他的童话很熟悉，也非常爱好。我们喜欢安徒生的童话，不仅因为他的童话写得好，更因为他的童话里时常提到我们中国，告诉孩子们说，这是远在东方的一个美丽的神话一般的国家，虽然有可怕的喜欢杀人的皇帝，但是同时也有美丽的公主和可爱的会唱歌的夜莺。相传有这样的一个故事，在安徒生的故乡奥登斯，市中有一条小河，现在已经成了纪念安徒生的公园，人们传说安徒生在少年时代，家里非常穷，母亲每天要到这条小河里来为人洗衣服，安徒生也跟了母亲一起来，坐在河边，对着那些树木和河上的天鹅野鸭出神，他时常幻想，如果从这条河里往下挖，往下挖，一直挖到地球的另一角，就可以抵达东半球，到达中国。安徒生最喜欢旅行，一生曾多次出国旅行各地，一直到过土耳其。可惜那时交通还不便，他不曾到过东方，他若是有机会能亲眼见一见我们中国，对他该是一件多么高兴的事呀。

汉斯·克利斯丹·安徒生，这位世界最伟大的童话作家，他

▲ 安徒生妈妈是个洗衣妇 by Vilhelm Pedersen

▶ 《安徒生童话》插图 by Margaret W.Tarrant，*Hans Andersen's Fairy Tales*，Ward Lock

安徒生像 by Arthur Rackham

的一生，也几乎像他自己所写的有些童话一样，有些遭遇令人为他同情流泪，有些遭遇又令人为他拍手高兴。他是丹麦人，一八〇五年四月二日出生于奥登斯的一个贫苦的家庭。这个小小的城市，现在已因了这位可爱的作家，成为世界知名了。

安徒生的父亲是个补鞋匠，就靠了这收入不多的小手艺养家活口，因此生活异常贫苦。安徒生从小就生性不喜欢热闹，爱好僻静和沉思，宁可自己一人躲在一边独自去玩，不肯同其他的孩子们一起去胡闹。为了家里穷，小时不曾好好地受过教育。幸亏父亲虽然是个小手艺匠人，却读过书，又喜欢文学戏剧，很疼爱这个孩子，有空的时候就读故事和戏剧给他听，又为他制造各种小玩具和木偶，使它们在一座小舞台上来演戏取乐。这种家庭教育适合了这个喜欢幻想的孩子的个性，帮助了他发展爱好音乐戏剧的天性。安徒生的父亲又是个剪纸艺术的能手，他又将这技能传给了他的孩子。

不幸的是，潦倒一生的安徒生的父亲，郁郁不得志，一八一二年弃业从军，想找个机会改善自己的生活，不幸竟因此染上了病，在一八一六年便去世了，只活了三十五岁。两年之后，安徒生的母亲改了嫁，后父也是个鞋匠，安徒生从此失去了家庭的温暖，而且家里对他的期望和他自己的志愿相差太远。家里希望他学习一种手艺来谋生，安徒生则希望成为歌唱家和戏剧家，于是在一八一九年的秋天，十四岁的安徒生，这个孤独沉默、早熟古怪的孩子，便毅然离开了故乡和家庭，搭了一部邮车，到京城哥本哈根去实现他的梦想了。他身边仅带了几封介绍信和少得可怜的旅费，决定要去成为一个歌剧演员。

到了哥本哈根，不用说，安徒生的计划就首先碰了壁，因为歌剧院的负责人认为他既没有歌唱天才，也没有演戏天才，而且其貌不扬，也不适宜过舞台生活。其后虽然获得有些热心人士的帮助，使得这个有志趣的年轻人有入学求深造的机会，以后甚至自己可以动笔写诗、写剧本，甚至写长篇小说，而且获得了相当的成功了，但这种使他不得不改变初衷，放弃做一个音乐家、戏剧家的愿望，他自己当然是很不高兴。但从另一方面来说，实在是世人的大幸，也是他自己的大幸，因为这样一来，才使我们获得了一位最伟大的童话作家。

安徒生在未曾写童话以前，曾写过好几本长篇小说和剧本，出版后在当时也获得相当成功。可是，在今天有谁还读他的小说和戏剧呢？正如他的朋友奥尔斯地，读了他的一部小说和一些童话后，对他说得好：“你的这部小说也许能使你成名，但是那些

HEATH ROBINSON

给孩子们看的故事将使你名垂不朽。”当时安徒生完全不同意这个朋友的看法，现在我们可以知道他说得多么正确。说起来真有点令人难以相信，今日被全世界无数男女老幼所爱读的安徒生这些童话，在当时不过是他毫不经心之作，是他从事那些刻意经营的剧本和长篇小说余暇的副产品。他自己曾说，在文艺花园里，他培植的乃是参天大树，而不是小花小草。他将自己的剧本和小说比作大树，这些偶然信手写成的童话比作小花小草。不料使得他在文艺花园里获得不朽地位的却正是这些花草，这真是他自己也意料不到的事情。

安徒生的童话集，第一次出版于一八三五年，这一集里的作品，包括了有名的《火绒盒》和《真正的公主》。在第二年（一八三六年）又出版了第二集，一八三七年又出版了第三集。今日为人所熟知的《人鱼姑娘》和《皇帝的新衣》，都是在这一集里第一次与世人相见的。这三集童话就奠定了安徒生在世界文坛不朽的地位。它们起先销得并不多，而且很慢，但是一两年之后，他的名字和这些童话，在丹麦本国已经成为家喻户晓的东西了。今日在安徒生的故乡奥登斯，他的纪念馆里所藏的童话译本，共有六十多种文字的版本，这个补鞋匠的儿子，实在也可以自豪了。

安徒生的童话，一小部分取材于固有的民间传说，大部分都是他自己的创作。这正是他与德国的格林兄弟的童话大不相同的地方。他的童话，往往直接采用向孩子们讲故事的口吻，如他在那篇有名的叙述中国皇帝和夜莺的故事，一开头就这么说：

“在中国，正如你们所已经知道的那样，皇帝是中国人，他

《安徒生童话》插图　by Arthur Rackham, *Arthur Rackham*：*A Life with Illustration*, James Hamilton, Pavilion,1990

◆◆《安徒生童话》插图　by Edmund Dulac, Calla, 2008

安徒生童话插图 by Fritz Kredel, *Andersen's Fairy Tales*, Heritage, 1942

的左右一切也都是中国人……”

他的叙述就是这么的天真，使得孩子们一听到就欢喜，再加上其中有些又有极微妙的讽刺（如《皇帝的新衣》那样），于是成人也觉得津津有味了。

安徒生后半生的享盛名和到处受人欢迎，正和他年轻时候的穷困和到处碰壁，成了有趣的对照。他最喜欢旅行，曾在欧洲大陆周游过几次。当时铁路正在开始发展，他是这种新的交通工具的最热烈的拥护者。他曾两次到过英国，狄更斯对他的童话非常倾服，两人结下了深切的友谊。自一八四八年以后，安徒生将他的全部精力，放在童话写作上面，因为他终于看出这才是他最值得献身的工作。

一八六七年，他的故乡奥登斯，为了对他表示敬意，特地选他为荣誉公民。于是在四十多年前孑然一身离开故乡的这个穷孩子，现在是在全城张灯结彩，自市长以下全城居民夹道欢迎的盛况下回来了。安徒生这时真可以说得上是衣锦荣归。他的荣誉公民证书，至今还和他的一些遗物，陈列在奥登斯的安徒生纪念博物馆里。这个小小的城市，就因了产生这样一位伟大的作家，成为举世皆知了。

安徒生逝世于一八七五年八月四日。至今在丹麦京城哥本哈根的海滨，建有一座美人鱼的铜像，就是纪念他的，因为这是根据他的那篇《人鱼姑娘》童话而设计的。这座铜像成了丹麦的名物，每年不知有多少游客和安徒生的崇拜者，特地来到这里瞻仰。

汉斯·克里斯汀·安徒生 (Hans Christian Andersen, 1805—1875) 丹麦童话作家。出生于欧登塞城一个贫穷的鞋匠家庭，童年生活贫苦。父亲去世、母亲改嫁后，只身来到首都哥本哈根。他写过小说、剧本、诗集、游记、自传等，但名垂青史的却是童话。据称，安徒生童话的发行量仅次于《圣经》。为纪念安徒生在童话领域的杰出贡献，在丹麦女王赞助下，国际少年儿童读物联盟于 1956 年设立了国际安徒生奖。安徒生终身未娶，在“强烈的孤独”中过完一生。1875 年 8 月 4 日，因肝癌逝世于朋友的乡间别墅。

爱伦·坡像　*Poems by Edgar A. Poe*, The Roycrofters, 1901

诗人小说家爱伦·坡

在十九世纪美国文学史上，爱伦·坡是一个杰出的人物，同时也是一个少有的例子：写下的作品不多，可是质量极高，留下的影响很大，同时在国外比在他自己本国更有名。当然，今天美国也仍有爱读爱伦·坡作品的，但他在法国受到的尊重更大。

艾地加·爱伦·坡，生于一八〇九年，生日是一月十九日。由于生活不好，受到贫病和失意的磨折，他仅仅活了四十岁便死去。文学生活不长，留下的作品也不多，可是他的文学活动却是多方面的，这些数量有限的作品，包括抒情诗、短篇小说和文学评论，在质量上可说都是第一流的。

爱伦·坡的一生，从一开始便遭遇了不幸。他出生在美国波士顿，父亲是一个走江湖卖艺的，三岁便父母双亡（按：父亲未死，只是出走），成了孤儿，由一个富有的烟草商人将他收养为义子。至今他的姓名上的“爱伦”，便是义父的姓氏。这位爱伦先生是一个古板的商人，虽然对待爱伦·坡很好，却不喜欢这孩子的性格。因为爱伦·坡秉受了他生父的江湖流浪血统，从小就喜欢过着放荡不羁的生活，而且爱好赌钱和喝酒。爱伦·坡在十七岁时就考进了维基尼亚大学，他虽然聪明过人，却不喜欢学校里的功课，在校继续过着酗酒赌钱的生活，还欠下了不少的债，因此不到一年便被迫退学了。离开学校以后，义父要他练习经商，爱伦·坡为了不愿继续过这样受拘束的生活，毅然脱离了爱伦先生的家庭关系，独自到外面去谋生。他在学校里就早已学着写诗，这时就决定用写稿来维持生活。

这个决定，对于爱伦·坡可说是极重大的，因为他从此开始了正式的文学写作生活。这时正是一八二七年的事情，他在这一年就自费出版了一册小诗集：《塔玛郎及其他》。我们的年轻诗人不曾署名，作者是“一个波士顿人”。且不说这本小诗集在文学上的价值，仅是这薄薄的四十页的小册子，目前在美国珍本书市场上，已经要卖到三万元美元一册。这还是前几年的拍卖纪录。但是即使有钱，也未必能买到爱伦·坡的这部初版的第一本诗集，因为现在残存的一共只有七八本。

爱伦·坡离开义父家庭以后，就搬到他的一位姑母家里去暂住。在这期间，他的个人生活上就发生了两件大事，一是爱上了他的小表妹薇琴妮亚，另一是为写稿的收入不够维持生活，他曾经应征入伍当兵，靠了“粮饷”来贴补生活，后来更率性投考西点军校，可是过不惯那种严厉的军事训练生活，不到半年便因了不守校规被革退了。爱伦·坡从此就死心塌地地靠了写作来谋生，不再作从事其他职业的打算。

他和小表妹薇琴妮亚的恋爱，是爱伦·坡短暂的一生最大的幸福，同时也是最大的悲剧。他同薇琴妮亚结婚时，薇琴妮亚只

爱伦·坡小说 *The Mystery of Marie Rogêt* 插图
by Harry Clarke, *Tales of Mystery and Imagination*, Calla Editions, 2008

有十三岁，为了不足法定年龄，不得不在证婚的教士面前说了谎。这位表妹，可说是一个难得的贤淑小妻子，但是身体健康却不好。他们在一八三五年结婚，由于爱伦·坡的收入不多，一直过着贫乏的生活，再加上爱伦·坡嗜酒成性，这位贤淑的妻子要一面维持家计，一面照顾丈夫，身体经常受到磨折，染上了肺病，从一八四二年起就不断地咯血，到一八四七年便去世了。在她患病的最后几年，爱伦·坡虽然在美国文坛上已经相当有名，可是只靠了在报章刊物上发表短篇小说和评论，哪里能够维持生活。冬

爱伦·坡小说 *William Wilson* 插图　by Arthur Rackham, *Arthur Rackham*: *A Life with Illustration*, James Hamilton, 1990

天家里没有燃料，患病躺在床上的薇琴妮亚，裹了丈夫的旧大衣在发抖，只能将家中所豢养的一只猫儿抱在怀里取暖，尝尽了贫贱夫妻的苦味。

短短的十年恩爱夫妻生活，由于贫病的磨折，生生地被毁坏了，这对于爱伦·坡自然是一个莫大的打击，因此他也无法活得下去，挣扎了两年，自己也在一八四九年十月去世了。在这最后两年里，爱伦·坡几乎日日借酒浇愁，所过的几乎是一种半疯狂的生活。但他在临死之前还留下了一首悼亡诗：《安娜贝尔·李》，这是怀念薇琴妮亚的，是一首抒情诗的杰作，使得许多人至今读了仍不禁要为他流泪。

爱伦·坡的抒情诗，除了《安娜贝尔·李》以外，较长的作品，还有一首更有名的《大鸦》，此外多是短诗。在小说方面，他不曾写过长篇，所写的全是短篇小说，共有七十多篇，有的是分析心理变化的幻想故事，有的是猎奇恐怖的侦探短篇，这里面《金甲虫》《亚撒家的没落》《红色的面具》《黑猫》《验尸所街的谋杀案》等篇，在描写和结构上，都是短篇小说的杰作。在爱伦·坡以前，没有人曾经像他那样，从整个人生中切下一个断片来给人看。爱伦·坡的短篇所采用的却是这个手法，而这正是现代所有的优秀短篇小说作者一致遵循的途径，因此爱伦·坡被批评家尊为“短篇小说之父”。莫泊桑、契诃夫、海明威等人的小说，全是奉这方法为圭臬的。

他所写的短篇侦探故事，篇数虽然很少，但所采用的推理分析方法，在他以前也是没有人尝试过的，而现在一切好的侦探小

爱伦·坡小说插图　by Harry Clarke, *Tales of Edgar Allan Poe*, Franklin, 1979

说，都仍采用着他的这种结构布局方法，因此许多人都认为现代侦探小说也是从爱伦·坡才开始的。现代有名的《福尔摩斯探案》作者英国柯南·道尔爵士，也承认他的作品曾经从爱伦·坡那里获得了可贵的启示。

爱伦·坡所写的文学评论集，有《诗的原理》和《创作哲学》两种。在文学批评方面，他的成就也很高。他虽然是抒情诗人，但是在《创作哲学》里，却能够用客观的理智去分析自己的那首《大鸦》，说出了详细的创作过程，并且主张写诗决不要仅凭灵感，一定事前要在理智上有周密的准备。他的诗论，曾深深地影响了法国象征主义文学。大诗人波特莱尔是他的作品爱读者，曾经翻译过他的作品。现代法国意象派大诗人梵乐希，他所写的有名的《诗论》，也有些是复述爱伦·坡《诗的原理》里的见解。

埃德加·爱伦·坡 （Edgar Allan Poe，1809—1849）美国诗人、小说家。出生于马萨诸塞州波士顿，幼时父母双亡，被里士满一位烟草商弗朗西斯和约翰·爱伦夫妇收养，一度过上优渥的生活。但他不断与养父产生冲突，养父资助他就读西点军校，却因违反校规被除名。不能获得养父继承权，爱伦·坡选择了写作与编辑的职业，虽然写作不辍，声誉鹊起，却没能赚取多少钱财。他娶了年仅十三岁的表妹弗吉尼亚，却过着饥寒交迫的生活。弗吉尼亚病死后，他也于四十岁上贫病而死。爱伦·坡被认为是美国第一个职业小说家，是现代各类小说作品的先驱，在科幻小说、惊悚小说，特别是侦探小说方面，给后世以深刻影响。

果戈理像　N. 绥惠尔籍耶夫作

果戈理的《死魂灵》

果戈理生于一八〇九年四月一日，今天正是他诞生一百五十周年纪念日，趁这机会谈谈他的那部《死魂灵》。

这部伟大的讽刺小说，在我国已经有了鲁迅先生的译本，可是还差一点未译完，鲁迅先生就已经去世了。事实上果戈理的原作，后面的第二部，也是未写完的残稿。

果戈理写《死魂灵》，先后一共花了十六年的时间，但还未写完。他开始决定写这部小说，是在一八三五年。他用了六年的时间，到一八四一年，写完了第一部。可是第二部的写作，旋写旋辍，写成的原稿被毁了几次，直到他在一八五二年去世时，仍未写完，后人将他烧毁的残稿加以整理，共得四章。鲁迅先生的译文，第二部仅译至第三章，据许广平的回忆，这一章是在一九三六年五月译完的，后来因身体不好搁置，同年十月间拿出来整理交《译文》发表，这一章译文刊在《译文》的新二卷第二期上。出版时先生已经去世了。许广平曾在全集本《死魂灵》译文的附记后面很感伤地说：

“到十月间，先生自以为他的身体可以担当得起了，毅然把

СТРИГУТЪ БРИЮТЪ І ЗАВІВАЮТЪ БАРАНОВ
Е. Агинъ
БЕРНАРДСКІЙ.

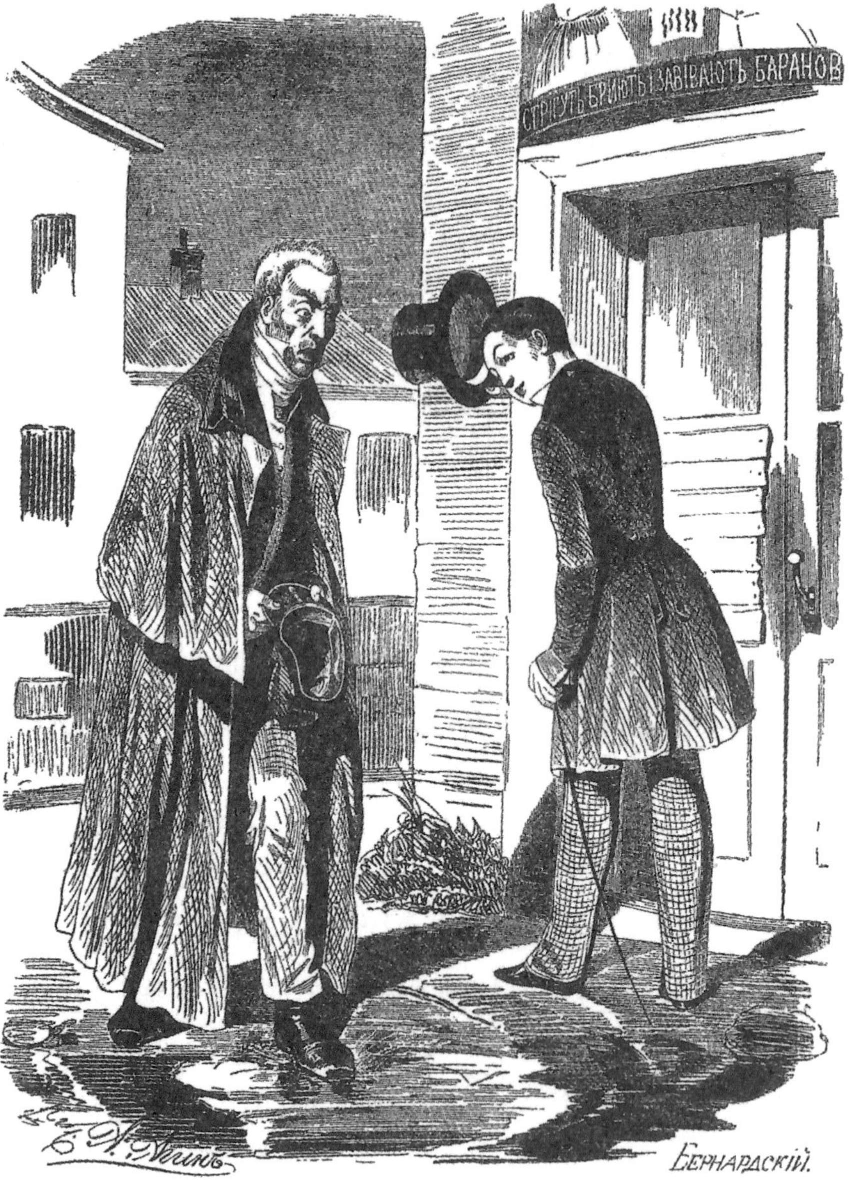

《狄康卡近乡夜话》英文版插图　by A.Kanevsky, Foreign Languages Publishing House, Moscow, 1958

《死魂灵》插图　A. 阿庚画，培尔那尔特斯基刻，《死魂灵一百图》，文化生活出版社 1936 年版

▲ 果戈理像　by A.A.Ivanov

▶ 果戈理《索罗钦集市》插图　by A.A.Plastov

压置着的译稿清理出来，这就是发表于十月十六日的译文新二卷二期上的。而书的出来，先生已不及亲自披览了。人生脆弱及不到纸，这值得伤恸的纪念，想读者也有同感的。而且果戈理未完成的第二部，先生更在翻译上未为之完成，真非始料所及，或者也算是一种巧合吧。”

《死魂灵》书影　东北中苏友好协会 1946 年版

果戈理的《死魂灵》的第一部，并不是在俄国本国写的，而是在外国写的。他从一八三六年开始出国，到德国、法国、瑞士去旅行，后来又到了意大利，在罗马住下来，集中精力从事《死魂灵》的写作。一八四一年八月离开罗马，漫游德国各地，十月间回到莫斯科，将这部小说第一部的最后几章重加修改。直到次年五月才第一次出版。

一八四五年夏天，果戈理烧毁了他的《死魂灵》第二部业已写好的几章。在他临死之前，即在一八五二年二月初旬，他将重行改写过的第二部几章又付之一炬。因此至今只剩下残稿四章。

果戈理对于《死魂灵》第二部的写作，显然遭遇了许多困难，所以一再将已写好的原稿焚毁。据屠格涅夫的回忆，他第一次去拜访果戈理时，陪同他前去的希讫普金曾再三警告他，叫他不可向果戈理问起《死魂灵》续编的写作，说他不愿同别人谈起这事。

所谓“死魂灵”，是指一批已死去的农奴的名单，被投机商人乞乞科夫用贱价买了来，当作活人连同土地向银行去抵押借款，这是十九世纪俄罗斯的一宗黑暗奇闻。

尼古莱·瓦西里耶维奇·果戈理·亚诺夫斯基 （Nikolai Vasilievich Gogol-Anovskii，1809—1852） 笔名果戈理。俄国作家。出生于乌克兰波尔塔瓦省密尔格拉德县索罗庆采镇。从小喜欢民谣、传说和民间戏剧，中学期间博览群书。1828 年前往圣彼得堡，做过小职员，学过绘画。1830 年第一次使用“果戈理”笔名发表小说《圣约翰节前夜》，1831 年出版短篇小说集《狄康卡近乡夜话》。随后短暂担任圣彼得堡大学历史学副教授，不久离职，专事创作。他深受普希金影响，最重要的两部著作《钦差大臣》和《死魂灵》都受普希金所提供素材的启发。《死魂灵》的第一卷则是在六年欧洲侨居生活期间写成。1852 年 2 月 24 日，他烧掉将近完成的《死魂灵》的第二卷，并拒绝进食，3 月 4 日在莫斯科辞世。人们现在看到的第二卷，是他的出版商舍维廖夫根据他的遗稿整理而成。

狄更斯像　by William Frith, *Charles Dickens at Home*, Frause Lincoln Limited, 2011

《辟克魏克》的流行

狄肯斯的名著《辟克魏克俱乐部文抄》(中译作《滑稽外史》),并不是由他本人创意,而是由书店老板授意才执笔的。书店要出一套图画定期刊物,由名画家谢摩尔作画,请狄肯斯写说明,但狄肯斯却改变了书店老板的计划,将他的文字作了主体,将谢摩尔的作品变成了他的插图,于一八三六年三月出版第一册,这就是著名的《辟克魏克俱乐部文抄》的开始。

最初几册的销路并不十分好,但出到了第六册,这书竟突然一夜之间不胫而走,每册销到了四万份。四万份,在今日也许不怎样多,但在那时却是一个惊人的破天荒的巨数。

那时狄肯斯才二十四岁,是伦敦一家报馆的小访员。他从《辟克魏克》所得的酬报是每册十四镑。他编好第一册后将要结婚,因此还预支了两个月的编辑费。

当时的《辟克魏克》一书的流行,正如今日电影上的米老鼠和人猿泰山差不多,不仅家喻户晓,而且有无数社团和商品用它作题名,至今并未衰退,据英国出版物销路的统计,《辟克魏克》每年总占据着第三位,或第四位。除了《圣经》、莎士比亚及礼

THE NINETEENTH CENTURY.

▲ 狄更斯留给英国的遗产　by F. Barnard, *Charles Dickens*: *Rare Print Collection*, R.G.Kennedy & Co., 1900

◀《匹克威克外传》初版封面　*Charles Dickens*: *Rare Print Collection*, R.G.Kennedy & Co., 1900

C E BROCK

△《块肉余生述》书影　林纾、魏易译，商务印书馆 1935 年版

◁《匹克威克外传》插图　by C.E.Brock, Dodd, Mead and Company Publishs, 1930

《匹克威克外传》插图　by Cecil Aldin, *Illustrated Books*, Bookman Enterprises, 1979

拜用的公祷文之外，《辟克魏克》要算销路最好的书了。

《辟克魏克俱乐部文抄》于一八三六年开始出版，一八三九年结束。这种分册的初版本，据说至今全世界只有十四部存在。本来只卖一先令一册的，据说现在如有人愿意以每部五万元出卖，立刻有人抢着买。这十四部完全的分册初版本，有十三部在美国藏书家手中，只有一部在英国。

《辟克魏克》的原稿失散了，现在只有几页存在。一九二八年，美国发现了一页半，伦敦发现了五整页。那一页半卖了九千美金，五整页卖了七千五百金磅。现在如再有人能寻到《辟克魏克》的原稿时，他尽可以论字出卖，每一个字的价格不超过三十金镑时，他尽可摇头不卖。

查尔斯·狄更斯 （Charles Dickens，1812—1870）英国作家。原名查尔斯·约翰·赫法姆·狄更斯。出生于普茨茅斯市郊一个海军小职员家庭。少年时因家庭生活窘迫，只能断断续续入校求学，后被迫到工厂做童工。十五岁以后，当过律师事务所学徒、录事和法庭记录员。最后在报馆崭露头角，发表了大量短篇故事、特写和随笔。1836 年，第一部《博兹特写集》和第一部小说《匹克威克外传》开始由查普曼与霍尔出版社分段逐月出版。此后，写下《雾都孤儿》《老古玩店》《大卫·科波菲尔》《艰难时世》《小杜丽》等多部小说。他被认为开城市小说先河，是英国小资产阶级的痛苦、爱好和仇恨的伟大表现者。

斯托夫人像　阿兰森·费舍尔作，1853

《黑奴吁天录》的故事

美国斯托夫人的著名小说《汤姆叔叔的茅屋》，在我国很早就有了译本，是林琴南和魏易两人合译的，出版于一九〇一年，书名没有根据原名来翻译，改用了更文雅也更切题的《黑奴吁天录》作书名。

斯托夫人的这部反对美国人蓄奴制度的小说，最初是在一个周刊上连载的，单行本出版于一八五二年，在连载时，这部小说已经吸引了读者，尤其是那些主张解放黑奴的人。印成单行本后，更立即风行畅销起来。

一八五二年三月二十日，《汤姆叔叔的茅屋》单行本出版，分印成上下二册。这时在刊物上的连载还未完毕，但是双方的销路都不曾受到影响。初版的《汤姆叔叔的茅屋》一共印了五千册，在出版的第一天，读者抢购，一口气就销去了三千册。到了三月底，再版本也卖光了。

本来，那位出版家是提议与斯托夫人合作，各人担负一半印刷出版费用，将来有了利益就对分，在这样合作的条件下来出版这部《汤姆叔叔的茅屋》。出版人所以要这么做，是因为对这小

《汤姆叔叔的小屋》插图　by James Daugherty, Coward-McCann, Inc., 1929

《汤姆叔叔的小屋》波兰语版插图　by Andrzej Strumillo, Nasza Ksiegarnia Warszaroa, 1964

说的出版没有什么大信心，所以要采用这种与作者合资出版的办法，以便减少可能的损失。可是由于斯托夫人根本没有力量担负一半的印刷费，经过再三商议，出版家终于答应由他一人出资印刷出版，改用抽版税的办法，作者抽取百分之十的版税。

由于这书一出版就畅销，三月二十日初版问世，一再再版，到了这年八月间，作者所抽得的版税已超过一万元。本来，斯托夫人是希望这部小说的出版，能多少有一点收入，可以贴补家用，使她有时间和安定的心情坐下来再写一部。她完全不曾料到《汤姆叔叔的茅屋》竟这么好销。因此仅是这一万元的版税收入，已经足够她长期写作，在经济上不必再有什么顾虑。

到了这年夏天，《汤姆叔叔的茅屋》已经销到了十二万册。据说出版时间未满一年之际，仅在美国本国就已经销去了三十万册。这个数字，有人曾经统计，若是以人口作比例，一八五〇年的三十万册销路，事实上可以抵得上现今的一百五十万册。

《汤姆叔叔的茅屋》，是美国小说译成外国文字最多的一部。连我国在一九〇一年都已经有了译本。可见这书的流传之广。可是关于这书的作者，这位斯托夫人，知道她的生平故事的却不多。

斯托夫人生于一八一一年，是美国人，丈夫是大学教授。她的写作生活，最初是业余的。着手写《汤姆叔叔的茅屋》时，已经是六个孩子的母亲了。但她对小说写作发生兴趣，同时又受到丈夫的鼓励，再三劝她摆脱家务去安心写作，并且对她鼓励，这才使得斯托夫人有勇气写出了像《汤姆叔叔的茅屋》这样的作品。

当时美国正在展开解放黑奴的高潮，但是阻力也很大，尤其

《汤姆叔叔的小屋》插图　Grosset & Dunlap, 1933

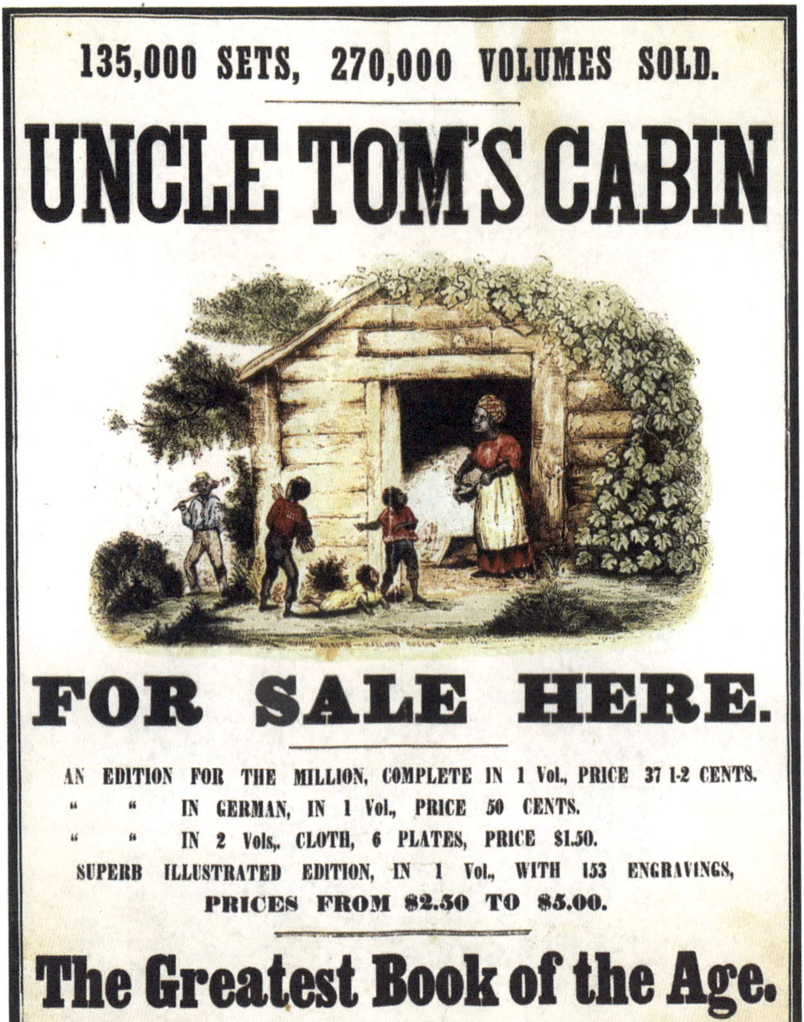

《汤姆叔叔的小屋》海报　1859

是那些奴隶贩子，这是他们的衣食所系，而奴隶贩子的大头目又都是在社会上和政治上具有潜势力的人物。斯托夫人的兄弟爱德华，是主张解放黑奴最力的一个人，后来就被人所暗杀。

斯托夫人不仅是一向主张解放黑奴的，而且对于美国黑人所过的非人生活，知道得最详细。关于她着手写《汤姆叔叔的茅屋》的经过，她儿子查理在那部给母亲所写的传记上这么说道：

当时母亲正在礼拜堂里参加祈祷会。突然，像是在她的眼前展开了一卷图画一般，汤姆叔叔死的情景涌现在她的心中。这情形将她感动得太厉害，她要再三忍住，才不至当众大哭起来。她立即赶回家中，摊开纸笔，将自己心中所得的印象写下来。然后，将家人孩子们召集在一起，她将自己所写下的读给他们听。她的两个最小的孩子，一个十岁，一个十二岁，听了哭得呜咽不止，其中一个在呜咽中说：

“哦，妈妈，奴隶制度乃是世上最残酷的一件事情！”

斯托夫人就在大家这样热心鼓励之下，开始执笔继续写下去。一八五一年六月，这部小说虽然还不曾写完，就开始在一些刊物上连载。斯托夫人本来只想连载几期就将它写完。哪知一开始之后，读者的反应非常热烈，她的写作兴趣也提高，就以控诉残酷不人道的奴隶制度为主题，放开手往下写，几乎连载了一年，直到第二年四月才刊完。可是在连载未完毕以前，她就已经出了单行本。

斯托夫人将这部小说交给刊物去连载，所得的发表费，一共只有三百元。可是出版后却销路大畅，如前面已经说过的那样，

《汤姆叔叔的小屋》插图　Grosset & Dunlap, 1933

半年不到，她所得的版税已经超过一万元。

初版的《汤姆叔叔的茅屋》，是黑布面装订的，分订上下两册。这种初版本，虽然印了五千册，但是由于销路好，读的人多，至今能保存下来的反而极少了。

哈丽叶特·比切·斯托（Harriet Beecher Stowe 1811—1896）

美国女作家。生于康涅狄格州。父亲是牧师。1832 年，她随全家迁往辛辛那提市，在一所女子学校教书。1836 年，与父亲任院长的莱恩神学院教员 C.E. 斯托结婚，生育六个孩子，偶尔为杂志撰写短文和小说。1850 年随丈夫迁往缅因州，在那里成为一个坚定的废奴主义者，在家人支持下开始创作《汤姆叔叔的小屋》，并在《民族时代》连载了一年多。小说一版再版，仍然供不应求。林肯总统后来接见她时曾戏称她是“写了一本书，酿成了一场大战的小妇人”。1896 年，她在哈特福德去世，终年八十五岁。

屠格涅夫像　列宾作

《猎人日记》

我很爱读屠格涅夫的《猎人日记》。并不是因为这书的力量曾使沙皇释放了农奴。却是喜爱其中关于森林、沼泽和天气的描写，使人对于俄罗斯的田野起一种亲切的爱好。当然，《猎人日记》的伟大并不在此，但这些地方正是使这部书成为一件艺术作品的要素。

屠格涅夫在早年曾说过这样俏皮的话：

> 诗人正好像蛤蜊一样，除非好到透顶，否则便一钱不值。

他早年颇有希望成为诗人的野心，也许后来发现自己不能成为最好的蛤蜊，所以才转向小说方面。《猎人日记》中关于自然的描写，以及晚年所写的散文诗，正是他诗人才干的闪耀。凡是读过这作品的人，没有不为他美丽的文笔所吸引；他的地主、农奴、鹧鸪和猎狗，便在这样的背景里移动。

一支美丽的笔，正是一位小说家最重要的工具。细腻并不等于纤巧，雄壮并不等于粗野；就是粗野，也不是粗糙；这里就是

▲《前夜》俄文版书影　国家小说出版社 1949 年版

▶《猎人日记》俄文版插图　Peter Sokolov 作，国家小说出版社 1949 年版

《猎人日记》俄文版插图　Peter Sokolov 作，国家小说出版社 1949 年版

才能和艺术修养深浅的区别。我们现在所读到的青年作家的作品，无论是描写破产的农村也好，描写淫靡的都市也好，总没有一点成熟的征兆，更谈不到才能的光辉；这都是还不曾备具成为一位作家的必要的基础之故。这样的作品几乎使人不能卒读，哪里还谈得到效果和受感动。近来有人叹息创作的水平日渐低落，这就是因为每一只苹果都是不曾成熟就从树上摘下了。

屠格涅夫的《猎人日记》据说费了十年收集材料之功，随时随地记录着一切可用的印象和感想。他并不是为了要解放农奴才写《猎人日记》，却是因为他所描写的事实使得农奴释放了，这正是艺术的力量。

中国目前有着无数可以成为不朽的文学作品的素材，但是没有一位作家肯注意培植自己写作的修养和能力，只凭了一点浅薄的观念去虚构题材，去捏造人物，于是我们文坛上一面“货弃于地”，一面又在嚷着贫乏！

伊凡·谢尔盖耶维奇·屠格涅夫 （1818—1883）俄国作家。出生于奥廖尔省一个贵族家庭，先后在莫斯科大学、圣彼得堡大学就读，并到柏林进修。他的成名作《猎人日记》有明显反农奴制倾向，为此当局将他拘留并遣返原籍。19 世纪 60 年代起，屠格涅夫大部分时间在西欧度过。他于 1882 年初患脊椎癌，次年 9 月 3 日病逝于巴黎。遵照他的遗嘱，遗体运回祖国。他的代表作品还有《罗亭》《贵族之家》《前夜》《父与子》《烟》《处女地》等。

惠特曼像　塞缪尔·霍利尔作，以加布里埃尔·哈里森的摄影为底本，1854

惠脱曼的《草叶集》

一八五五年夏天，纽约的一家小印刷店内，有一位身高六尺的三十几岁中年男子，举动缓慢，挤在狭小的印刷工厂内，排着一部诗集的原稿。这男子并不是一个排字工人，乃是一位顾客，他手里所排的乃是他自己的著作，一部诗集，不是安静中的吟咏，而是在百老汇的公共汽车以及纽约嘈杂的轮渡中所成的诗句。印刷所的工人偶然也排一二行，但大部都成于他一人之手。

这排字的是美国第一个大诗人惠脱曼，所排的乃是他的代表作《草叶集》。

惠脱曼早年曾做过印刷学徒，为了省钱，所以决定自己在这家相熟的小印刷店内排他的第一部诗集。五月间动手，七月底，他的第一部诗集出版了。

这初版的《草叶集》，共有九十五页，其中十页是序文，余下的八十五页共印了十二首诗，每一首都没有题目。封面上并没有作者姓名，只印着："草叶集，一八五五年，纽约出版。"封面里面有一张插图，一个大半身的中年人画像，络腮胡子，穿了一件衬衫，敞开领口，没有打领结，一顶黑帽子斜压在左耳上，

惠特曼漫画像　　by Max Beerbohm, *Beerbohm's Literary Caricatures*, Allen Lane, 1977

右手放在背后，左手插在裤袋里。这张画像也没有说明是谁，更没有说明是作者。只有在里封面的反面，注明这本诗集的版权是属于“惠脱曼所有”。装帧相当考究，但定价却是那时的吓人高价每册二元，实际是对折出售。初版一共印了多少册，至今不大有人知道，大约总在五百册以上、九百册以下。

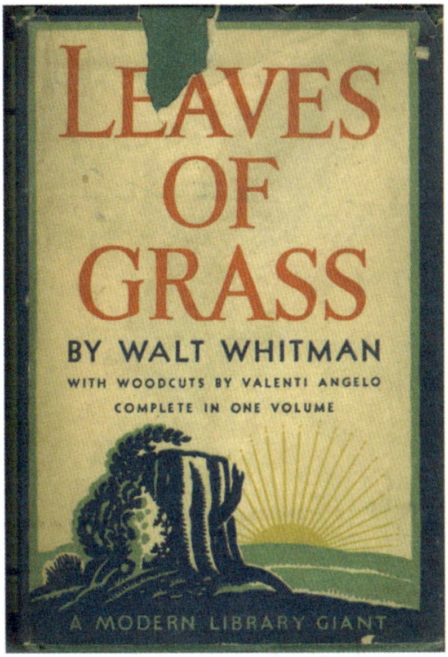

《草叶集》书影　Modern Library

初版的《草叶集》，销路实在不十分好，但当时批评界的权威爱默逊对这新诗人的作品却给予了相当的好评，奠定了他的地位。爱默逊答谢惠脱曼赠书的回信上，其中有一句话是：

“我敬祝你这一个伟大前程的开始。”

诗人毕竟是敏感的，在第二年所印的再版《草叶集》上，惠脱曼就将这名句印在封面的底页，注明是爱默逊的评语。此外又将爱默逊的复信印成了单页，加上按语，分赠给他的朋友。初版《草叶集》只有九十五页，再版时加上他一年间的新作，却有了三百八十多页。

在当时一块钱一册还没有人买的初版《草叶集》，早几年的古书市场上已经卖到三千块钱一册。到了近年，要买一册那

惠特曼故居　*Walt Whitman in Camden*, The Haddon Craftsmen, 1938

九十五页的《草叶集》，非要五千块以上不行。但有一件奇怪的事是：自从出版至现在，惠脱曼的这部诗集在舆论上经过了无数的波折，一直到今天，还有人认为其中的几首是猥亵和不道德，坚持着要加以删除。

沃尔特·惠特曼　（Walt Whitman，1819—1892）美国诗人。出生于纽约州长岛，因家贫迁居布鲁克林。惠特曼在九个兄弟姐妹中排行第二，只上了六年学，然后开始做印刷厂学徒。他刻苦自学，喜欢阅读荷马、希腊悲剧以及但丁、莎士比亚的作品。他在家乡一所乡村学校执教多年，之后在纽约编辑报纸，担任自由撰稿人。在出版《草叶集》之前，他出版了一些短篇故事和小说《富兰克林·埃文斯》。《草叶集》是他自费出版的，出版于 1855 年，这本薄薄的诗集受到了普遍冷遇，只有爱默生给他写了一封热情洋溢的信。到 1881 年的第七版时，才得以畅销。现在通用的全集，是所谓“临终版”，即 1892 年出版的第九版。《草叶集》以其“自由体”的诗歌形式对后世产生一定影响。

《一千零一夜》插图　by Edmund Dulac, Reader' Digest, 1991

褒顿与《天方夜谭》

许多年以来，我就想买一部理查·褒顿的《天方夜谭》英译本，这个愿望一直到最近终于兑现了。

本来，我早已有了马特斯根据马尔都路的法译重译本，这是八巨册的限定版，译文清新流丽，读起来很方便，应该可以满足了，但是我始终念念不忘许多人一再提起的褒顿的渊博的注解，以及他以三十年的精力完成的那完整的译文，总想一见为快，所以即使早已读过近年印行的褒顿译文的选本，我仍坚持要买一部十六册的褒顿原刊本。

在北窗下，翻开书本，迎着亮光检视每一页纸上那个透明的褒顿签字的水印，并不曾看内容，我的心里就已经十分满足了。

褒顿精通近东各国语言文字多种，他的《天方夜谭》译文，是直接从阿拉伯文译出来的，世上精通阿拉伯文的人本来就不多，就是这样的人才，也没有褒顿那样渊博的学力和兴趣，更难得有他那样的毅力，所以这部《天方夜谭》，尽管在褒顿以前和以后另有多种译本，但是没有一种能比得上他的那么忠实完整。在有些地方，如追溯书中有些故事的渊源加以比较，以及对于某些风

褒顿（左）在埃及　*Captain Sir Richard Francis Burton*, by Edward Rice, Scribners, 1990

褒顿时期的印度　*Captain Sir Richard Francis Burton*, by Edward Rice, Scribners, 1990

俗和辞令的诠释，就是在阿拉伯的原文里也看不到的。

在《译者小引》里，理查·褒顿这样叙述他立意翻译《天方夜谭》的经过：

一八五二年冬天，褒顿同他的老友斯泰恩亥塞谈起《天方夜谭》这书，认为当时英国读书界虽然知道这书的人很多，但是除了能直接读阿拉伯原文的以外，很少人能有机会领略这座文学宝库的真正价值，于是他们两人便决意合作，将这部大著忠实地、不加修饰地、不加删节地原原本本翻译出来。因为原文有些地方是散文，有些地方插入韵文，他们两人便分工合作，斯泰恩亥塞负责散文，褒顿就负责韵文部分。这样约定，他们就分了手。不久，褒顿到了巴西，忽然接到斯泰恩亥塞在瑞士逝世的噩耗，而且因为遗物乏人照料，斯氏已经完成的一部分译稿也从此失了踪。

但是褒顿并不气馁，他决定个人担起这艰巨的工作。其中几经艰辛，时译时辍（褒顿的职业是外交官），终于经过了二十余年，在一八七九年春天完成了全部译稿，只要稍加整理，就可以出版了。

在整理译稿期间，褒顿忽然从当时文艺刊物的出版预告上发现另有一部《天方夜谭》的英译本要出版，出自名翻译家约翰·潘尼之笔。褒顿对于自己的译本很有自信，不想同他竞争，便写信同潘尼商量，宁愿让潘氏的译本先出版，给他五年的销售时间，将自己的译本押后至一八八五年春天再出版。

约翰·潘尼的译本共分九大册，仅印了五百部，号称是前所未有的最完备的英译本。他自己说，“比加郎德氏的译文多出了

一千零一夜插图 by Edmund Dulac, Reader' Digest, 1991

一千零一夜插图

by H. J. Ford, Reader' Digest, 1991

四倍，比其他任何译者的译文也多出了三倍”。他很客气地在译本的献辞上将这译文献给理查·褒顿。褒顿后来在自己译本的序文上对潘尼的译文也加以赞扬，尤其佩服他的选词用字，说是有些地方同阿拉伯原文对比起来简直天衣无缝。美中不足的是，潘氏的译文自承有些地方仍是经过“阉割”的，仍是不完整的译本。

于是，到了一八八五年，褒顿依照他同潘尼订立的协定，将自己的译本发售预约了。他的译本，恰如他自己所说，不仅完整没有删节，而且竭力保存阿拉伯原本的格式和构造；设想如果当年阿拉伯人不用阿拉伯文而用英文写《天方夜谭》，他们应该写成怎样。

褒顿的译本也是以预约方式发售的，在一八八五年至一八八六年之间印出了十册，这是正集，这已经比潘氏的译本多出了一册，到了一八八七年至一八八八年，他又印了续集六册。这一共用十六巨册构成的《天方夜谭》译文，它的引证的渊博和译文的浩繁，简直断绝了任何想再尝试这工作的后来者的野心。在褒顿的译本出版以后，半个世纪以来，虽然也有一两种其他语文的译本出版，有的以文词浅易取胜，有的夸张猥亵字句引人，但是在完整和篇幅的数量上，比起他的译本来，始终仍是侏儒与巨人之比而已。

《天方夜谭》里的故事，来源不一，作者也并非一人，这是经过相当年代的累积，由后人逐渐搜集整理而成者，所以不仅不能知道那些作者是谁，而且最初形成我们今日所见的《天方夜谭》的时间也无法确定。有人说出现于十三世纪，又有人说迟至十五世纪。

最初的法译本译者加郎德氏，他认为《天方夜谭》里的故事，大部分源出印度，经过波斯传入阿拉伯；但褒顿则认为故事的来源，波斯比印度更多。他在那篇洋洋数万言的尾跋里，对于这些问题，根据他自己的考察所得，归纳成如下几点纲要：

故事的骨干源出波斯。其中最古老的故事，可以追溯至八世纪左右。最主要的一些故事共约十三个，这可说是《天方夜谭》故事集的核心，这些故事都产生在十世纪左右。全书中最新的几个故事，显然有后来编入的痕迹，可以证明是十六世纪的作品。全书大部分则形成于十三世纪。至于作者是谁，根本未有人提及过。因为传述者不一，各人随意笔录，所以根本没有作者。至于这些抄本的流传经过和笔录者的事迹，则还有待于新发现的资料去考证。

以上是褒顿关于《天方夜谭》这本书的产生和来源的意见，他犹如此，别人更没有资格随便下断语了。

这位《天方夜谭》的译者理查·褒顿（一八二一——一八九〇）是英国人，牛津出身。后来为了他在外交上的功绩，获得爵士衔（却不是为了他翻译《天方夜谭》！），所以人称“褒顿爵士”。他曾在一八四二年随军赴印，又化装为印度商人到麦加去朝圣。是英国人去谒穆罕默德墓的第一人。他又到过波斯、埃及、阿拉伯、非洲、叙利亚等地，任过英国驻大马士革等地的领事和专员，又曾替法老王到阿拉伯去查勘过古埃及人在那里所开发过的金矿。所以褒顿关于近东各国的言语和史地知识非常丰富，这就奠下了

《一千零一夜》插图　by Monro S. Orr, *Stories from the Arabian Nights*, Geroge G. Harrap & Co.Ltd., 1913

《一千零一夜》插图　by Steele Savage, Blue Ribbon, 1941

他后来翻译《天方夜谭》的基础。

褒顿除了翻译《天方夜谭》以外，又曾写过好几部叙述印度和近东的旅行记，但这一切都给他的这部伟大翻译的成就所掩盖了。他又译过古阿拉伯人著名的爱经《香园》。

褒顿后来在意大利的地里斯德港任上去世。这时他的《天方夜谭》译本虽然早已出版，但仍有许多未及刊行的有关资料。据传在他死后，这些译稿都被他的太太烧掉了。据她事后对人说，这是为了要保持她丈夫在道德和名誉上的纯洁。可是我们知道，这对于褒顿在文艺上的贡献，该是一种怎样大的损失。

《天方夜谭》的正式译名该是《一千零一夜的故事》。除了褒顿的译本以外，其他的译本大都不曾保存这个“一千零一夜”的形式，但是理查·褒顿却坚持这一点，认为这个形式最为重要。因为书中那位美丽机智的沙娜查德小姐确是将她的故事讲了一千零一夜，每逢讲到紧要关头，恰巧天亮了，她便停住不讲，等到天黑了再继续讲下去，就这样一连讲了一千零一夜，一点不折不扣。对于这形式，褒顿曾说过一句警句：“没有一千零一夜，根本也就没有故事”，因此他对于原文那种“说到这里，天已经亮了，于是沙娜查德就停止说下去”的形式，坚持保存原状。所以我们如果将他的译本章节统计一下，确是一千零一夜，不多也不少。

这虽然只是一种形式，然而就是从这方面，我们就不难推想褒顿的译文在其他方面的完整和认真。

◎▶《一千零一夜》插图 by Van Dongen, Fasquelle, 1955

天方夜谭之二：神灯

季诺译，新潮出版社 1948 年版

对于《天方夜谭》里的故事，我们最熟悉的是《阿拉丁的神灯》和《阿利巴巴四十大盗》的故事。这不仅因为在电影中屡次见过，也因为我们在英文读本里早就读过。然而，普通给中学生读的《天方夜谭》故事，比起褒顿的全译本，那差异简直比《莎氏乐府本事》与莎翁原著之间的差异更大。因此能有机会翻一下褒顿的十六巨册译文，即使还不曾真的读下去，我也认为是一种福气了。

理查德·弗朗西斯·伯顿 （Sir Richard Francis Burton, 1821—1890）英国学者、探险家和东方学家。出生于英国德文郡托基一个军官家庭。伯顿极富语言天赋，1840 年进入牛津大学三一学院之前，已经通晓法语、意大利语、希腊语和拉丁语，以及至少两种欧洲方言。在印度当兵八年，又学会印地语等多种语言，据称总共通晓二十五种语言和十五种方言。伯顿富于探险精神，他是“第一位发现非洲坦噶尼喀湖的欧洲人”，曾经考察索马里穆斯林的禁城，甚至乔装打扮“穿过不开放的麦加和麦地那城”。他留下大量游记，并曾翻译印度《爱经》。但他最辉煌的事业是《一千零一夜》的译注，从 1852 年开始，穷三十年之功而完成。1886 年 2 月，维多利亚女王授予他圣米格尔及圣乔治二等爵士勋位。

《包法利夫人》插图　by Pierre Brissaud, Heritage, 1950

莫泊桑与佛洛贝尔

“无论你所要讲的多西是什么，能表现它的句子总只有一句，也只有一个动词，一个形容词足以形容它。你必须要寻到这唯一的一句，唯一的动词，唯一的形容词而后已……”

这是自然主义大师佛洛贝尔指导当时他的后进莫泊桑的话。

在文学史上，没有一种师生之间的指导和尊敬，先辈对于后进的提拔和奖诱，胜过佛洛贝尔和莫泊桑二人之间者。

被誉为短篇小说第一人的莫泊桑，不仅在文体上受着他先生的影响，而且更在佛洛贝尔严厉的指导之下，受着观察人世和一切事物的训练。佛洛贝尔也许早已看出莫泊桑的才干，但他始终是在不过奖也不过抑的态度下勉励他，为这青年作家叩开文坛上的门户。佛洛贝尔第一次遇见莫泊桑，就对他说：

> 我还不知道你究竟有否才干。你给我看的东西，证明你有相当的聪明。但是不要忘记，少年人，正如布封所说，所谓天才，实只是长期的忍耐而已。

福楼拜像

对于年青的莫泊桑，佛洛贝尔所以这样悉心指导的原因，除了他发现莫泊桑具有小说家的天才之外，还有私人的感情在内。佛洛贝尔在早年，曾经从莫泊桑的舅父手下受过文学上的训练，他终身不忘。莫泊桑的舅父死后，佛洛贝尔便移爱到莫泊桑的身上，又因了莫泊桑的相貌与他的舅父相似，这更牵系着佛洛贝尔的旧情。佛洛贝尔接受了莫泊桑母亲的托付，为她的儿子做文学上的导师以后，曾经写过这样的信给她：

一月以来我总想写信告诉你，我对于你儿子所生的感情；他懂事而且聪明；用一句时髦话说，我觉得我和他正是气味相投！

虽然我们年龄不同，我却将他当作我的朋友。此外，他更使我想起阿尔费特！有时，相像的程度简直使我吃惊，尤其当他低头诵诗的时候。

福楼拜小说插图　by Robert Diaz de Soria, *Three Tales*, Chatto & Windus, 1923

因了这种原故，佛洛贝尔便以严师而兼畏友的精神，悉心指导莫泊桑写作，为他介绍稿件，更为他介绍职业。在当时的法国文坛上，虽然有着新起立的左拉威胁着他的地位，但是佛洛贝尔坚信他的弟子决不会辜负他的期望，一定有一个光荣的前程。

从下面的话中，我们可以看出佛洛贝尔怎样将自然主义的衣钵传给了他的弟子：

《希罗底》插图　by Lucien Pissarro, *The Book Art of Lucien Pissarro*，Lora Urbanlli, 1997

重要的是，你必须细心研究你所要表现的一切，直到你发现任何人所不曾见过或说过的特点。每样东西总有一点隐藏着的未被发现之点，因为我们观察事物，向来惯用未见实物之前的自己想象所得混合其间。最小的东西也会包含一些未知之点，让我们来发现这特点……这方法使得我们能将一个人或一种物件用简单的几句话就可以描出他或它恰当的特点，使他或它可以和同类的一切绝不混淆。

当你经过一个坐在店门口的杂货店老板，或者含着烟斗的看门人，或者马车站前马匹的时候，你必须将这位老板及看门人的地位，他们的身材容貌，以及从你想象中所获得的关于他们的天性和性格，一一显示给我，使我决不致和任何其他杂货店老板或看门人相混。用一个简单的字，一句话，使我知道那匹马何以和其他的五十匹马不同。

这就是莫泊桑从佛洛贝尔所受的可贵的教训。

居斯塔夫·福楼拜 （Gustave Flaubert，1821—1880） 法国作家。出生于法国卢昂一个传统医生家庭。1840 年，他按照父亲的希望和安排在巴黎大学法学院注册入学，但他从小便偏好文学，对法律丝毫不感兴趣，1844 年因病中断学业后，长年住在父母的克鲁瓦塞庄园，与世无争，淡泊人生，甚至一生没有婚娶。1880 年因中风去世，享年五十九岁。1843 年起，福楼拜开始尝试小说创作，重要作品有《包法利夫人》、《萨朗波》、《情感教育》和《圣安东的诱惑》等，另有短篇合集《三故事》。福楼拜崇尚“客观的描写”，重视观察分析，推敲每一个字句。左拉认为他是“自然主义之父”，“新小说派”又把他称作“鼻祖”。

龚古尔兄弟像　*Gustave Doré*：*A Biography*, Joanna Richardson, Cassell, 1980

龚果尔弟兄日记

法国龚果尔弟兄合著的小说，我仿佛只读过一种，这还是多年以前的事，我那时还年轻，所以还有那么好胃口。其实不看也罢，因为当时我所看的是一部什么小说，内容是讲些什么，现在早已忘得干干净净了，可知这样的小说实在是不看也没有什么损失的。若是别的小说，那就不然了。随便举一熟悉的例来说，如果是《茶花女》或是《少年维特之烦恼》，看了之后，谁又会忘记呢？

因此龚果尔弟兄合作的那些小说，实在不看也罢。至于他们两人合写的那部日记，那倒是值得我来读的。

已经不止一次有人说过，他们弟兄两人在四十多年间合作的五十多部作品，最好最重要的其实就是两人所写的这部日记。这里面的原因很奥妙，又很简单，一句话来说，两人是文艺爱好者，是文艺家，但不是文艺作家。他们的那些作品，并非为了非写不可才写的。他们不必依赖写作来糊口，也没有非写不可的热情。两弟兄一再合作写下了那许多作品，绝大部分是由于经常同当代那些文人往来，自己见猎心喜，不甘缄默而已。因此所写下的那些作品，都是可有可无之作。

▲ 龚古尔兄弟小说 *Gavarini* 插图　　Les Parisiennes, 1857

◀ 龚古尔兄弟小说 *Gavarini* 插图　　La Promenade, 1833

爱德蒙·龚古尔像 by Felix Braquemond, *Oscar Wilde*, by Julet Gardiner, Collins & Brown, 1995

但是两人每晚随手记下的那些日记，却是性质全然不同的东西。我们要知道，龚果尔弟兄在十九世纪法国文坛上占了一个重要的地位，是由于他们家道富厚，而又爱好文艺、了解文艺，所往还的全是当代文人和艺术家，又肯对新作家加以鼓励和支持，他们的文艺沙龙俨然成了巴黎的文坛中心。两人又有收藏癖，当时正流行东方色彩的小艺术品，他们热衷于此，又喜欢购藏精本书籍，因此每晚在灯下所写的日记，其中就充满他们与同时代作家的交游往还，这些人物的言论、活动、癖好和轶闻，以及他们自己对于当代人物、书籍和艺术品的评介。

龚果尔弟兄不是第一流的文艺作家，但是他们对于文学和艺术作品的见解却很精辟。有了这个条件，使得他们两弟兄所写的日记，内容就更加充实。龚果尔弟兄日记，会成为法国古今无两的一部作品，就是由于这样的原因。

龚果尔弟兄日记，开始于一八五一年十二月，一直继续到一八九六年。不过，这里面有一点是该特别说明的：龚果尔弟兄两人是分不开的。他们弟兄两人的声誉，以及这日记的引人之处，全是由于弟兄两人的合作。可是，到了一八七〇年一月二十日，弟弟茹莱·龚果尔生了病，写了这一天的日记便不曾再写下去，到了六月二十日便去世了。于是这部日记就中断了一些时候，后来再由哥哥爱德蒙一人写下去，一直写到一八九六年。

我们今日所读到的龚果尔日记选本，总是选到弟弟去世的时期为止。这就是由于他们弟兄两人在文艺的成就上是分不开的。一八七〇年以后的龚果尔日记，那只是爱德蒙个人的日记，已经不是龚果尔弟兄日记了。

很少人曾经读过龚果尔日记的全部。这不仅因为全部的卷帙很多，更因为其中有许多涉及当时人的隐私，怕这些有关者的后人读了难堪，所以一直至今仍保留着不发表。今日通行的龚果尔日记，无论是法文原本或是外国语的译本，都是经过相当删节的，并不是全部。

茹莱·龚果尔在一八七〇年早死，哥哥爱德蒙却多活了二十六年，到一八九六年才去世，活了七十多岁。他在晚年捐出自己的私财作基金，组织一个学会，用来鼓励青年作家的写作。这个学会就是今日有名的龚果尔学会。有一时期与法兰西学士院处于对立状态，壁垒森严，一个尊重旧的，一个代表新的。他们

龚古尔兄弟作品 *Gavarni* 书影
Eugène Fasquelle, 1925

所设立的龚果尔文学奖金，至今仍是法国作家认为最高的荣誉。

龚果尔弟兄日记，按照哥哥爱德蒙的预订计划，本来是规定要在他死后二十年才开始陆续发表的。可是后来，拗不过朋友们的要求，尤其是都德的怂恿，爱德蒙曾选了一部分先行发表。

爱德蒙曾在他们日记的序文上说：

“这全部原稿，可说是在我们两人口授之下，由我兄弟一人执笔写成的。这正是我们用来写这些回忆录的方法。当我兄弟去世后，我认为我们的文艺工作已经结束了，因此我决定将我们的日记在一八七〇年一月二十日这天封笔不写。因为他的手在这天已经写下了他的绝笔。”

可是爱德蒙后来终于又继续写下去，一直写到一八九六年。

龚古尔兄弟 法国的作家兄弟二人，哥哥是埃德蒙·德·龚古尔（Edmond de Goncourt，1822—1896），弟弟是茹尔·德·龚古尔（Jules de Goncourt，1830—1870）。两兄弟出生贵族家庭，毕生形影不离，都没有结婚。他们共同创作，献身于艺术和文学。他们合写的小说主要有《夏尔·德马依》、《热曼尼·拉瑟顿》和《玛耐特·萨洛蒙》等。人们常把他们归入自然主义作家之列，但他们和自然主义小说家有明显区别，更强调“艺术文笔”，用细腻的笔触表达感情。他们的日记比小说更有名，坚持写作数十年，达二十二卷。茹尔自幼体弱，于 1870 年病逝。埃德蒙因而搁笔多年。根据埃德蒙遗嘱成立的龚古尔学院，每年颁发龚古尔文学奖，在法国有重要影响。

小仲马像　by Nader, *Gustave Doré*: *A Biography*, Cassell, 1980

小仲马和他的《茶花女》

法国小仲马的小说《茶花女》，出版于一八四八年，到了一八九九年（光绪二十五年），就已经有了中译本，距今算来，已是六十多年前的事了。在这半个多世纪以来，凡是爱读小说的人，无不知有巴黎茶花女其人其事的。自电影盛行后，这部小说已一再多次拍成电影，甚至中国也摄制过根据《茶花女》改编的影片，其脍炙人口可知。《茶花女》的中译本，现在已不止一种，但是仍以最早出的那一种，即六十多年前的文言译本最为人称道。因为这是冷红生（林琴南）与晓斋主人的合译本，书名作《巴黎茶花女遗事》。译本开端有小引云:

> 晓斋主人归自巴黎，与冷红生谈巴黎小说家，均出自名手。生请述之，主人因道仲马父子文字于巴黎最知名，茶花女马克格尼丽尔遗事，尤为小仲马极笔，暇辄述以授冷红生，冷红生涉笔记之。

就这样，《茶花女》和小仲马之名，自清末以来，就为我国

P. Emile Bécat

◀▲《茶花女》插图　by Paul-Émile Bécat, Presses de Couloma, 1935

文艺爱好者所熟知了。

仲马父子为法国十九世纪作家，父子皆以小说和戏剧名闻文坛。由于父子都以“亚历山大”为名，“仲马”为姓，而且又同样都是写小说剧本的，时人恐怕相混，遂以大小为别，称父亲为大仲马（Alexandre Dumas，père），儿子为小仲马（Alexandre Dumas，fils），这就是大仲马和小仲马的由来，实在是法国文坛一大佳话。

仲马父子都是多产作家。不过，两人作品虽多，经过时间的淘汰，大仲马至今最为人所称道的作品是《三剑客》（中国林译之《侠隐记》），小仲马则是本文要说的这部《茶花女》。

小仲马的《茶花女》，有小说与剧本之分。他先写成小说，初出版时读者并不多，后又用同一题材再写剧本，在巴黎上演，在舞台上竟大获成功，万人空巷，连演几个月无法停止。那些观众在舞台上看了茶花女的故事，回家再读《茶花女》小说，觉得愈读愈有味，于是《茶花女》小说遂风行一时。不过，时至今日，世人多只知《茶花女》小说，反而知道有《茶花女》剧本者甚少，这真是小仲马自己也料不到的事。《茶花女》剧本在中国也有了中文译本。

小仲马出生于一八二四年七月二十七日，他是大仲马和一个姘妇的私生子，起初寄养在外，到了十多岁始由大仲马领回，养在自己身边。他受了父亲的熏陶，自幼爱好文学，很早就开始执笔写作，最初出版的是一部诗集。《茶花女》小说写于一八四七年，次年出版，这时小仲马不过二十四岁。

《茶花女》插图　by Marie Laurencin, The Limited Editions Club, 1937

《茶花女》书影　*Camille*, Modern Library

此后，直到他在一八九五年去世，多产的小仲马在那几十年内不知写了多少小说和剧本，多到令人无从记忆，就是那目录抄起来也有一大篇。然而，就凭了他在年轻时候所写的这部《茶花女》小说，已足够令他名垂不朽，因此其余作品即使被人忘记也不妨了。

《茶花女》小说，写的是巴黎交际花玛格丽与热情少年阿蒙的相恋悲剧故事。有人考证，小仲马笔下的阿蒙，实在就是他自己的写照。这是传闻，从未经小仲马自己证实过，所以无从证实其真假。不过，《茶花女》实有其人，却是事实。这个女子名叫玛丽·普列茜丝，是当时巴黎一个年轻而有艳名的交际花，不幸染有肺病，在一八四七年去世。小仲马偶有所感，就用她的生平为骨干，写成这部《茶花女》，无意中完成了一部不朽的杰作。

许多批评家都一致认为，小仲马的文笔，善于叙述而不善于创造，必须实有其人其事作蓝本，他始可以发挥那一支生花之笔的特长。《茶花女》小说，既有普列茜丝女士的红颜薄命生活为蓝本，所以他写来栩栩如生，凄艳动人。因为普列茜丝女士生时，堕落风尘，不幸又染上肺病，自知自己生命不长，绝望之余，遂愈加放浪，一个年轻的患有初期肺病的女人，病症往往能增加她的美丽，因此普列茜丝女士艳名大张。这种绝望的美丽，正是小说茶花女玛格丽的蓝本。她的生平遭遇与《茶花女》中所叙述者差不多。普列茜丝女士结识过一个公爵，这位公爵因普列茜丝酷肖其亡女，所以对她特别眤爱。小说中玛格丽为了爱阿蒙之故，而自甘牺牲割爱，则是出于虚构的。但是小仲马曾向人表示，如果普列茜丝也遇到这样的事情，以她那样的性格，她也一定会如此做的。

《茶花女》之名的由来也很有趣。据小仲马在小说里描写，玛格丽因为染上了肺病，不耐一般鲜花的酷烈香气，因此选中了尤香无色的白茶花为闺中良伴。白色的山茶花衬着玛格丽苍白的面颊，愈加显其楚楚欲绝、凄艳动人，因此巴黎好事家称她为“茶花女”云云。

但是作为茶花女的影身的普列茜丝女士，现实生活上却是没有这种癖好的，至少从没有人说起过她是爱茶花的，可是后来由于小仲马的《茶花女》享了盛名，并且大家都知道这部小说是以普列茜丝女士的生平为蓝本的，遂对这个红颜薄命的交际花也感到了兴趣。可是这时香消玉殒，普列茜丝女士已经去世多年，早已埋骨巴黎郊外。于是巴黎的好事者又发起醵金为普列茜丝女士修墓，将她在蒙马特坟场的香冢修饰一新，仿佛我国风雅之士在西湖西泠桥畔重修钱塘名妓苏小小的坟墓一样。又请雕刻名家用白大理石雕了一束白山茶花，装饰在她的墓上。从此，这座坟墓

大仲马《基督山伯爵》封面 出版于 1844 年到 1846 年之间

就成了巴黎名胜之一，被人称为“茶花女墓”。

二十四岁就写下了《茶花女》的小仲马，活了七十二岁，到一八九五年十一月二十七日在巴黎去世。在他一生所写下的数不清的作品之中，除了《茶花女》之外，至今已不易再举出一部为后人所熟知的作品。不过，仅凭了一部《茶花女》，已经足够使小仲马在法国文学史上占得一页不朽的地位，而且也连带地使得普列茜丝女士不朽了。

亚历山大·小仲马 （Alexandre Dumas, fils, 1824—1895）

法国小说家、剧作家。著名作家大仲马的私生子。起先由其母亲抚养，七岁时，大仲马才认其为子，将其送到寄宿学校读书。小仲马在最后一本小说《克莱芒索事件》中提到他和母亲分手时心中的痛苦和在寄宿学校中他的同学对他这个私生子的歧视和虐待。受父亲影响，他也热爱文学创作。1848 年，小说《茶花女》问世，使小仲马一举成名。1852 年，话剧《茶花女》初演时，大仲马正在布鲁塞尔过着短期流亡生涯，小仲马给他发电报说：“第一天上演时的盛况，足以令人误以为是您的作品。”大仲马回电说：“孩子，我最好的作品就是你。”1875 年 2 月 21 日，小仲马高票入选法兰西学院。《茶花女》被视为法国现实主义戏剧开端的标志。

普雷沃神甫像　According to the Portrait Engraved by Schmidt, 1745

《茶花女》和茶花女型的故事

一、我所喜欢的《茶花女》

我很喜欢读小仲马的《茶花女》。很年轻的时候读了冷红生与晓斋主人的合译本，就被这本小说迷住了，而且很神往于书中所叙的情节。这时我已经在上海，我读了《茶花女》小说的开端所叙的，阿蒙在玛格丽的遗物被拍卖时，竞购她爱读的那册《漫侬摄实戈》的情形，每逢在街上见到有些人家的门口挂出了拍卖行的拍卖旗帜，总喜欢走进去看看。这种机会在当时的上海租界上是时常可以遇到的，因为那些回国的外国侨民，照例在启程之前将家里的东西委托拍卖行派人来就地拍卖。我也不知道自己是怎样的心理，有时挤在人丛中也仿佛自己就是当年的阿蒙，可见小仲马的这部小说令我爱好之深。那些外国人家总有一些书籍要拍卖，从前我的书架上有好些书就是这么买来的。由于这些书是以一札一札为单位来拍卖，不能拆开来买，我买回来之后，就将自己有用的留下，将不要的拿到旧书店里去交换别的书，这样曾经先后买到了不少的好书。

《漫侬摄实戈》英文版书影
by Valentin Le Campion, *Manon Lescaut*, Folio, 1950

可惜的是，我始终不曾在这样的情况下买到一册普利伏斯的《漫侬摄实戈》。若是能有这样的巧事，那就更要使当时我这个年轻的《茶花女》迷更为得意了。

这些往事，现在写出来，我并不觉得脸红，因为我至今仍觉得小仲马的这部小说，是一部写得能令人读了很喜爱的小说。由于喜欢《茶花女》，令我也连带地喜欢了阿蒙和茶花女两人所爱读的《漫侬摄实戈》。每逢在书店里见到有这两种小说，总是忍不住要拿到手里来翻翻，若是版本好而又有新插图的往往就要买了回来。现在我手边就有一部有法国当代木刻家梵伦丁·康比翁作插画的《漫侬摄实戈》，还有一本英国批评家艾德孟·戈斯编的《茶花女》的英译本。这个版本的《茶花女》最使我喜欢，因为除了有彩色插图以外，书前还有戈斯的一篇长序，介绍了小仲马的生平和著作，特别详细地叙述了他写成《茶花女》的经过，以及小仲马用来做模特儿的那个巴黎交际花玛丽·普列茜丝的身世，并附有一幅普列茜丝的画像。我所知道的关于小仲马怎样写《茶花女》的经过，就是从他的这篇介绍文里读来的。除此之外，书后还附有一篇研究小仲马画像的资料，附有好多幅不同的小仲马的画像。

用这样周到的方式来介绍外国文学作品，真是太理想了，因此这册戈斯编的《茶花女》英译本，由于是几十年以前出版的，现在已经残旧得可以了，但是我仍视为至宝。

二、茶花女与《漫侬摄实戈》

凡是爱读《茶花女》小说的人，我想没有不知道《漫侬摄实戈》这本小说的。我自己就是这样，第一次读完了小仲马的《茶花女》后，就急急地去找《漫侬摄实戈》来读。

这部小说久已有了文言文译本。《漫侬摄实戈》就是原来的书名“*Manon Lescaut*”的音译，也是当年商务出版的说部丛书之一，我已记不起是谁人所译，想起来可能比冷红生所译的《巴黎茶花女遗事》稍后。可是这个书名的翻译，比起《巴黎茶花女遗事》可说逊色多了。

到了一九三〇年前后，这部小说才第一次有语体文的译本，译者是与我有过同狱之雅

《漫郎摄实戈》中文版书影
钱君匋作，光华书局 1930 年版

《漫侬摄实戈》英文版插图　Engraving of J.-J.Pasquier, George G. Harrap & Co.Ltd., 1963

的成绍宗，他是仿吾先生的侄儿。书名是《曼侬》，销行并不广，后来也一直没有人重印过，因此现在即使想找一部这个译本来看看，也怕不容易了。

读过《茶花女》之后，一定想读《漫侬摄实戈》的原因，我想不仅读过《茶花女》小说的人，就是看过《茶花女》的舞台剧，听过歌剧，或是看过银幕上的《茶花女》的人，都是明白的，因为这个故事的开端，就是借这个“引子”而来。小仲马用第一人称的叙述，说他偶然见到茶花女的遗物被人拍卖，自己杂在人丛中看了一下，发现被拍卖的遗物之中，有一件是一册《漫侬摄实戈》，其上还有题字，是一个署名阿蒙的男子送给茶花女的。他为了好奇，便用很少的代价将这部小说买了下来。后来回到寓所，有一个不相识的青年来拜访他，要求见一见这部书，原来这个年轻人就是送书给茶花女的阿蒙。他本想买回这本小说作纪念，未能如愿，因此向拍卖行打听买去这本书的顾客的住址，特来拜访云云。就是通过了这样的“引子”，小仲马使阿蒙自己将他和茶花女的情史叙了出来。

阿蒙为什么要送一本《漫侬摄实戈》给茶花女呢？原来这部小说正是描写一个痴情少年对一个风尘女子的情史的。“漫侬摄实戈”就是那个女子的名字。她的遭遇比茶花女更不幸、更可怜。同时书中的那个男子也可说比阿蒙自己更痴情，因为他曾经同这女子一同入狱，当她被押解充军时，他也不辞跋涉，跟了她到沙漠里去。

《漫侬摄实戈》的作者普利伏斯，是个出家的僧人。他曾私

▲《卡拉马佐夫兄弟》插图　by Louis Hechenbleikner, International Collectors Library, 1949

▶ 陀思妥耶夫斯基像　瓦西里·格里哥利耶维奇·别罗夫作，现藏于俄罗斯特列恰柯夫美术馆，1873

逃出院被通缉，又因了这部小说被禁，罪上加罪。

这部小说出版于一七三一年，同《茶花女》一样，也久已被改编成歌剧，共有五种之多，此外还被编成了芭蕾舞剧。

三、“茶花女”型的故事

“茶花女”型的故事，用从前“礼拜六派”文人的术语来说，是所谓“哀情小说”，这是比“言情小说”更侧重于故事的悲剧发展的。不用说，在法国浪漫主义文学作品中，最多这类佳作。小仲马的《茶花女》之前，享盛名的该是与《茶花女》有连带关系的《漫侬摄实戈》。而在《漫侬摄实戈》之前，却另有一部英国小说，已经以这种挣扎在善与恶之间的可怜女子为题材的，这就是《鲁滨逊漂流记》的作者另一部名作:《摩尔·佛兰德丝》（这部小说在中国已经有了中译本，书名改称《荡妇自传》）。

《摩尔·佛兰德丝》的结局却是喜剧而不是悲剧的，这也许就是这部小说不曾特别流行的原因。以感情浓烈的成分来说，自然要推出自十八世纪那个在逃的僧人之笔的《漫侬摄实戈》。就是《茶花女》比起它来，也显得都市繁华气略重，没有《漫侬摄实戈》那么淳朴。

《漫侬摄实戈》里男主人公名叫格利阿，是一个比《茶花女》中的阿蒙更痴情的年轻人。他自动地跟了曾经一再对不起他的漫侬去充军，直到漫侬在途中死去，死在他的身旁。在寂静的荒野之中，他亲手将她安葬了。

这些事情，都是阿蒙不曾做的。可是漫依比起玛格丽来，却又没有后者那么值得令人同情。

这一类型的故事，还有《卡门》，法朗士的《黛丝》，以及朵斯朵益夫斯基的《罪与罚》里面的那个苏尼亚，都是类似这种典型的女性。左拉笔下的《娜娜》，则是一部分似《茶花女》，一部分又似那个《摩尔·佛兰德丝》了。

“茶花女”型的故事，流传最广的是《茶花女》，可是在文艺作品的影响上，给后世作用最大的乃是《漫依摄实戈》，因为作者描写男女的情感，已经揭发到隐微处，手法不仅十分客观写实，而且已经接近现代小说的心理分析描写了。

普雷沃 （Abbé Prévost，1697—1763） 法国作家。文学史上一般称“普雷沃神甫”。他一生颠沛流离，当过士兵、亲王牧师、期刊主编等。他的著述超过百种，现在只有一部小说《德·柯里欧骑士和曼侬·莱斯戈的故事》（简称《曼侬·莱斯戈》）传世。小说的故事梗概是：贵族青年柯里欧邂逅年轻姑娘曼侬·莱斯戈，一见钟情。为了满足曼侬贪图享乐的欲望，柯里欧荒废正业，赌博、行骗，两次入狱。柯里欧的父亲设法使曼侬流放美洲，柯里欧却追随前往。最后，曼侬葬身沙漠，柯里欧对天长叹。

托尔斯泰像　伊里亚·叶菲莫维奇·列宾作，1887

托尔斯泰逝世五十周年

今年（一九六〇年）是托尔斯泰逝世五十周年纪念。

一九一〇年俄历十月二十七日深夜，八十二岁高龄的托尔斯泰，突然弃家出走，单独离开家庭。事前知道这计划的只有他的小女儿阿历克山大娜。托尔斯泰夫人是被瞒住了的，因此第二天早上，当她知道这消息以后，曾经气得投水自杀，幸亏由家人救了起来。至于托尔斯泰自己，则在离家几天之后，因为路上受了风寒，已经开始生病，停留在一个小车站上，在十一月七日去世，这时距离他离家出走的时间仅有十天，临终时只有他的小女儿随侍在侧。托尔斯泰夫人虽然已在几天之前闻讯赶来，但是为了提防她的出现会刺激托尔斯泰的病体，医生和亲属都劝阻她不要同托尔斯泰见面。直到托尔斯泰断气之后，她才被允许走进他的病房。

托尔斯泰同他妻子的不睦，不仅是感情上的冲突，也是思想上的冲突。他以八十二岁的高龄，终于弃家出走，凄凉地在旅途中去世，可说是一大悲剧。

关于托尔斯泰的作品和生平，以及晚年促成他的家庭发生悲剧的原因，有关的著作可说汗牛充栋，真是说起来话长，在这里

《复活》插图　L. 帕斯捷尔纳克作，《复活》日文版，升曙梦译，新潮社 1927 年版

◐◑《塞瓦斯托波尔故事集》插图　by Sharleman, Foreign Languages Publishing House, 1946

О.Ш.

《塞瓦斯托波尔故事集》插图　by A.B.Cocorin

夏衍改编《复活》书影　美学出版社 1936 年版

实在无从说起。我手边有一册他的小女儿阿历克山大娜所写的回忆录，她是在托尔斯泰离家之后赶去，一路随侍在侧的，现在将她所记的老人临终的情形摘译出来。这是十一月六日晚上和七日早上的事情，这时托尔斯泰在一度危急之后，由医生注射了樟脑镇静剂，又好转了许多，大家遂又放心起来。阿历克山大娜这么写道：

“在那几天内，我从不曾宽过衣服，也几乎不曾睡过，因此这时我觉得非常渴睡，竟不能再控制自己了。我在一张躺椅上躺下来，并且立即入睡。在半夜里，我被人叫醒。这时所有的人都来到了房里。父亲又再恶化了。他在呻吟着，在床上转侧，他的心脏几乎停止了跳动。医生们给他注射了吗啡，他就入睡了。他这么一直睡到十一月七日清晨的四点半钟。这时医生们仍在给他注射。他仰天躺着，呼吸迫促。他的脸上有一种严厉的表情，因此在我看来几乎是一种陌生的表情。

“有谁说应该让夫人进来。我俯身去看父亲，他的呼吸几乎没有了。于是最后一次，我吻了他的脸和他的手。母亲被领进来了。

他这时已经不省人事。我离开他的床畔，在躺椅上坐了下来。几乎所有在场的人都在抑制着自己的呜咽。母亲在说话，又在哀哭。有谁要求她不要出声。一声最后的叹息——于是房里就像死一样的静默。突然，希朱洛夫斯基用高而尖锐的声调说着什么，母亲在回答他，接着就大家开始一起高声说起话来。

“我明白他这时已经不能再听到我们了。”

列夫·尼克拉耶维奇·托尔斯泰 （Leo Tolstoy，1828—1910）

俄国作家。出生于贵族家庭，自幼接受典型的贵族教育。1844 年考入喀山大学东方系，次年转到法律系。1847 年退学，回到亚斯纳亚·波利亚纳的庄园，并作改革农奴制的尝试。1851—1854 年在高加索军队中服役，并写成《童年》《少年》《塞瓦斯托波尔故事集》等小说。1854—1855 年参加克里米亚战争。1855 年 11 月到圣彼得堡，作为知名新作家受到欢迎。此后几度出国游历。1863—1869 年创作长篇历史小说《战争与和平》。1873—1877 年完成《安娜·卡列尼娜》。1889—1899 年创作的长篇小说《复活》，是他长期思想、艺术探索的总结。托尔斯泰晚年力求简朴的平民生活，1910 年 11 月从家中出走，途中患肺炎，20 日病逝于一个小车站。托尔斯泰获得国际第一流作家的声誉，被认为是现实主义的顶峰之一。

刘易斯·卡罗尔像　*Lewis Carroll and His World*, John Pudney, Thames and Hudson, 1976

《爱丽思漫游奇境记》的产生

爱德华·布克，美国《妇人家庭杂志》的主编，有一天访问当时的牛津大学数学讲师道特逊，劝他不妨给他的刊物写一部《爱丽思漫游奇境记》的续编。

这数学教授正色地回答道："布克先生，你完全弄错了。你现在向他说话的人并非你心目中想向他说话的那个人。"

"你是说，道特逊先生，"那位编辑先生追问着："你并非勒威士·卡罗尔，你并不是《爱丽思漫游奇境记》的作者吗？"

那教授一言不发，转身进去，拿了一本书递给这美国记者，一本《定列式原理研究》。

"这才是我的拙作，"他说。

据布克的记载说，道特逊教授当时毫无表情，满脸的神气都是充分表示对方完全弄错了。

其实，道特逊正是《爱丽思漫游奇境记》的作者，卡罗尔乃是他的笔名，不过不愿在人前承认罢了。

这位数学教授，为了喜爱一位同学的几个小孩，得暇便为她们讲故事，后来率性将口述的故事写了下来，自己精抄了一份，

Arthur Rackham 07.

◎《爱丽丝漫游奇境记》插图 by Sir John Tenniel, Colored by Fritz Kredel, Random House, 1946

◎《爱丽丝漫游奇境记》插图 by Arthur Rackham, *Arthur Rackham*：*A Life with Illustratin*, by James Hamilton, Pavilion, 2010

爱丽丝镜中奇遇记插图

by Sir John Tenniel, St. Martin's Press, 1977

△《爱丽丝漫游奇境记》插图 by Harry Rountree, *Alice's Adventures in Wonderland*, The Children's Press, 1933

◁《猎鲨记》插图 by Henry Holiday, *The Hunting of The Snark*, Macmillan And Co., 1876

人人文库版爱丽丝漫游奇境记书影
封面画为刘易斯·卡罗尔绘，Dent Dutton, 1965

亲手加上插画，送给这几位小女孩，于是便成了《爱丽思漫游奇境记》。因为他所最钟爱的一个女孩名字正叫作爱丽思·丽黛尔。

这部精抄的原稿于一八六二年就抄好。道特逊教授在人前闭口不谈这事，爱丽思也不肯轻易将她这宝贵的原稿示人，后来一直到了一八六五年，许多孩子辗转吵着要听这故事，经了朋友多次的敦劝，他才用“勒威士·卡罗尔”的笔名出版了。他不信任自己的插画，他特地请了坦奈耳执笔，那有趣的插画更增加了这故事的美丽。卡罗尔（人家已经忘记他是数学教授道特逊了）于一八九八年去世时，这书出版才三十年，据当时的统计，销路已经超过了五十万册。

不用说，爱丽思原来的那部手抄本的《爱丽思漫游奇境记》成了无价之宝。一九二八年这部原稿曾在伦敦古书市场公开拍卖，美国的著名古书商人罗逊巴赫博士在热烈的竞争之中，以七万五千二百五十美金的高价买了去。这部珍贵的稿本现归美国藏书家爱尔德利奇·约翰生氏所有，他曾将它在美国各地公立图书馆轮回公开展览，以饱全国《爱丽思漫游奇境记》爱好者的眼福。

刘易斯·卡罗尔　（Lewis Carroll，1832—1898）英国作家。卡罗尔本是数学家，本名查尔斯·路特维奇·道奇森（Charles Lutwidge Dodgson）。生于英国柴郡达斯伯里，先后就读于拉格比公学和牛津大学基督教会学院。1855 年，成为基督教会学院数学讲师。他在牛津大学教了将近三十年的书，出版了《数学奇迹》《符号逻辑》等大量数学论著。但他更大的文化遗产却是两部童话——1865 年出版的《爱丽丝漫游奇境记》和 1871 年出版的《爱丽丝镜中奇遇记》。前者本是他为基督教会学院院长的女儿——爱丽丝·利德尔和她的姐妹们讲述的故事，1862 年，他把故事写了出来并亲自画上插图。朋友们认为值得发表，就说服他出版了。由于大受欢迎，他才续写了第二部。这两本书都已成为传世经典。

马克·吐温像 *The Original Illustrated Mark Twain*, New Orchard Editions Ltd., 1978

马克·吐温逝世五十周年

马克·吐温是世界和平理事会今年选定要纪念的世界文化名人之一。他于一九一〇年四月二十一日去世，今年（一九六〇年）正是他逝世的五十周年。

对于这位美国作家，我们虽然已经熟知他的名字，可是对于他的作品，实在介绍得不够。一般人都以为马克·吐温是幽默作家，其实他的笑不仅是嘲笑，有时简直是苦笑。在十九世纪的美国作家之中，能够从现实生活中取材，并且采取批判态度的，马克·吐温可说是仅有的一个，并且是异常成功的。尽管许多美国人将他的作品只是当作滑稽小说来读，但是一旦发现书中的人物，有一个很像他们的邻人，甚或很像他自己时，同时描摹得又那么淋漓尽致，他自己也只好苦笑了。这就是马克·吐温作品的成功处。

马克·吐温是一个成功的作家，可是一生的生活很苦，尤其是内心的苦痛，不幸的事情连续不断地来袭，给他的打击很大，差不多使他的一生没有多少安宁的日子。这种情形，颇有一点与巴尔扎克相似。然而就是这种一连串的不如意之中，他终于写下了那许多作品，这种努力和奋斗精神是极可佩服的。

◆ *The Steamboat Baton Rouge*　Frontispiece to *Life on the Mississippi*, London, 1883

◆《密西西比河上的生活》封面画　by Frank E.Schoonover, *Life on The Mississippi*, Harper, 1917

《汤姆·索亚历险记》插图　by Geoffrey Whittam, *Tom Sawyer*, Heirloom Library

Geoffrey Whittam

《孤儿历险记》书影　光明书局

马克·吐温生于一八三五年，在美国密苏里州的一个名叫汉尼拔的小城里出世。他的本来姓名该是撒米耳·郎荷·克莱孟斯。后来写文章，才采用了“马克·吐温”这笔名。这是他在密西西比河的轮船上当水手时，听着同伴用铅锤测量水深，时常喝着“马克吐温，马克吐温”，表示水深若干度；他听得有趣，后来就用了“马克·吐温”（Mark Twain）这两个字做了笔名。至今世人也只知道马克·吐温，很少记得他原来的姓名了。

马克·吐温的故乡汉尼拔城，就在美国这条有名的大河密西西比河边。出生不很富裕的家庭，又值父亲早死，马克·吐温从小就对这河流有着深刻的感情，因为这正是他的生活教师。后来他的作品，曾一再用这座小城和这条大河作题材，可见他对于它们的感情之深。他的名作《汤姆·沙雅的奇遇》，几乎就是用他自己童年生活来写成的。在这个小城里，在这条河上，他看见过，并且也遭遇过许多令他毕生难忘的可感动的，以及可怕的事情：一个黑人活活地被人打死，一只轮渡突然气锅爆炸沉没了——他将这一切都写在他的书里。

马克·吐温做过印刷学徒,做过水手,做过新闻记者,做过矿商,赚了不少钱,也被人骗了不少钱,到头来仍是靠了笔杆生活,并且维持他的“乡下佬”的本色,对那些看不顺眼的人物和事情毫不留情地加以嘲弄,这正是他的最可爱处。

马克·吐温 (Mark Twain,1835—1910)美国作家。本名萨缪尔·兰亭·克莱门(Samuel Langhorne Clemens),“马克·吐温”是笔名。他出生在密苏里州佛罗里达镇,长在密西西比河上的小城汉尼拔。父亲是个不得意的乡村律师和店主,在他十二岁时去世。他先后做过排字工、领航员和矿工,1862年到一家报馆工作,开始用“马克·吐温”笔名撰写幽默文章。1870年他与一个资本家的女儿结婚,次年举家移居康涅狄格州哈特福德,迎来长达二十年的创作丰收期。早年在密西西比河上的生活经历成为他创作的源泉,《密西西比河上的生活》、《汤姆·索亚历险记》和《哈克贝利·费恩历险记》等,都深受读者欢迎。他的幽默以及方言口语的运用,对以后的文学创作产生了很大影响。

左拉像 by Edouard Manet，藏于卢浮宫

左拉的小说

左拉是巴尔扎克的私淑弟子。他写小说的方法，可说也与他的这位心目中的老师一样，都是预先拟订了一个大计划，然后按照这计划一部一部来写的。次序倒没有一定，有时在故事发展的时间上稍后的几部，反而提前先写了。巴尔扎克所拟下的那个庞大写作计划，是以法国整个社会为题材的，他的那些小说，包括长篇、中篇和短篇，都是隶属于他自己所拟定的“人间喜剧”的一部分，都是用来代表法国社会各方面的一鳞一爪。

左拉的小说写作计划，则是用一个家族作代表，写这个家族自身的直属亲戚和他们亲戚朋友的故事。他假定这个家族的姓氏是卢贡·马加尔，因此他的那一批有系统写下去的长篇小说，就称为《卢贡·马加尔家传》。

巴尔扎克的“人间喜剧”全部计划，预定要写一百四十四部小说才可以写完，出现在这些小说里的主要人物，将达四千人以上。可惜他的这个庞大的写作计划未能全部完成，仅写成六十多部，他就已经去世了。

左拉的《卢贡·马加尔家传》的计划，没有“人间喜剧”那么大，

左拉在书房里 *The Graphic* 1891.2.28

《左拉小说集》书影　出版合作社 1927 年版

他预定用二十部长篇小说来完成，从一八六八年就开始执行这个写作计划，着手写《卢贡·马加尔家传》的第一部：《卢贡家族的家运》，继续工作了二十五年，在一八九三年完成了这个“家传”的最末一部：《巴士加医生》。

法国的小说家很喜欢写这样的“长的长篇小说”，如近代的罗曼·罗兰，他的那部有名的《若望·克利斯多夫》，就有十大卷之多。茹莱·罗曼的那部《快意的人们》，更写了二十七卷。

左拉在他的小说《卢贡·马加尔家传》上还用了一个副题：“一个家族的自然史和社会史”，点明了他的描写中心所在。因为左拉想根据人类遗传和环境所造成的影响，写这个家族的成员在这种种力量支配下所发生的各种变化。他自己曾说：“巴尔扎克想描写的是整个当代社会，我想描写的只是一个家族。”

今日为人最熟知的左拉一部小说《娜娜》，就是《卢贡·马加尔家传》之一，在整个家传中是属于第九部。娜娜的母亲杰瓦茜在“家传”的另一部小说《小酒店》（第七部）里是女主角，她是马加尔家中一个有嗜酒习惯的私生子的女儿，因此在先天的遗传上已经有了不良的秉性，她后来也同另一个嗜酒的工匠生下了一个女儿，这就是娜娜。因此娜娜虽然在舞台上红极一时，但是生活却糜烂不堪，而且终于在贫困潦倒中染天花死去。这都是左拉着意描写遗传和环境怎样支配了马加尔这个家族的地方。

他的这二十部小说里面，所有的男主角或女主角，必然都是这个家族的后代。如描写巴黎“市场”生活的《巴黎的肚子》，那个女主角丽莎，就是马加尔家的女儿。描写艺术家生活的《杰作》，那个画家克劳代，就是娜娜的母亲杰瓦茜的私生子，眼高手低，终于在一幅未完成的作品之前自缢而死。据说左拉描写这个画家时，曾用塞尚做模特儿，因此小说出版后，遂引起两人友谊的破裂。

爱弥尔 · 爱德华 · 夏尔 · 安东尼 · 左拉 （Émile Édouard Charles Antoine Zola，1840—1902）法国小说家。生于法国巴黎，在中学会考中名落孙山，备尝失业的辛酸。1862 年到阿歇特出版社当雇工，很快被提升为广告部主任。1864 年，左拉出版了第一部中篇小说《给妮侬的故事》，次年出版了第一部长篇小说《克洛德的忏悔》，因作品“有伤风化”，他的办公室遭官方搜查，阿歇特出版社也受到连累。左拉只好辞职，完全投身于文学创作。他勤奋写作二十五年，完成巨著《卢贡-马卡尔家族》，它总共包括二十部长篇小说。此后，他形成了他的自然主义文艺思想体系。他的重要作品还有《小酒店》《萌芽》《娜娜》等。1902 年 9 月 28 日，左拉在巴黎寓所因煤气中毒逝世。

左拉像 by G.F.Desmoulin, *Les Soirees de Médan*, G.Charpentier and Co., 1890

《米丹夜会集》

一千八百八十年四月间，普鲁士的军队攻入巴黎的十周年，巴黎文坛出现了一部可注意的小说集，书名是《米丹夜会集》（*Les Soirees de Médan*），一共六篇短篇小说，由六个作家执笔，题材都是类似的，各人都采取着普法战争中的一段逸闻。这六个作家，领衔的正是那时以《小酒店》和《娜娜》奠定了自然主义基石的大师左拉，其余是莫泊桑、荷斯曼、阿立克西、萨尔德和海立克五人，都是那时刚建立不久的自然主义旗帜之下的斗士。

关于这小说集的形成，莫泊桑曾有一段有趣的记载：

“在乡间的一个美丽的夏季黄昏……我们之中有人刚从河里游水上来，有人头脑里充满了大计划刚从村外散步回来。

“在悠长的晚餐（因为我们大家都是饕餮者，而左拉一人就拥有三个小说家的食量！）的悠长消化时间中，我们便谈话。左拉告诉我们他的未来的小说，他的文艺见解，以及对于一切的意见。有时，近视眼的左拉，在谈话之间会突然擎起猎枪向草丛（我们骗他是鸟雀）打去，诧异着自己怎么老是打不中什么。

“有时我们钓鱼。海立克对于此道最出色，而左拉老是失望

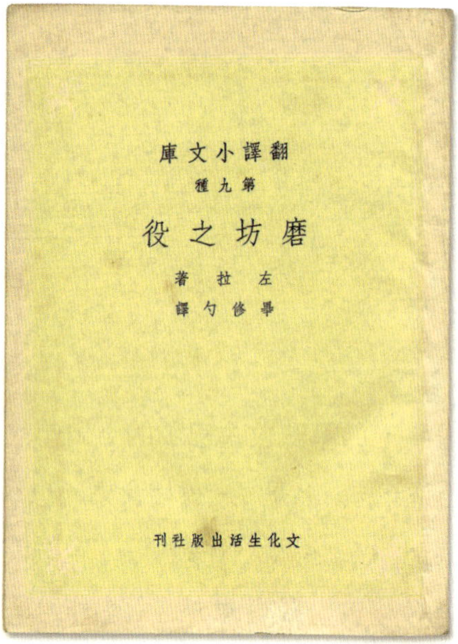

磨坊之役书影　毕修勺译，文化生活出版社 1948 年版

地钓些旧皮靴上来。

“至于我自己，有时躺在‘娜娜’（舟名）之上，或者游水，阿立克西四出散步，荷斯曼抽香烟，萨尔德则说乡间毫无趣味。

“在一个温和可爱的晚间，月色正浓，我们正谈着梅里美的时候，左拉突然提议大家讲故事。我们好笑，但决定为留难起见，第一个人所采取的形式，其他的人必须遵守，虽然故事内容各自不同。

“于是左拉便讲了那战争史中可怕的一页，那‘磨坊之役’的故事。

“他讲完之后，我们大家都喊道：你该立刻将这写下来。但是他笑道：我早已写好了。

“第二天轮着我，这样轮流下去，阿立克西使我们等了四天，说是怎样也找不到题材。左拉说所讲的很别致，提议我们将这写成一部书……”

这便是《米丹夜会集》的产生。那时左拉正住在米丹乡间，这一群作家每晚来聚谈，为了纪念左拉夫人殷勤的招待，所以他们决定取了这书名。

收在这书里的小说，左拉是著名的《磨坊之役》，莫泊桑是那使他一跃成名的杰作《脂肪球》。《磨坊之役》是叙述普法两军争夺一座磨坊，磨坊主人和他的女儿女婿，为了掩护退却的法军，不肯为普鲁士军队向导，怎样牺牲了生命的故事。“脂肪球”是一位名妓的绰号，她为了她的高贵的同胞们得以安全通过普军区域，自己向普军军官牺牲了自己肉体，那班高贵的士绅淑女在事前请求她为他们牺牲，但是当“脂肪球”从敌人的军官那里宿了一夜，获得全体安全通过的允许回来的时候，大家又都一致地瞧不起她了。对于上流社会的自私和伪善，莫泊桑嘲弄得极残酷，而将这妓女写得极伟大可爱。

都德像　*The Nabob*, William Heinemann, 1903

都德的《磨坊书简》

法国十七世纪小说家都德的《磨坊书简》，是一部谁读了都要喜欢的散文集，这里面包括小故事、回忆和抒情散文，一共将近三十篇，文笔写得非常纯朴天真，像是田园里的牧歌，无论欢笑还是眼泪，都没有那种都市的雕凿气氛。

《磨坊书简》所描写的故事都是以法国南方普鲁望斯省的乡下景色为背景，这是都德的故乡。他设想在乡下买了一座已经废弃不用的用风力来磨粉的磨坊，自己住在里面，怀念着远在热闹巴黎的那些朋友，便写给他们，将自己在乡下的生活和遇见的人物，以及听来的故事告诉他们，文章全是用书信体写成的，所以题为《磨坊书简》。

这种在屋顶上装了大风车，借风力转动磨盘来磨面粉的磨坊，在蒸汽动力还未普遍的时代，在欧洲各国的乡下是到处可见，而且生意很兴隆的。塞凡提斯的《堂·吉诃德》里所写的那个有名的笑话，神经有点毛病的吉诃德，以仗义任侠自负，见了一座风车，以为是来向他挑战的巨人，便勇敢地跃马挺枪上前与巨人战斗，结果被风车翼将他卷上了半空中，就是这样的风车。

◀▲《磨坊书简》插图 by Barbosa, C.Arthur Pearson Ltd., 1950

都德在书房里　*The Graphic*, 1891.2.28

《磨坊书简》英文版书影

Letters from My Mill, C.Arthur Pearson Ltd., 1950

在蒸汽动力的磨坊出现以后，这种风力磨坊的生意便一落千丈，歇业空置起来了。都德假设他所购置的便是一座这样荒废已久的磨坊，他在《磨坊书简》的第一篇《迁入》里就描写得很有趣，说他不曾迁入以前，磨坊楼下部分成了野兔的大本营，楼上则住了一只哲学家似的猫头鹰。他搬进去后，首先吓走了野兔，猫头鹰也向他“呜呜”地乱叫。他后来仍旧让这个老房客占有磨坊的上层，让它从屋顶上出入，他自己则住在楼下。

都德就用这样有趣的描写来开始了他的《磨坊书简》。他后来在再版的序文《关于我的磨坊》里说，这些文章从一八六六年开始，发表在巴黎的一个刊物上，直到一八六九年才出单行本。一共印了二千本，起初卖得很慢，但是都德说：

> 不要紧。这仍是我自己最喜欢的书，不过不是从文艺的观点来说，而是它使我想起了我年轻时代的好日子，我的毫无拘束的欢笑，我的那些事后决无麻烦的狂乐，以及我的朋友们的脸，和我不会再有机会见到的景色。

《磨坊书简》是我最爱读的外国散文集之一，我时常向朋友们推荐。这书在三十年前曾经有过一个中文译本，不过译得不很好，而且也早已绝版买不到了。有些朋友怂恿我再译一次，我也极想试试看。不过对着都德这样活泼生动而又充满了风趣的作品，实在没有勇气敢动手。

阿尔丰斯·都德　(Alphonse Daudet，1840—1897）法国作家。出生于尼姆城一个破落商人家庭，二十六岁时出版散文集《磨坊书简》。两年后，第一部长篇小说《小东西》出版。这是一部半自传性质的作品，集中表现了他“含泪的微笑”的艺术风格，因而有了“法国的狄更斯”的雅称。1870年普法战争爆发，都德应征入伍。战争生活给他提供了新的创作题材，《最后一课》和《柏林之围》更由于深刻的爱国主义内容和精湛的艺术技巧而成为享誉世界、脍炙人口的名篇。

法朗士像　　安特尔斯·卓恩作

法朗士诞生百年纪念

一

阿拉托尔·法朗士，《波纳尔之罪》《黛丝》《红百合》《友人之书》的著者，这些书译成中文已经多年，对于中国读者，他的名字该相当熟悉了。一八四四年四月十六日，法朗士出生于巴黎塞纳河畔的一家旧书店里，今天正是他的诞生百年纪念日。法朗士的父亲是开旧书店的，自小就沉浸在这古色古香的书卷环境中的他，使他日后的作品不论是诗，小说，或是文艺批评，都带上了浓厚的艺术香气。

法朗士很早就开始写作，二十四岁就发表了那著名的研究诗人缪塞的论文，接着他自己也开始了诗的创作，随后又从事文艺批评及小说的写作。在文学领域内，法朗士的活动范围很广，他是诗人、小说家、文艺批评家，同时又是戏剧家、历史家、哲学家。在这种种方面，他的小说成就最大，其次则是文艺批评。他的四卷文艺批评论文集《文学生活》，正是他所主张的印象批评最大的收获。法朗士主张文艺批评该是印象的、自传的，是对于从所

诸神渴了插图

by Jean Oberlé, *The Gods Are A-Thirst*, Nonesuch, 1942

读的作品中所感受的艺术上的愉快感觉之复述。这样的批评论当然只是局部的，不能包括文艺批评的全部任务，但法朗士在他自己所写的文艺批评论文中，可说已实践了他自己所主张的这种批评理论。我们今日读着他的随笔式的《文学生活》论文集，正如他自己所希望的那样，是经验到了游览于艺术天地中所获得的一种感觉上的愉快。

法朗士在小说上的成就当然比在艺术上的成就更大。他是一位多产作家，所写的小说在三十种以上。一般地说来，中年所写的作品比晚年所写的在艺术上的成就更大。法朗士晚年所写的小说，充满了怀疑哲学思想与机智的讽刺，小说不过是被当作了一种形式而已。这些作品与他中年所写的《波纳尔之罪》《黛丝》比较起来，显然已失去了他所特有的那种艺术香气了。

法朗士于一八九六年被选为法兰西学士院会员，一九二一年获得诺贝尔文学奖，一九二四年十月十二日去世，享年八十。在现代法国文学史上，多才多艺、博学好古的法朗士，可说是光辉的浪漫主义的伟大殿军。自法朗士死后，法国文学已跨过十九世纪与二十世纪的界限，将过去一页灿烂的历史结束了。

二

借了纪念法朗士诞生百年的机会，在这狭小的篇幅内，除了介绍他在文艺方面的成就以外，现在也随便谈谈他个人思想方面，对于政治和战争的见解。

最能代表法朗士思想立场的，无外于他对著名的德莱菲上尉卖国案件所表示的公正态度。德莱菲上尉卖国案是当时法国著名的冤狱，完全是法国军部少数狭隘的民族主义者有计划地排挤犹太人的举动。犹太籍的德莱菲上尉，被同僚用捏造的文件，控告他盗卖国防计划与德国驻法使馆，由军事法庭判决成立了叛国罪。这冤狱，由于德莱菲亲友的呼吁，曾激起了左拉等人愤怒，发表了那著名的《我控诉》的公开状，终于将这冤狱平反。法朗士在文艺流派上本是与左拉处在对立地位的，可是为了同情德莱菲，他捐弃成见，与左拉站到一条阵线。他在左拉的葬礼中所发表的演说是非常有名的，其中曾提到德莱菲上尉案件，他沉痛地说：

“诸位，在这世界上，仅有这一个国家能成就这一件伟大的事情。我们国家的天才是多么值得尊敬！法兰西的灵魂是多么美

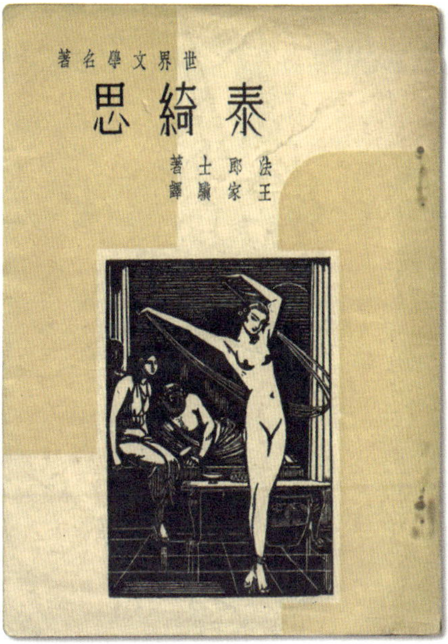

泰绮思书影 王家骥译，启明书局 1936 年版

克兰比尔插图 by Gabriel Belot

丽，她从过去许多世纪以来，就将真理与正义教给欧洲，教给世界！法国又成了绚烂的理智、仁爱的思想的地方，又成了公正裁判的国土，又成了都哥、孟德斯鸠、服尔德、玛尔希布诸人的祖国。左拉使得正义在法国终不致失望，可说无负于他的国家了。

“我们毋庸因他曾经受苦而悲痛。我们该羡慕他。

“羡慕他，他从一件伟大的工作，伟大的行动上荣耀了他的国家，荣耀了这世界。羡慕他的命运和心愿，使他完成了这最伟大的一份：使他一时成了人类的良心！”

法朗士不是盲目的爱国主义者，也不是非战主义者。在第一次欧战期间，他极力抨击战争中的一切残暴的非人道的行动，同时又拥护为正义与民族光荣而战的战争，主张必须获得光荣的和

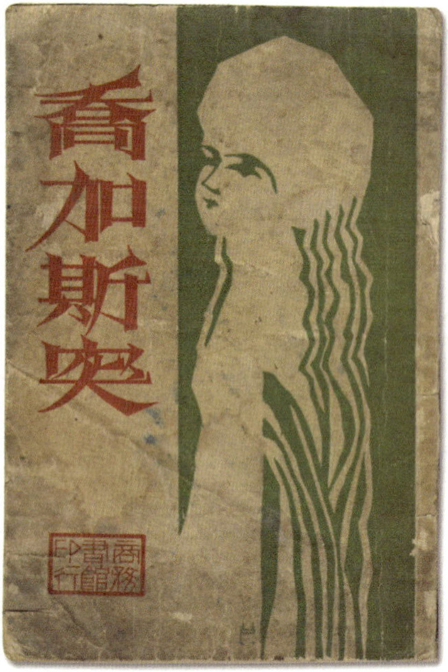

乔加斯突书影

商务印书馆 1930 年版

平，始可结束战争。

一九一五年四月，在一封信上，他说：

“没有和平，没有停战，直到人类公敌倒在地上！”

又说：

“朋友们，这次战争并不是我们所希求的，但我们将战至获得一个结果为止；我们将执行我们的任务，可怕同时又是可贵的，直到获得完全的成就，直到日耳曼军事力量全部被摧毁。

“我们珍爱和平，决不能忍受任何可疑的不严肃的东西。我们所要求的是一个伟大而坚强的和平，要有永久而高尚的前途。

“我从战争开始以来就这么说了；我决不惮烦再多说一次。

和平，我们太珍爱和平了，在我们不曾消除半世纪以来君临欧洲的压迫势力以前，在我们不曾保证正义的尊严统治以前，如果我们提到或想到和平，那简直是一种犯罪。

“未到这时机以前，我们只有以大炮来替代说话。我们必须留意，使许多勇敢的人不致死得枉然。

“我们的日子，正义的日子已经近在手边了。自由与我们一同作战。胜利已经确定了。”

法朗士的这类关于战争的见解，都收集在他自己手订的《玫瑰花下》（意译该是《金人集》，即守口如瓶之意，因欧洲古代曾以玫瑰花象征守信不泄露秘密）。这书和他在一九〇七年所写的《白石》，都是他关于战争的言论集。在最近曾被轴心国家和反轴心国家双方在战争理论上引用过。

阿纳托尔·法朗士　（Anatole France，1844—1924）法国作家、文学评论家、社会活动家。生于巴黎一书商家庭。对古希腊文学有较深修养。1873 年出版诗集《金色诗篇》，尔后以文学批评文章成名。1881 年出版《波纳尔之罪》，在文坛名声大噪。这一时期的小说还有《苔依丝》《红百合》《鹅掌女王烤肉店》等。1894 年，法国政府捏造了德雷福斯叛国案，法朗士支持左拉的公开信《我控诉》，要求为德雷福斯平反。1921 年，法朗士加入法国共产党。同年，获得诺贝尔文学奖。1924 年，法朗士逝世，法国政府为他举行了盛大的国葬。

法朗士小说插图 by Sylvain Sauvage, *At the Sign of the Queen Pedauque*, the Lakeside Press, 1933

法朗士的小说

有一时期，我颇爱读阿拉托尔·法朗士的小说。我尽可能地搜集所能买到的他的小说，贪婪地一本一本读下去。这样，他的三十几册小说，我差不多读了五分之四。

其实，我并不完全喜爱法朗士，我最厌恶他对于历史和考古知识的卖弄，以及一大套近于玄学的幽默。如最为一般文选家所称道的短篇代表作《仇台太守》，正是最使我头痛的一篇小说。反之，他的巧妙地处理故事的手法以及随时流露的文字风格的精致，使我觉得他不愧是跨立在新旧时代的鸿沟上的最后的一位大师。法朗士死后，无疑地，法国文学史是结束了最光荣的一代而开始另一个时代的叙述了。

我并不爱好华丽的《红百合》。这部小说像是一间新油漆的客厅，辉煌得使人目眩，但是并不使你感到亲切。我当然爱好美丽的《黛丝》，可是其中的一部分，关于古代宗教的玄学的叙述，又使我头痛了。

我最爱读的一部法朗士的小说，乃是他的古意盎然的《波纳尔之罪》。当然，这是矛盾的。《波纳尔之罪》正是法朗士最卖

法朗士小说插图　by Sylvain Sauvage, *at the Sign of the Queen Pedauque*, The Lakeside Press, 1933

弄他的博学的一部著作，使他选入他所厌恶的“法兰西学士院”正是这部著作，但我觉得他在别的著作中发泄的“书卷气”，在这部小说中却十分调和，反而增加它的可爱了。

诚如小泉八云所说，年老的爱书家波纳尔，坐在书城中，向他的爱猫诉说着他的珍藏，一面心中在燃烧着一缕怎么也不会灭熄的绝望的恋情。在法朗士的笔下，这可珍贵的人类的至情，实在被他写得太使人不能忘记了。小泉八云的这句赞语，恰好说明了我爱好这部小说的原因。

法朗士的父亲是开旧书店的，出生于这样环境的他，耽溺于一切珍本古籍和考古知识的探讨，早年便写下了这样古气盎然的小说，正不是无因。然而正因了这种气氛，有些年轻的批评家便攻击法朗士，说他不是现代意义的“作家”而是书呆子，他的著作不过是旧书的散页和考古学的堆砌，实是说得太过分一点了。

“让我们爱好我们所中意的著作，而停止对于文学流派和分类的麻烦。”法朗士同时代的批评家拉马特这句话，正是一位真正的文学爱好者所必具的要件。

高更：《有光环的自画像》　　《艺术新潮》2009 年 7 月号

哥庚的《诺亚诺亚》

保尔·哥庚是我所喜欢的画家之一，他所写的那部《诺亚诺亚》也是我喜欢的书之一。

很少画家能写文章，能够画得好而又写得好的自然更少，哥庚就是这样难得的天才之一。他的文章也许比不上他的画，但是从《诺亚诺亚》和遗留下来的书信札记日记看来，他的文字同他的画一样，富于一种真率的趣味。虽然有些地方写得很粗野，但是随处又可以看出有一种迷人的光彩和奇趣。

《诺亚诺亚》是哥庚第一次到南太平洋的塔希提岛小住时，所写下的一部旅行记。他是在一八九一年四月间自巴黎起程去的，住到一八九三年八月又回到巴黎。《诺亚诺亚》就是这次旅程的产品。

“诺亚诺亚”（Noa Noa）是塔希提岛的土语，即“香呀香呀”之意。由于哥庚在塔希提岛时，写下了这些札记，随手就寄给了他在巴黎的好友查理·摩里斯，摩里斯加以整理和修改后，用他自己和哥庚合著的名义，先在刊物上发表，然后又印成了单行本。这事使得哥庚很不满意，便将留在自己手上的另一份底稿，加以

- *The Black Pigs* by Paul Gauguin
- *Maternité II* by Paul Gauguin

诺亚诺亚手稿封面

艺术新潮 2009 年 7 月号

改写和扩充，又由自己加上插图，另出版了一个单行本。所以哥庚的这部《诺亚诺亚》，是有好几种不同的版本的。

最好的一种版本，不是排印本，而是根据哥庚的原稿来影印的。因为他一面写、一面随手加上插画，画与文字合而为一，很像英国诗人画家布莱克自画自印的那些诗画集一样。而且这些插画有些是单色的，有些更是彩色的。有一种完全按照原稿来复制的版本，最为可贵。

哥庚最初本是业余画家，他的正式职业是股票经纪。在巴黎的股票市场上，是一名很活跃的经纪，收入很不错。但他对巴黎

《诺亚诺亚》插图 by Paul Gauguin, Dover, 1985

的生活、对欧洲人的文明生活，忽然感到了厌倦，决定要找一个世外桃源去逃避，不仅要放弃他的巴黎生活，而且要放弃他的股票经纪生活，正式去做一个画家。这就是他离开巴黎来到塔希提岛的原因。这个巴黎股票经纪人，这时已经是一个有了妻子儿女的中年人，已经四十三岁了。但他抛下这一切，只身离开了巴黎。

哥庚这次到塔希提岛去，前后住了三年，又回到巴黎。《诺亚诺亚》就是这一次的旅行记。他是抱了寻觅世外桃源的目的去塔希提岛的，哪知到了岛上一看，虽然有些地方还保持着自然和原始的美丽，但是欧洲人的丑恶文明，也早已侵袭到岛上了，这

《诺亚诺亚》书影　Dover, 1985

使哥庚很感到失望。

原来这时的塔希提岛，早已是法国的殖民地。因此哥庚见了岛上的情形，很气愤地写信给巴黎的朋友说，这里简直仍是欧洲，是他想摆脱的欧洲，再加上狂妄自大的殖民主义，以及对于欧洲人的罪恶、时髦和可笑之处的不伦不类的模仿。

“怎么，我不远千里而来，在这里所得到的竟是我正想逃避的东西吗？”

哥庚在塔希提岛住了三年，又回到巴黎的原因，并非由于对于塔希提岛完全幻灭了，而是看出在白种人的脚迹和劳力还未达到的其他小岛上，仍保全着他所憧憬的人间天堂。因此他回到法国去料理了一下家事，在一八九五年又回到塔希提来。这一次重来是下了大决心的：他要深入土人中间去生活，同时永不再回欧洲。

对于后一点，哥庚可说完全做到了。因为他在岛上一共住了八年，直到一九〇三年五月八日，在玛尔卡萨斯群岛的一个小岛上，身上的毒症迸发，在贫病寂寞之中死去。

哥庚自己是白种人，但是却痛恨在这些海岛上作威作福的白种人，对于当地的土人则有极大的好感。在一封写给朋友的信上，他这么说：

“这些人被称为野蛮……他们喜欢唱歌，但是从不偷窃，我的屋门是从来不关的；他们从不杀人……”

在《诺亚诺亚》里，对于初到塔希提岛时的印象，他这么加以歌颂道：

“静默！我开始在学习去领略一个塔希提之夜的静默。在这样的静默中，除了我自己的心跳之外，我听不到别的任何声音。”

他在一封家书上，也提到了这样的静默：

“塔希提岛夜间的静默，乃是一件比任何更古怪的事情。它静默得令你可以感觉得到。就是夜鸟的啼声也不能将它打破。”

《诺亚诺亚》的篇幅并不多，内容却很复杂，有一部分是抒情散文，有一部分是日常生活的记录，更有一部分是他采集的岛上传说和神话。在哥庚以前和以后，也有不少人写过用塔希提岛作题材的书，但是他的这部《诺亚诺亚》仍是最受人欢喜的一部。

我不知哥庚的这本小书在我国是否已经有过中译本。多年前我在一本杂志上曾见过一则预告，但是后来是否真的出版了，我却不知道。

保罗 · 高更　（Paul Gauguin，1848—1903）法国画家。出生于法国巴黎，年轻时做过海员，1871 年成为股票经纪人，同年开始学画，参加过一些画展。1883 年，毅然辞去证券交易所职务，以便能整日画画。1891 年，因厌倦文明社会，遁迹太平洋上的塔希提岛。从事绘画雕塑之余，写了《诺亚诺亚》，并自配插图。短暂回到巴黎后，又重返塔希提。1901 年，因塔希提的生活费用过于昂贵，迁居马克萨斯群岛多米尼加岛的一个小村镇阿图奥纳。1903 年，在贫病交迫中去世。

斯蒂文森像　*Prose Pieces*, Bibliophile Society of Boston, 1921

史谛芬逊和他的《金银岛》

文艺爱好者，想来一定知道史谛芬逊的杰作《金银岛》这部小说的。这书早已有了好几种中文译本，一名《宝岛》，有些学校还用它的原文作英文课本。它的作者史谛芬逊是一位生活很不寻常的作家，一般人知道的不多，而且他除了《金银岛》之外，还有很多别的作品。

罗伯·路易斯·史谛芬逊是英国作家，一八五〇年十一月十三日，出生在爱丁堡，他的父亲是工程师，所以家庭的环境很好。可惜的是，史谛芬逊自幼就身体健康不好。因此这个体弱的独生子，一向受着家人的特别爱护。他的外祖父是当时爱丁堡大学的哲学教授，史谛芬逊时常住在外祖父的家里。就这样，他从小就生活在一个学术研究气氛浓重的环境里，耳濡目染，再加上他那天赋的好奇心，他自幼便喜欢东涂西抹，时常投稿到当地的报纸上。这时，他不幸承受了母亲的衰弱体质和神经衰弱症，发病时就不能读书，因此他的学业时歇时续。

为了体力关系，刻板的学校课程使他生厌，他时常逃学，可是并非贪玩，而是带了纸笔到外面去，把眼中所见的人物和事情

《金银岛》书名页　Cassell, 1895

记了下来。他喜欢同各种生活不同的人往来，将他们的个性和特点，细心观察和记录。这些笔记簿，后来就成为他著作构思时的底本。每逢他为病痛所困扰，不得不躺在床上休息的时候，事实上他的头脑反而加倍地活跃。这时他那丰富的幻想力，便把日常所见的那些古怪的人物和事件，再加以渲染，成为他的想象中的英雄。等到他起床后，这些人物便出现在纸上了。

起初，史谛芬逊接受家人的期望，决心秉受父志，去专习工程，但是因了体力衰弱，不适宜于辛劳的工作，便改学法律。但这种刻板拘谨的工作，和他那种疏懒不羁的个性完全不相称，因此他又放弃了成为律师的计划，开始到各处去旅行，希望能找到一个适合的地点，可以适合疗养他的病体。这种旅行生活，使他的足迹踏遍了欧洲大陆德法荷意诸国的国土，随手写下了许多游记。

史谛芬逊对英国本国各先辈作家的风格和写作技巧，曾经下过苦功研究。因此他自己的作品，不论是诗歌、小品文随笔，短论和小说，都能够采取英国各名家之长，融会贯通，然后自成一家，清新绝俗。这正是他长期苦心学习的成果，这才能够达到青出于蓝而胜于蓝的境界。

有名的冒险小说《金银岛》，出版于一八八二年。这部小说一经出版，一纸风行，使他立时成为英国文坛上最为人爱戴的作家。书中人物呼之欲出，故事又新奇有趣，很快地就被译成多种外国文字，成为全世界少男少女最喜欢读的一本小说了。

接着，他又写了《鬼医》，这部小说的原名是《杰克尔医生和亥地先生》，描写一个能改变自己相貌的怪医生的故事。他的相貌改变时，他的个性也随着改变，因此干出了许多惊心骇目的事情，使读者毛骨悚然，但是又不忍释卷。这是描写人类心理变态的一部杰作。同《金银岛》一样，这部小说曾经一再拍成了电影。

此外，他又写下了《给少男少女》《新天方夜谭》《绑票勒索》《驴背旅行》等，共有四十多种作品。史谛芬逊的写作生活并不长，他写得又十分审慎，下笔很慢，但是在疾病缠绵之中居然产生了这许多作品，实在令人佩服。他的写作范围很广，包括长篇小说、短篇故事、随笔论文、游记、诗歌。此外他又是写信的能手，留下了四册文情俱胜的书信集。

在私生活方面，他和奥斯波夫人的恋爱也轰动一时。奥斯波夫人是一位有夫之妇，史谛芬逊为了爱上她，弄得人言啧啧，不惜远渡重洋，一直到美国去追求她。虽然他父亲和亲友们竭力反对这事，但是有情人终成眷属，奥斯波夫人终于同丈夫离婚，嫁给了史谛芬逊。这一对有情人的婚姻生活十分美满，史谛芬逊在病苦之中能够继续不断地从事写作，可说完全得力于这位贤良温柔的夫人的体贴和照顾。

史谛芬逊在早年就染上了肺病。他旅行各地疗养的结果，爱上了南太平洋热带的柔媚风光，于是决定卜居萨摩亚岛。这种世外桃源的生活使他非常爱好，每日除了定时写作外，便徜徉在风光明媚的椰林海滩上，或是扶杖和岛上的土人闲谈。史谛芬逊为人和善，又富于仁侠精神，因此在岛上和土人相处得极好，随时在精神上和物质上帮助大家，使他的家成为岛上的社交中心。土人十分爱戴他，知道他是一位名作家，称他为“故事专家”。可

《金银岛》插图　by John R. Neill, 1914

《化身博士》插图 by W.A.Dwiggins, *The Strange Case of Dr.Jekyll and Mr.Hyde*, Random House, 1929

惜的是，他在岛上虽然生活得很愉快，但是病体日渐沉重，有一天同爱妻在散步途中，突然昏厥不醒，竟此不治。他在一八九四年去世，仅仅活了四十四岁。他的逝世，不仅使他的爱妻十分伤心，就是岛上的土人也同声哀悼。他的葬仪是按照土人的风俗举行的，在他自己生前早已择定的墓地上，由六十多位垂泪的土人扶棺下葬。坟上的墓碑，刻有他自己生前所写的挽诗：

在这寥廓的星空之下，
掘好墓穴让我躺下来吧，
欢乐的生，也欢乐的死去，
我十分愿意这么躺下。

请为我镌上这样的墓铭，

这里是他渴望的所在，
像万里破浪归航的水手，
像猎罢回家的猎人。

史谛芬逊的《金银岛》，现在已经成为全世界少男少女所最爱读的一部冒险小说。据他自己说，这部小说的产生是很偶然的，因为他有一天偶然画了一幅想象中的“金银岛”宝藏地图，不觉向往起来。由于荒岛宝藏和海盗冒险家的传说故事很多，一经他穿插，便成了一部绝妙的冒险故事。再加上史谛芬逊那种细腻的描写，引人入胜的曲折布置，使得书中人物呼之欲出，读者也仿佛置身其境，因此这部小说便令人一拿到手上就舍不得放下来了。

罗伯特·路易斯·斯蒂文森 （Robert Louis Stevenson，1850—1894）英国作家，生于苏格兰爱丁堡。1867 年，秉承父亲旨意进入爱丁堡大学攻读土木工程，不久改读法律，并于 1875 年成为一名律师。但他自幼钟情的是文学，在受理诉讼案件的同时，抽空从事文学创作。1878 年，出版第一本游记《内河航程》。一年后，又出版了《骑驴旅行记》。从此，他放弃律师业务，潜心写作。给史蒂文森带来巨大声誉的是小说《金银岛》，它为后来以发掘宝藏为题材的小说开了先河。他另外比较著名的小说有《绑架》和《化身博士》。1889 年，迁居南太平洋萨摩亚岛养病。以岛上居民生活为题材写了一部短篇小说集《岛上夜谭》。1894 年 12 月 3 日，突患中风逝世，葬在岛上。

莫泊桑像　by G.F.Desmoulin, *Les Soirees de Médan*, G.Charpentier and Co. , 1890

莫泊桑的短篇杰作

自十九世纪以来，欧洲有两个以短篇小说驰名的作家，一个是契诃夫，另一个是莫泊桑。有人认为在短篇小说的艺术成就上，契诃夫比莫泊桑更大。但是由于契诃夫的风格比较冷静朴实，没有莫泊桑那么轻松活泼，因此爱读莫泊桑短篇作品的人，比读契诃夫作品的人更多。尤其因为莫泊桑到底是法国人，他的作品以男女爱情关系为题材的居多，这就更容易吸引一般读者的趣味了。其实，他们两人在短篇小说上的成就，可说各有千秋，是不容易轻易下论断的。

莫泊桑生于一八五〇年，出生于一个破落的贵族家庭。父亲平庸无能，母亲倒是一个才女，这才造就了莫泊桑未来的文学前途。因为母亲是与福楼拜相识的，看出了自己儿子对于文艺写作的爱好，便有意叫他投身到福楼拜的门下，拜他为师，这位自然主义文学大师，当时已经因《波瓦荔夫人》这部小说而驰名一时，他也看出莫泊桑这青年对文艺写作很有真挚的热情，便接纳了这托付，答应在文艺写作上悉心予以指导。就这样，差不多有七年的时间，每逢到了星期日，莫泊桑便带了他新写的作品原稿，登

《羊脂球》插图　by Paul–Émile Boutigny，Musée des Beaux-Arts de Carcassonne

门拜访他的老师，当面领受他的指导，站在一旁眼看福楼拜用蓝铅笔在他的原稿上修改，然后再在口头上给以指点，直到夜晚才告辞而去。

这位自然主义大师，可说将他的衣钵传给了他的这个弟子。他给莫泊桑的写作箴言是：“观察，然后再观察，再观察！”

福楼拜告诉莫泊桑说，在文学描写上，对于每一件东西，只有一个最恰当的形容词。如何找到这个恰到好处的形容词，乃是作家的责任，同时也是成为好作家的必需条件。

他又说：这里有三十匹马，你如果要想描写其中的一匹，你一定要描写得使别人一望就认得出是它，并且知道它与其他二十九匹马不同之处何在。

秉承了这样的指导，莫泊桑在写作上养成了特别敏锐的观察力。他起初写诗，写剧本，后来也写长篇小说，但是最成功的是他的短篇小说。

在他的短篇之中，最为人称赞的是《脂肪球》和《项链》这两篇小说，不仅是莫泊桑的杰作，同时也可说是世界短篇小说之中数一数二的杰作。

《脂肪球》写于普法战争之际，莫泊桑在这篇短篇中，不仅发扬了他的爱国思想，还无情地嘲弄了当时法国上流社会绅士淑女的虚伪和愚蠢。

所谓“脂肪球”，乃是当时法国一个私娼的绰号。因为她生得丰腴肥胖，所以别人称她为“脂肪球”。故事开始时，一群男女乘了长途马车往巴黎某地去。这些乘客多是所谓上流社会人士，

项链插图

Cover of *Gil Blas Illustré*, illustration for the short story *The Necklace (La Parure)* by Guy de Maupassant. 8 October 1893 153 La Parure - Gil Blas

《吉尔布拉斯》发表的莫泊桑小说《泰利埃公馆》

但是脂肪球恰巧也是乘客之一。那些自命高尚的男女乘客一旦打听出脂肪球的身份后，都坐得远远地离开了她，不屑与她说话。可是在这次旅途中，除了脂肪球以外，谁也不曾携带食物。因此当大家饿得正慌的时候，脂肪球拿出自己携带的食物来请客，大家都忘记了绅士淑女的身份，纷纷抢着吃，不再嫌她的东西“污秽”了。

当时正是普法战争时期，马车抵达夜晚的停宿站时，不料那地方已经被普鲁士军队占领。普鲁士军官下令将这一批法国男女乘客全体扣留。后来军官发现了脂肪球，便提出条件，说是如果脂肪球肯伴宿一夜，第二天便可以将大家无条件释放。

脂肪球当然不肯，因为这时普鲁士人正是法国的敌人。可是那些绅士淑女为了自私起见，这时竟异口同声地用种种理由劝她接纳这条件，甚至埋怨她如果拒绝了军官的要求，连累大家被拘，问她于心何忍。有些太太们更是声泪俱下地恳求她。脂肪球在这情势之下，只好答应了军官的要求。

第二天，普鲁士军官果然如约释放了大家。可是，当脂肪球走上车来时，那些绅士淑女对这个为了他们大家的利益而毅然自己牺牲色相的同伴，竟又傲然不加理睬了。脂肪球冷落地坐在一个角落，思前想后，忍不住伤心地掉下泪来。可是那些太太还在窃窃私议，说脂肪球因为自惭形秽而流泪了。

莫泊桑就这么毫不留情地讽刺了当时法国上流社会男女的自私和愚昧。

在他的另一篇杰作《项链》里，莫泊桑则除了讽刺薪水阶级妇女爱虚荣以外，还对她们善良诚实的本性予以赞扬和同情。故事是说一个爱虚荣打扮的小家庭主妇，为了要参加一个宴会，想撑门面，便向一位女朋友借了一串钻石项链。不料宴会完毕回来，竟将这串项链遗失了。夫妇两人不敢使物主知道，决定设法买回一串赔给她，一共花了三万六千法郎。他们当然没有这些钱，除了拿出积蓄变卖所有之外，又向亲戚朋友借贷，总算将这事弥缝过去了。后来夫妇两人为了清偿这笔巨大的债务，省吃俭用，一共挨了十年辛苦的生活，才将为了购买那串项链所负的债务还清。直到还清之后，他们才敢将当年遗失项链又暗中另买一串赔还的真相，告诉那位物主。可是那位物主听了之后回答他们的话竟是：

“我的天啦，你们为什么不早点说呢？我当年借给你们的那串项链根本是假钻石的，至多只值五百法郎！”

莫泊桑的这篇小说，使得许多人读了不禁要同声一叹，可怜那个爱虚荣的主妇太诚实了。

当然，除了这两篇以外，莫泊桑还写过许多极好的短篇小说。但是仅是这两篇，已经足够使他不朽了。

莫泊桑晚年神经受了刺激，濒于错乱。一八九三年起曾屡图自杀，后来进了神经病院，七月六日去世，仅仅活了四十三岁。

居伊·德·莫泊桑　（Henri René Albert Guy de Maupassant, 1850—1893）法国作家。出生于诺曼底米洛美尼尔城堡的一个没落贵族家庭。莫泊桑在 1869 年获得克安大学文学学士学位并于同年赴巴黎攻读法律专业。1870 年 7 月普法战争爆发，应征入伍。在战争中的经历成为他日后写作的重要素材。他曾拜福楼拜做他的文学导师，受到严格的写作训练。1879 年，他参与左拉等六位自然主义作家在梅塘别墅的聚会，汇成小说集《梅塘夜话》，他以一篇《羊脂球》闻名。他的文学成就以短篇小说最为突出，有“短篇小说巨匠”的美称。除了《羊脂球》，《项链》亦脍炙人口。他的长篇小说也达到比较高的成就，主要有《一生》《俊友》《温泉》等。莫泊桑后期患有神经病和强烈的偏头痛，1893 年 7 月 6 日，因病情发作与世长辞。

洛蒂像　*Aziyadé*, Folio, 1991

关于“女”作家绿蒂

写了《菊子夫人》和《冰岛渔夫》，也写了《北京的末日》的那个法国近代作家比埃尔·绿蒂，是个男作家，并不是女作家。《菊子夫人》在三十年代就已经有了徐霞村的中译本，是商务出版的，我猜想“绿蒂”这个译名，大约就是在这个中译本上首先使用的。由于这两个字与《少年维特之烦恼》里的维特的爱人名字完全相同，早已不止一次被人误会是女作家了。

事实上，绿蒂不仅是男作家，而且还是军人，是法国海军军官。他有一张全副武装的穿了法国海军军服的照片留下来，嘴上留了兴登堡式上翘的浓浓的胡须，简直是一个十足的武夫。

比埃尔·绿蒂是他的笔名。他采用这个笔名的原因是很“风流”的，我想大约也就是由于这个原因，当年的中译者有意将它译得女性化了。原来绿蒂身为法国海军军官，自然有机会乘了军舰漂洋过海，有一次来到南太平洋的大溪地岛，岛上土人女王的宫女一再呼他为“Lotti”，他觉得奇怪，询问之下，这才知道这是岛上的土话，是岛上女人对于心爱的漂亮男子的昵称。大约当时的绿蒂很“少年英俊”，因此女王的宫女都这么称呼他。绿蒂听了

梅子太太的第三度青春插图

by René Lelong, Edtions Pierre Lafitte, 1923

洛蒂的婚姻插图 by Manuel Orazi, Edtions Pierre Lafitte, 1923

《洛蒂的婚姻》插图　by Manuel Orazi, Edtions Pierre Lafitte, 1923

很高兴，后来写文章，就采用这句大溪地岛的土语为笔名。在前面再加上一个教名“Pierre”。

他的真姓名是朱里安·费亚（Julien Viand），生于一八五〇年，一九二三年经过第一次世界大战后才去世。绿蒂很年轻的时候就参加了法国海军。但在海军里一直受到冷淡的待遇，直到他服务了四十年退休时，他的军阶还是海军上校。但他在写作方面却非常成功，早已是当时法国最为人爱读的小说家。他在四十一岁时就已经爬上了法国文学官式荣誉的最高峰，当选为法兰西学士院的院士，是四十名院士之中最年轻的一个。当时参加竞选的共有两人，其一是左拉，竟败在他的手下。可是，他在文学上虽然这么成功，在海军里却一直是一名不很得意的小军官。

正是由于这样的身份，他才有机会跟随法国远征军参加了“八国联军”，到过北京。绿蒂是浪漫主义者，喜欢描写异国情调。同时又是个狭义的人道主义者，对于任何“死亡”都发生同情和感伤。(他曾写过一辑描写小动物死亡的故事集，名为《怜悯与死亡之书》，以前在这里谈论作家所写的猫故事时，曾提起过这书)我想，大约就是由于这样的立场，才使他在《北京的末日》里，对欧洲军人在中国所干的残杀破坏行为，表示了他的惊异和不满。

皮埃尔·洛蒂 (Pierre Loti，1850—1923)法国小说家。原名路易-玛丽-朱利安·维奥，出生于法国西部夏朗德河口罗什福尔市一个职员家庭，自小就迷恋大海，后来果真成为一名海军军官，经历了四十二年海上生活。海外的风土人情、丰富的阅历奇遇，源源不断地为他提供写作素材，从1879年发表处女作《阿姬亚黛》开始，总共创作四十余部著作，最著名的当属《冰岛渔夫》《菊子夫人》《洛蒂的婚姻》等。他擅长海的描述，作品充满异国情调，他的思想亦经常被生死无常的念头缠绕。1891年，他当选为法兰西学院四十位不朽者中的一员。

王尔德像　by Maurice Greiffenhagen, *Oscar Wilde*, Viking, 1969

比亚斯莱、王尔德与《黄面志》

一、比亚斯莱与王尔德

我一向很喜欢英国十九世纪末的插画家比亚斯莱的书籍装饰画和插画。这个短命的天才画家，是属于当时《黄面志》那一个集团的。这是一种文艺季刊，比亚斯莱曾经担任过这个刊物的美术编辑。

《黄面志》那一批作家的作品，以及比亚斯莱的画，对中国早期的新文艺运动也曾发生过一点影响。因为首先将《黄面志》介绍给中国文艺爱好者的是郁达夫先生，接着田汉先生、张闻天先生不仅介绍比亚斯莱的画，还翻译了王尔德的作品。后来鲁迅先生也编印过一册比亚斯莱画选，列为“艺苑朝花”丛刊之一。甚至直到近年，木刻家张望为了总结比亚斯莱对中国早期新艺术运动所发生的影响，还编印过一册他的画集。

我第一次见到比亚斯莱的作品，也是由于田汉先生的介绍。那时他不仅借用了比亚斯莱的作品作《南国周刊》的封面，后来还翻译了王尔德的《莎乐美》出版，附有比亚斯莱的插画。出版

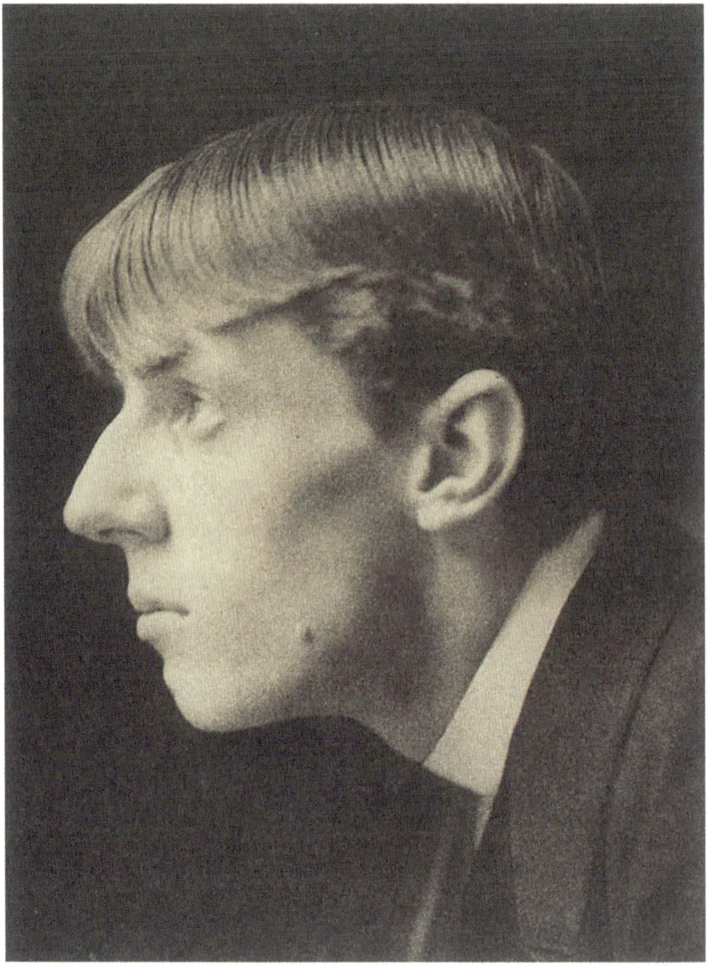

比亚兹莱像　Photo by Frederick H. Evans

者是中华书局。这个中译本在当时可说印得很精致，是道林纸的十八开本，附有比亚斯莱为王尔德这个剧本所作的全部插画，包括目录饰画和封面画在内，可惜现在已经很难再找得到了。

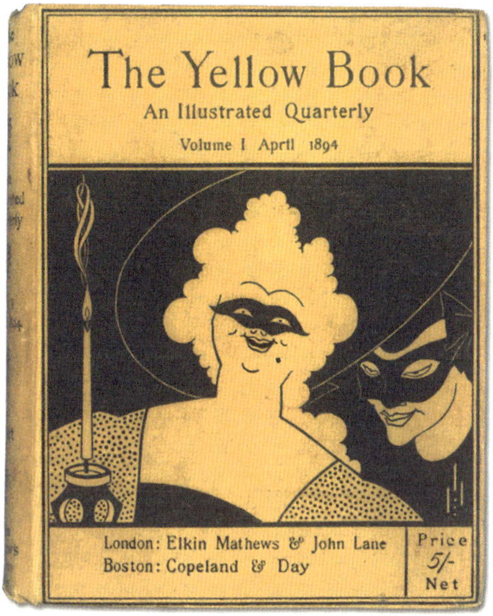

《黄面志》封面

比亚斯莱为《莎乐美》所作的这一批插画，不仅是比亚斯莱本人作品之中的杰作，现在也久已被评定为世界有名的书籍插画杰作之一，在当时曾使得这个年方二十的青年画家一举成名，获得普遍的赞赏。

说来真有点令人不相信，比亚斯莱为《莎乐美》所作的这一批插画，虽然获得普遍的称赞，却使得剧本的原作者王尔德非常不满意。他不仅不喜欢这些插画，甚至就为了这一批插画同比亚斯莱反目。原来王尔德的《莎乐美》剧本，最初并不是用英文所写，而是用法文写成的。英译本是别人给王尔德翻译的，邀请比亚斯莱作插画，是英国书店老板的主张，并不是王尔德的主张。比亚斯莱在他所画的这一批富于奇趣的黑白画中，有几个人物的颜面，画得颇有点像王尔德本人，因此他见了很不高兴。同时，由于这一批插画的成功，许多人都在谈论比亚斯莱，冷落了王尔德，至少是将他们两人相提并论，这在王尔德本人看来，都是对他不敬的。再加之他根本就不喜欢比亚斯莱的画，因此王尔德不仅始终反对比亚斯莱为《莎乐美》所作的插画，两人更由于这件事情失和了。

《莎乐美》封面

英国曾出版过一本题名《黄的研究》（K.L.Mix，*A Study in Yellow*）的书，就是研究《黄面志》这批作家对英国文艺影响的，其中就曾经提到了这个有趣的逸话。

二、《莎乐美》和比亚斯莱的插画

英国原版的《莎乐美》，是十六开的大本，附有比亚斯莱的全部插图，封面是朱红色的，用金色印了比亚斯莱所设计的孔雀裙图案草图，富丽堂皇。从前我在上海买过一本，一向当作自己心爱的书籍之一，可惜到香港来时不曾带在身边。多年前我在香港一家现在已经歇业的西书店里也曾见过一本，一时不曾买，便错过了机会，至今还不曾再见过这样精印的《莎乐美》。中华书局所出版的田汉先生译本的初版本，就是依照原本这种格式设计

比亚兹莱画《莎乐美》插图

的，也是十六开本，同样采用了“孔雀裙”图案作封面，所以也十分漂亮。

前几年美国也曾出过一种廉价版的《莎乐美》。虽然也附有比亚斯莱的插画，只是将版面缩小了，许多精细的线条便模糊不清。更荒唐的是，原画上所有裸体男性的生殖器都被“阉割”了，连捧着烛台的两个小孩也不能幸免。

《莎乐美》的作者是王尔德。这个剧本经田汉先生在一九二五年前后译成中文后，当时在上海和南京都上演过。第一次在上海宁波同乡会上演时，饰演莎乐美的女主角俞珊女士，竟因此一举成名。那个饰演施洗约翰的男演员，演得更好，可惜我现在忘记了他的姓名，他用着粗犷的声音，从被囚的井底数着希律王和他妻子的罪状，听来使人惊心动魄。在当时，凡是指摘统治者不对的声音，都被认为是犯法的，因此这个被人称为“唯美主义”作家的作品，也被禁止了上演。

《莎乐美》在英国最初排演时，也曾被禁止过。他们的指摘更严重，说王尔德的这个剧本亵渎了《圣经》。因为王尔德在剧本里描写莎乐美（她是希律王妻子的油瓶女）的心理变化，不肯接受希律王乱伦的爱，听到圣徒约翰仗义指责她的声音，反而爱上了约翰。她要求吻约翰一下，被约翰拒绝了，因此恼羞成怒。在答应跳舞给希律王看时，竟要求要约翰的头作代价，希律王为了讨好莎乐美，竟答应她的要求，叫武士杀了约翰，将他的头放在盾上送给她。王尔德剧本的最高潮，写的便是莎乐美捧了约翰的头吻着，一面疯狂地喊道：

你拒绝了我的吻，你现在终于被我吻到了……

王尔德虽是英国作家，这个剧本却是用法文写的，另由别人译成英文。我喜欢比亚斯莱为这个剧本所作的画，甚于剧本自身。

三、《黄面志》与王尔德

一八九五年四月三日的傍晚，王尔德在旅店正式被捕。这是十九世纪末英国文坛的一件大事。第二天早上，伦敦报纸关于这件事情的报道，其中有一句“花絮”式的描写，说他被捕入狱时，胁下还挟了一本书，是一册《黄面志》。

《黄面志》是季刊，创刊于上一年（一八九四年）的四月初，到这时已经出版了四期或五期，在当时英国文坛上已经被认为是代表那种世纪末文艺倾向的一个主流刊物。这一批新旧参半的小说家、散文家、诗人和画家，被当时人给他们题了一个不很好的头衔，称他们为“颓废派”（连第一次将《黄面志》介绍到中国来的郁达夫先生，也曾经连带地被人称为“颓废派”）。不用说，王尔德也是其中之一了。

《黄面志》是由伦敦的“鲍特莱·亥特”书店出版的，它的老板约翰·朗，是一个很有朝气的新出版家，不仅是《黄面志》的出版人，还出版了王尔德和其他许多人的著作。自从伦敦报纸上发表了王尔德被捕时胁下还挟有一册《黄面志》后，那些一向

▲ 王尔德在旅店被捕　A Sketch Showing the Arrest of Wilde from the Police News, *Oscar Wilde*, by Julet Gardiner, Collins & Brown, 1995

◀ 王尔德漫画像　by Max Beerbohm, *Rosetti and His Circle*, Yale University, 1987

不喜欢王尔德的人，闻讯都大为高兴，他们就趁机到“鲍特莱·亥特”书店门前来示威，说王尔德既然以不名誉的罪名被捕了，他还舍不得离开《黄面志》，带了一本入狱，可见这个文艺季刊一定也不是好书。他们不要王尔德，也不要《黄面志》。于是示威的群众之中就有人一面叫嚣，一面动手，纷纷投掷石子，将“鲍特莱·亥特”书店的门面玻璃窗全打烂了。

其实这事全是“冤哉枉也”的。王尔德在上一天被捕时，胁下确是挟有一本书，不过根本不是《黄面志》。据事后的记载，他当时询问来执行逮捕令的苏格兰场侦探，能否带一本书去看看，他们答应了，他就随手拿起了他正在读着的法国作家比尔·路易的《爱神》（这书在中国也有过译本，是东亚病夫与曾虚白父子所译，改名为《肉与死》，由真善美书店出版）。由于法国小说的封面照例是用黄纸的，《黄面志》的封面也是黄的，新闻记者的笔下一时疏忽，便使得书店的玻璃窗遭了池鱼之殃，后来连忙更正，早已来不及了。

王尔德的被捕，既这么牵连到了《黄面志》，同时更牵连到了画家比亚斯莱。他是《黄面志》的美术编辑，又曾经给王尔德的《莎乐美》画过插画，于是许多人也攻击比亚斯莱，使他不得不离开了《黄面志》。可是，比亚斯莱是《黄面志》的生命。没有了比亚斯莱，《黄面志》不久也完了。

王尔德虽一向被人认为是《黄面志》同人之一，事实上，他从未在《黄面志》上发表过文章，“特约撰稿人”的名单上也没有他的名字。比亚斯莱根本就不喜欢他。

奥斯卡·王尔德 （Oscar Wilde，1854—1900） 英国作家、诗人。1854 年 10 月 16 日生于都柏林一个家世卓越的家庭，父亲是外科医生，母亲是诗人。王尔德先后就读于都柏林三一学院和牛津大学莫德林学院，在校期间即出版诗集《拉芬纳》，并为日后成为唯美主义先锋作家明确了方向。1887 年，王尔德成为《妇女世界》杂志执行总编辑，翌年出版《快乐王子集》。他的第一本小说《道林·格雷的画像》发表于 1991 年，在序言中他系统地表达了他的为艺术而艺术的美学观点。真正为王尔德赢得名誉的是他的戏剧作品，其中用法文写出的独幕剧《莎乐美》最有影响。王尔德富有过人的自信和天赋，但也因“与其他男性发生有伤风化的行为”而被判有罪，在瑞丁和本顿维尔监狱服了两年苦役。在狱中他写下诗作《瑞丁监狱之歌》和书信集《自深深处》。1897 年获释后前往巴黎，因患脑膜炎于 1900 年 11 月 30 日死于巴黎的阿尔萨斯旅馆。

王尔德像　by Henri de Toulouse-Lautrec, 1895. *Oscar Wilde*, by Julet Gardiner, Collins & Brown, 1995

王尔德《狱中记》的全文

王尔德的《狱中记》，早在一九〇五年就已经出版，并且在中国也久已有了译本。不过当年伦敦所出版的，实在不是全文，乃是删节本，所发表的仅及全文之半。直到一九四九年，距离删节本出版四十四年之后，《狱中记》的全文才第一次正式出版。

所谓王尔德的《狱中记》，事实上是一封长信，是王尔德在狱中写给道格拉斯爵士的。王尔德的入狱，就是为了这个年轻的朋友。因为这作品的本身是一封长信，至少是一篇书信体的散文，而且王尔德当时是真的准备写了寄给道格拉斯的。既不是一篇散文，也不是一本书，所以根本没有题目或书名。原文的一部分于一九〇五年第一次在伦敦出版时，是由王尔德的好友罗伯罗斯经手节录付印的，因为这封长信的底稿在他的手上。这时王尔德本人去世已经五年了，罗伯罗斯选录了这封长信的一部分付印，因为原来根本没有题目，便由他拟了“De Profundis”两字作书名。这是拉丁经文的成语，即“发自深心”之意，表示这是一个人在监狱中所写下的“肺腑之言”。这书在一九二五年左右就有了中译本，是由张闻天与汪馥泉两人合译的。当时大约因为若据原名直译，未免意义晦涩，便采用了日本译本的书名，称为《狱中记》。这个译名的好处是使读者对王尔德这部作品的特殊性质一望就明白，虽然事实上内容涉及狱中生活的并不多，但到底全部是在狱中写成的，称为《狱中记》实在也很恰当，因此我在这里也就沿用这个现成的名称了。

道格拉斯像 Lord Alfred Douglas, 1894. *Oscar Wilde*, by Julet Gardiner , Collins & Brown, 1995

王尔德是在一八九五年五月二十五日被判入狱的，刑期两年。这部所谓《狱中记》的长信，便是在服刑期中断断续续写成的。本来，犯人未必会有写作的自由和便利，但是王尔德到底是个有名的作家，而且他所写的乃是一封长信，因此便由狱中供给纸张给他，这是一种蓝色有监狱戳记的四开纸，王尔德写完了一张就交给狱卒，另外再领一张新纸，他自己是不许保留这些原稿的。长信一共写了二十张纸，每张四面，共有八十面。

王尔德写完了这封长信后，依照他自己的计划，是想托他的好友罗伯罗斯转给道格拉斯的。可是依照监狱规则，犯人在狱中所写的东西，除了必要的信件经过严密检查之后可以寄出外间外，其余任何文字一概不许寄出狱外。因此王尔德满以为这封长信早已到了罗伯罗斯和道格拉斯手上，不料始终仍存在狱中。直到他在一八九七年五月十九日刑满出狱时，监吏才将这一束原稿交还给他。

王尔德在出狱的当天，就离开英国，渡过英伦海峡，改名换姓到法国去暂住。罗伯罗斯在那里接他，于是王尔德便将自己出狱时狱吏交给他的那封被扣留的长信，交给了罗伯罗斯。这就是今日所谓《狱中记》的全部底稿。

王尔德从此就不曾再见过这一束原稿，他本人也不曾再回过英国。他是在一八九七年出狱的，三年之后，一九〇〇年十一月三十日，已经在法国去世了。

罗伯罗斯收到王尔德交给他的这束原稿后，便依照他的指示，用打字机打了一份，同时又用复写纸留了一个副本。他本来应该将原稿直接寄给道格拉斯爵士的，但是王尔德在这封长信内有许多地方对道格拉斯责备颇甚（一九〇五年删节本《狱中记》出版时，删去最多的就是这一部分，因为那时道格拉斯爵士还在世），罗伯罗斯知道道格拉斯的为人和个性，他为了审慎起见，便将原信的底稿留在自己的手上，只是将打字机打出的那一份送给道格拉

罗伯罗斯像　摄于 1911 年。罗伯罗斯所阅读的正是王尔德的《狱中记》。*Oscar Wilde*, by Julet Gardiner, Collins & Brown, 1995

The Illustrated Police News 对王尔德受审的报道

Oscar Wilde, by Julet Gardiner , Collins & Brown, 1995

王尔德在狱中　from *the Illustrated Police News*, 20 April, 1895.
Oscar Wilde, by Julet Gardiner, Collins & Brown, 1995

王尔德服刑的监狱　from *the Illustrated Police News*, 20 April, 1895.*Oscar Wilde*, by Julet Gardiner, Collins & Brown, 1995

斯。果然，道格拉斯看见王尔德在信内这么埋怨责备他，十分生气，便将这封信毁了。他以为这是仅有的一份原稿，毁了之后就可以了结这重公案，不会再有人提起，不曾料到这不过是一个副本。罗伯罗斯可说有先见之明。

不久之后，道格拉斯爵士自然知道关于王尔德这份原稿的真相，知道底稿仍在罗伯罗斯手上。两人为这个问题吵了起来。这时王尔德已经去世，罗伯罗斯是被指定的王尔德著作权的保管人，他当然有权保管王尔德的一切遗著和原稿。可是道格拉斯爵士却说王尔德的这封长信是写给他的，底稿应该归他所有。罗伯罗斯看出这事如果闹上法庭，对他自己未必有利，于是实行了一个釜底抽薪的办法，他将这份原稿在证人面前封藏起来，然后赠给大英博物馆，并附带注明，在六十年之内不得公开，要待六十年之后始能将内容公之于世，因为那时信内所牵涉到的每一个人相信都已经去世，就不会再发生什么法律纠纷或不便的事情了。

这是一九〇九年的事情。这一来，除了罗伯罗斯还暗中藏有一份用复写纸印好的打字副本以外，由于底稿已经封存在大英博物馆，至少在一九六九年以前，不会再有人见到这份原稿了。不料在一九一二年，王尔德生前的友人亚述·朗逊，写了一部王尔德的传记，其中牵涉到道格拉斯，被道格拉斯认为有诽谤之嫌，向作者提出控告，并举出封存在大英博物馆的这封长信的若干字句作证，于是在法庭批准之下，这一束原稿被启封取出来呈堂作证了。

在这次的控案中，由于被告律师引用王尔德这封长信的内容

来答辩，身为原告的道格拉斯，便有机会取得原信的一个副本作参考。后来道格拉斯败诉，但是他却有了这封信的一个副本在手。

他因为控告朗逊诽谤的官司败诉了，心里十分生气，便扬言要将自己手上的这个副本，由他自己增加注解，拿到美国去出版。这一来，可急坏了罗伯罗斯，因为王尔德的全部著作版权，在英国虽然已经登记，非获得罗伯罗斯的同意不能出版。可是《狱中记》的版权在美国却没有登记，如果道格拉斯这时将自己手上的那个副本拿到美国去出版，是没有人可以干涉的。而且，如果由道格拉斯自己加上注解来出版，他一定尽量为自己的行为作辩护，那不仅对王尔德身后的名誉很不利，就是对罗伯罗斯本人也很不利。因为道格拉斯为了这封信的原稿问题，早已同罗伯罗斯吵了嘴，而且上次控告朗逊的案件，道格拉斯也是想“一石二鸟”，若是胜诉了，便要接着也控告罗伯罗斯的。

罗伯罗斯为了先发制人，一听到道格拉斯有要将他手上从法庭取来的副本送到美国出版的消息，他立即将自己手上所存的那个复写纸的副本，寄给美国的一个朋友，托他以最快的手续在美国办理出版和版权登记，以便获得保障。那个朋友幸不辱命，以十天的时间为他排印了十六册，因为这是一本书取得版权保障最低的印数，办好登记手续。并且以一本留在纽约公开发售，其余十五本连同副本原稿寄回英国。这一来，才阻止了道格拉斯要将他的副本加注拿到美国去出版的计划。

要将一本留在美国公开发售，这也是取得版权保障的法例规定之一。罗伯罗斯为了不愿被人买去，他故意将这本匆促印成薄薄的小书定价五百美金，可是很快地仍被一位藏书家以这重价购去了。因此王尔德这部《狱中记》的全文，在不曾公开出版以前，事实上已经印过一次十六册的限定版，其中十五册虽保存在罗伯罗斯自己的手上，但是有一册已经落在美国一位不知名的藏书家手中了。不过那一册在版本学上讲起来虽然很有价值，可是内容却很差，因为赶着争取版权登记，排好后并未经校对，就匆匆印了十六册。

一九一八年罗伯罗斯本人去世，他所藏的那个副本便转入王尔德的儿子费夫扬·荷兰手上。一九四五年，道格拉斯也去世了，虽然罗伯罗斯所规定的一九六九年公开原稿的年限尚未到，但是道格拉斯既去世，已不会再引起什么不便，于是费夫扬·荷兰便在一九四九年，将他手上的那个副本交给书店公开出版。至于王尔德原信的底稿，则至今仍存在大英博物馆，依照原来的封存规定，要到一九六九年才肯公开。

◀ C.33. **号犯人（王尔德）** 麦绥莱勒木刻画，It was Produced for A 1924 Edition of “The Ballad of Reading Gaol”.*Oscar Wilde*, by Julet Gardiner, Collins & Brown, 1995

比亚兹莱像　by Jacques-Emile Blanche

比亚斯莱的散文

比亚斯莱在他短短六年不到的艺术创造生活中，虽然以他的黑白装饰画在英国十九世纪艺术史上留下了不朽的声誉，但除了在绘画上表现他稀有的天才之外，他对于自己在文艺上的才能，也很自负。他自幼就学会了法文，因此法国文学作品给他的影响很深。曾写过剧本、小诗，都带有明显的法国影响。

比亚斯莱不仅为王尔德的《莎乐美》作过插画，还曾经将王尔德的这个剧本由法文译成英文。原来王尔德的《莎乐美》是用法文写的，先在法国以法文上演后，英国出版家有意想将这个剧本用英文上演，并且出版单行本，王尔德的好友道格拉斯爵士担任翻译工作，从法文译成英文，王尔德看了英译稿后，表示不满，认为有许多地方要修改。道格拉斯不同意，表示若是为他的译稿加以修改，他将否认这是自己的译文。这事给比亚斯莱知道了，便自告奋勇地表示自己也愿意试译一下，因为他对于自己的法文研究很有自信。哪知译完以后，王尔德看了译稿愈加不满意。终于仍采用了道格拉斯的译文，只是在若干地方加以修改。

比亚斯莱对于自己的文字写作，一向比绘画感到了更大的兴

比亚兹莱的最后时光　*Under the Hill*, Paddington, 1977

比亚兹莱为《亚瑟王之死》绘制的插图

《维纳斯》　比亚兹莱为《在山丘下》绘制的插图

趣。有一次，朋友介绍他到伦敦大英博物馆去参观藏品时，他填写表格，在职业项下，坚持要填写是“作家”。虽然这时他的装饰画已为人所知，但他宁愿自己成为作家，不想成为画家。

他有一部散文作品流传下来，题为《在山丘下》（*Under the Hill*），是一篇传奇故事，未曾写完就已经去世了。写的是德国传说中的谭胡塞骑士风流故事。据说他是德国十三世纪的一个风流骑士，在神秘的维纳丝堡内，与下凡的维纳丝女神过着荒唐放荡的恋爱生活，后来悔悟了，到教皇面前忏悔，乞求净罪。教皇说他的罪孽深重，除非木杖开花，否则无可饶恕。谭胡塞失望而去。哪知过了三天，教皇发觉自己的手杖忽然发芽抽叶，想起曾经对谭胡塞说过的话，大吃一惊，连忙派人去找谭胡塞，一直找到维纳丝堡所在地的山丘，发现谭胡塞已经回到堡内，重过他的荒淫生活去了。

比亚斯莱运用许多堆砌的词藻和猥亵的字眼来写这篇《在山丘下》，自己誉为是得意之作，并且特地作了几幅插画，并且将已经写下的几章在刊物上发表过。

比亚斯莱在一八九八年去世时，这篇散文故事仍未完成。由于他将一些宴饮酗酒的场面写得很荒诞，在当时被认为是猥亵的作品，不能公开发表，因此这篇遗作一直被认为是禁书，不便公开印行。直到近年，时移世易，像比亚斯莱的《在山丘下》这样晦涩的散文，已引不起一般读者的兴趣，早已可以随便印行，不再受到法律的干预了。

巴黎的亚令配亚出版社，是专印禁书以高价出售来取利的。

比亚兹莱像　by William Rothenstein, 1897

他们曾将比亚斯莱这篇未写完的作品，请人按照谭胡塞的故事发展，将比亚斯莱的未完稿代为续完，附以原来的插画，在一九五九年印成一种三千册的限定版出售。虽然印得很精致，事实上是画蛇添足了。

《在山丘下》书影 *Under the Hill*, Grove Press, 1959

奥伯利·比亚兹莱 （Aubrey Beardsley，1872—1898） 英国插画艺术家。出生于英国布莱顿，七岁时被诊断患有肺结核。早年曾任职一家保险公司做小职员。1991 年，受拉斐尔前派画家爱德华·伯恩-琼斯鼓励，走上绘画道路。1892 年，他为《亚瑟王之死》绘制三百余幅插图。1894 年，应邀为王尔德戏剧《莎乐美》作插图。比亚兹莱的插画唯美、华丽，同时也怪诞、颓废，充满“世纪末”情调。1896 年，他担任《黄面志》杂志的美编，给杂志赋予了极强的个人色彩，也达到他个人艺术的顶点。因受王尔德“有伤风化”案的牵连，他被《黄面志》解雇，不仅经济陷入困顿，肺病也重新暴发。1898 年，他在法国南部养病期间去世，年仅二十六岁。

比亚兹莱插画　*The Slippers of Cinderella*，1894

比亚斯莱的书信集

去年英国的“全年精本书五十种”年选的展览会，其中有一本是比亚斯莱给斯密司莱斯的书信集。伦敦讫斯威克出版部出版，每册十五先令。

莱奥拿德·斯密司莱斯（Leonard Smithers）是伦敦的一位律师，戴着一枚单眼镜，很风流倜傥，专好与伦敦的贵妇人和文艺界人士交游。著名的《天方夜谭》英译者理查·褒顿就是他的好朋友之一，他为褒顿编过孟买版的《天方夜谭》，褒顿去世后，他又担任了褒顿夫人的法律顾问。

斯密司莱斯自己开了一家小书店，生意很好。他专门搜罗一些禁本书和色情文学，卖给当时英国和美国的富豪收藏家。据说他有一位常年老主顾是某高等法院的法官，这老法官去世后，他的夫人发现丈夫生前收藏的竟都是这类作品，恐怕旁人传出去当笑话，暗中嘱咐斯密司莱斯赶快将这些书扫数收回去。斯密司莱斯当然很高兴，因为他又可以再做一笔好买卖了。

除开这种不名誉的交易以外，斯密司莱斯在文艺上另有两件值得称许的功绩。第一，在当时英国出版界，当王尔德出狱后没

比亚兹莱插图　*Le Morte Darthur*，1894

王尔德童话集插图　*The palace of Sans-Souci*, by Charles Robinson

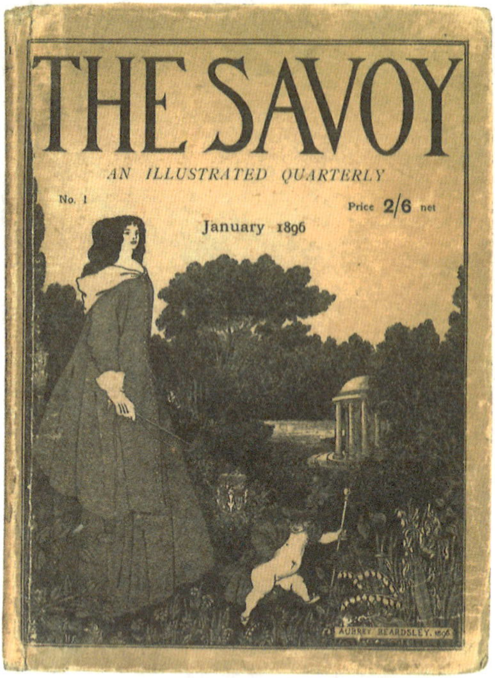

有一家敢接受他的原稿的时候，他大胆地印了王尔德的《狱中之歌》。第二，他是第一个发现比亚斯莱天才的人。

斯密司莱斯很赏识比亚斯莱的画，为他介绍了许多工作，而且酬报很好。比亚斯莱的作品有许多带有一点猥亵成分，说不定就是斯密司莱斯给他的影响。斯密司莱斯虽然和比亚斯莱很要好，但据说一面又在家里雇了一个同业，暗中模仿比亚斯莱的作品卖人，这类赝品，在比亚斯莱生前和死后发现了很多。

比亚斯莱，这短短的活了二十几岁的画苑鬼才，在书籍和装饰趣味上留下的影响极大。现代装饰画家几乎没有一个不直接或间接地受到他的影响。这册书信集对于研究他的作品的人贡献了

◀ ***The Savoy*** **封面**　比亚兹莱画，1896
The Savoy 是斯密司莱斯邀请比亚兹莱创办，试图与《黄面志》竞争

▶ **斯密司莱斯漫画像**
by Max Beerbohm，1947

许多新资料。

比亚斯莱为王尔德的《莎乐美》所作的插画，可说是和王尔德这作品比美的杰作。他一共画了十六帧，可是当时的出版家却删去了四帧。前几年美国的限定版俱乐部重印《莎乐美》，将这十六帧插图全部入收。王尔德这剧本的原作是法文，英译本是由他自己和道格拉斯爵士合译的。限定版俱乐部的《莎乐美》除了英文译文和比亚斯莱的全部插图外，又附了法文原作，另请名画家特朗作了几幅水彩的插画。这插画带着浓厚的讽刺画意味，与王尔德的悲剧风格并不相称。有一位爱书家开玩笑地说，如果当日莎乐美在希罗底面前的跳舞是像特朗所表现的这样，希罗底不仅不肯将约翰的头给她，恐怕反而要她的头了。

乔治·吉辛像 from the Lithograph by William Rothenstein,

The Private Papers of Henry Ryecroft, E.P.Dutton & Co., 1903

乔治·吉辛和他的散文集

凡是爱读郁达夫先生作品的人，总该记得他在文章里时常提起的这位十九世纪英国穷愁潦倒的薄命作家乔治·吉辛和他的一部小品散文集《越氏私记》（*The Private Papers of Henry Ryecroft*）。

这部小品散文集的书名，也有人将它意译作《草堂杂记》。不用说，达夫先生自己是曾经有意思想将它译成中文的，但是始终未果。这部小品集很使人读了爱不释手，可是其中有些有地方色彩和谈论古典作品的地方，要想译得好实在不容易，这也许就是大家对它拿起笔来又屡次放下的原因吧。

吉辛的这部小品集是在晚年写的，出版于一九〇三年，就在这一年，他自己也去世了。一九五三年是他的逝世五十周年纪念，同时也恰是这部小品集的初版出版五十周年纪念。吉辛生前虽不为英国文坛所看重，但近年的英国读者则渐渐爱读他的作品，尤其是这部小品集。因此英国一部分文艺爱好者曾为他举行了纪念会，又将这部绝版已久的《越氏私记》发行了一种很精致的纪念版。

吉辛一生都在穷困中挣扎。他对于人生有两大“希望”。一

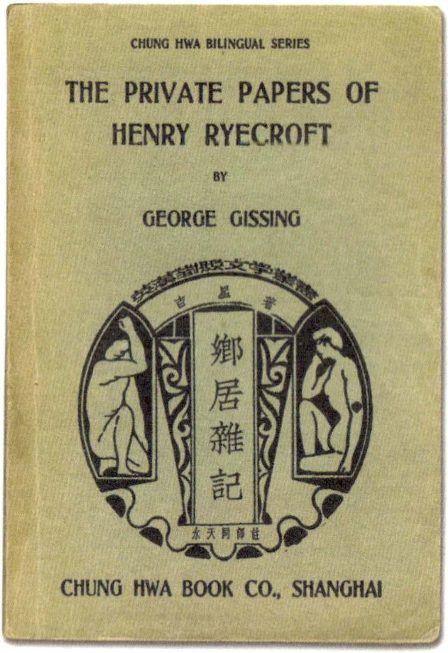

《乡居杂记》书影

水天同译注，中华书局 1948 年版

是文学上的，他希望做一个英国的巴尔扎克；一个是生活上的，他希望能够每天吃得饱。为了实现后一个希望，他拼命地写，可是在早年仍时常挨饿（在伦敦时，他每天利用大英博物馆图书阅览室的盥洗间去洗脸洗衣，日子久了，被管理人发觉了，将他奚落了一阵。他的早年生活穷困由此可见）。晚年生活比较好一点，但“英国巴尔扎克”的梦却由此被牺牲了。许多文艺写作者在早年的工作计划上都有一个壮志，结果总是被无情的社会和生活担子磨折得干干净净，这种情形古今中外一律，这就是许多人一提起了吉辛就对他同情的地方。

吉辛的古典文学修养甚深，但为了生活，他只好拼命地写小说。他的小说里有许多描写生活穷苦的场面，写得非常凄恻动人，都是他自己的亲身经验。为了这些小说都是写伦敦穷人生活的，当时销路并不怎样好。所以写作的收入不多，结果只好拼命地多写，吉辛的一生就这样的浪费掉了。

一九〇〇年以后，吉辛的生活稍好，但他的身体却不好了。这时他才四十三岁，于是移住到乡下。就在这期间，据传他以七星期的时间，写了这部《越氏私记》。在自序里，他解说这部作品不是他自己的，是一位朋友托他保管的。这位朋友为了生活而写作，穷苦了一生，到了晚年，忽然意外地获得一笔遗产，使他可以安居在乡下，不必每天为了生活而执笔。于是他立意要任随自己的心意写一部作品，不是迎合书店老板的生意眼，也不是迎合读者的口味，而是完全为了自己的高兴而写作的。结果就是这部《越氏私记》。

不用说，这是吉辛的假托，这位亨利·越科洛福特就是他自己，不过不是真的他，而是他的幻想，因为他并没有获得什么遗产。吉辛初拟将这部小品集题名作《一位休养中的作家》（*An Author at Grass*），后来才改用了今名。一九〇三年年初出版，出版后不久吉辛便去世了。但是就凭了这部作品，使得吉辛的文名从此不朽。

乔治·吉辛 （George Gissing，1857—1903）英国小说家、散文家。生于约克郡的威克维尔特，在伍斯特郡的公谊会教派寄宿学校及曼彻斯特的欧文斯学院以优异成绩毕业。1876 年因偷钱救助一个妓女犯了罪，被判处短期徒刑。后被遣送美国，在芝加哥过了几个月穷困潦倒的生活。返回英国后，前几年在伦敦贫民窟艰难度日。1880 年起，担任家庭教师和编辑助手，业余从事写作。他著有小说二十二种，流传开来的是《新寒士街》，使他名垂青史的则是《四季随笔》。他还写过《狄更斯的研究》，该书至今仍被认为是描写小说家的好书之一。

康拉德像　by Walter Ernest Tittle

康拉特的爵士勋状

近代英国著名海洋作家康拉特，他的原籍是波兰，因此不仅他的文字始终带着异国人的生疏，就是他的思想举止有时也流露异邦人的色调。他以数十年航海的生活经验写成小说，享了盛名，获得诺贝尔文学奖，为近代英国文学增光不少，英国当局为轸念他的贤劳，特赐以爵士的尊号。这爵士勋状是由英国首相衙门颁发的，用着英国皇家惯用的蓝色大信封。照例，勋状颁给后，获得这爵士尊号的人应该立刻向英皇谢恩，引为是一件无上荣誉的事。可是，康拉特的勋状寄出以后，隔了几星期不见他动静，首相衙门觉得奇怪，但这是很隆重的事，又不便写信去询问，便托人间接去打听，打听的人发现那只蓝色大信封放在康拉特的桌上，还原封未动，便告诉他这是皇室赐的爵士勋位，问他为什么不拆开。康拉特惊异地说："这是勋状吗？天哪，我还以为是催征所得税的公文，所以始终没有勇气去拆它！"原来征收所得税公文的信封也是同样蓝色的。康拉特的作品销路日广，版税收入虽丰，但所得税的税额也越来越大，因此他每次都吓得看也不敢看了。

《水仙号上的黑水手》插图　by Hans Alexander Mueller，A *Conrad Argosy*，Doubleday Doran & Co.，1942

The Brute 插图 by Hans Alexander Mueller, *A Conrad Argosy*, Doubleday Doran & Co., 1942

约瑟夫·特奥多·康拉德·科尔泽尼奥夫斯基 （Joseph Conrad，1857—1924） 英国作家。出生于沙俄统治下的波兰，在上流社会的家庭中度过了童年。十七岁时逃到法国，开始了长达二十余年的海上生涯。其中在英国商船工作十六年。1886 年加入英国国籍并开始担任船长。1896 年因身体原因放弃航海，转而投向小说创作。他一共写了十三部长篇小说、二十八部短篇小说和两篇回忆录。比较著名的有《水仙号上的黑水手》《吉姆老爷》《诺斯特罗莫》《间谍》《黑暗的心》等。因最擅长写海洋冒险小说，他有“海洋小说大师”之称，并被誉为英国现代八大作家之一。

柯南·道尔像　by Henry L. Gates

福尔摩斯和他的创造者

一九五九年是大侦探福尔摩斯的创造者，柯南·道尔爵士诞生百周年纪念。他生于一八五九年五月二十二日，一九三〇年去世。

也许有人不知道这位英国著名侦探小说作家的名字，但是他笔下所创造出来的大侦探福尔摩斯，却是无人不知的。这是一个无中生有的最著名的“近代人物”。有些时候，甚至有人怀疑柯南·道尔的存在，认为他乃是假设的人物，福尔摩斯才是真有其人的，是这位大侦探自己用“柯南·道尔”的笔名将自己的侦探奇遇写出来的。倒因为果的笑话，可说无逾于此者，可见柯南·道尔的侦探小说迷人之深。就是我们中国，也有不少福尔摩斯迷，除了有自称为“东方福尔摩斯”之外，据说还有一位英国留学生回国后曾经在俱乐部里吹牛，说他在伦敦留学时曾经见过福尔摩斯。

柯南·道尔是医生，在他的侦探小说不曾成名以前，一直是行医的，他曾经参加过英国的南非战争，在那里当军医，一九〇〇年还出版了一部从军的回忆录，但这时他早已一面也在写侦探小说，因为他的第一部《福尔摩斯探案》，在一八八二年就出版了。柯南·道尔在一九〇二年被封为爵士，我不知道是由

《福尔摩斯探案》插图 by Sidney Paget

福尔摩斯的死书影

春明书店 1939 年版

于他行医功绩，还是由于《福尔摩斯探案》的成功，或者两者皆是也说不定。他除了侦探小说之外，本来还写过好多种其他冒险小说和历史小说，甚至还写过诗。但是除了侦探小说以外，谁也不理会他是否还写过别的什么。读者们甚至只关心福尔摩斯，根本不过问它的作者。这种情形，实在是少有的。连莎士比亚笔下的哈姆莱脱和罗密欧、茱丽叶，比起福尔摩斯来，也逊色多了。

有一时期，由于福尔摩斯在读者心目中造成的声名太大，柯南·道尔竟对自己笔下创造的这个人物发生反感，悔不该写侦探小说，几次想将福尔摩斯弄死，可是总是给读者反对中止了。最有趣的一次，是一八九三年所发表的那部探案《最后的问题》，他描写福尔摩斯与匪党领袖纠缠，从悬崖之上一同堕下万丈瀑布之中。哪知读者读了之后纷纷抗议，不许大侦探这么死去，联名写信请求柯南·道尔救他回来，那情形比签名挽救一宗冤狱更恳切。柯南·道尔无奈，只好在续编中说福尔摩斯平日怎样喜欢研究日本的“柔道”，这时施展出来，摆脱了敌人的纠缠，从悬崖上爬回来逃生。

福尔摩斯在伦敦的住址是贝克街二百二十一号B，这是他的好友华生时常来同他讨论案情的地方。今日伦敦就有一个俱乐部，是“福尔摩斯之友”组织的，里面的布置完全按照柯南·道尔笔下所描写的一切，这位大侦探所爱用的烟斗和显微镜都陈列在那里，还有他的家谱和世系表，一切比一个“真人”还更真实。

阿瑟·柯南·道尔 （Arthur Conan Doyle，1859—1930） 英国小说家。生于爱丁堡。毕业于爱丁堡医科大学，行医十余年，后来写侦探小说。他因成功塑造了侦探人物夏洛克·福尔摩斯而成为侦探小说历史上最重要的作家之一。他最早以福尔摩斯为主角的侦探小说是《血字的研究》和《四签名》。后来对这个题材感到厌倦，便在一篇故事中让福尔摩斯从悬崖上摔下身死。结果读者纷纷写信抗议，他只好让福尔摩斯“复活”。他总共写了六十个福尔摩斯侦探故事，包括五十六个短篇和四个长篇。他曾得到英王授给的爵士头衔。对于其艺术成就，毛姆曾说：“和柯南·道尔所写的《福尔摩斯探案全集》相比，没有任何侦探小说曾享有那么大的声誉。”

契诃夫像　by Osip Emmanuilovich Braz

契诃夫诞生一百周年

契诃夫是在一八六〇年一月二十九日出世的，一九六〇年的一月底，正是他的诞生一百周年纪念日。

远在五四运动以前，我国就已经有人翻译介绍过契诃夫的小说。最初他的名字被译作乞呵甫，后来又作柴霍甫，但是现在已经统一地采用契诃夫这个译名了。他的短篇小说共有一千篇以上，我国当然还不曾有全译本，但是他的最有名的一些短篇，差不多都已经译过来了。至于戏剧，他的最重要的几个剧本，如《三姊妹》《海鸥》《万尼亚舅舅》《樱桃园》等都已经有了译本，而且都曾经在我们的话剧舞台上演过。

契诃夫的全名是安东·巴夫洛维奇·契诃夫。他本是学医的，在学生时代就喜欢写文章，用的名是安东沙·契洪蒂的笔名。他准备在读完医科大学以行医为职业时，将写文章当作他的副业，哪知渐渐地发现自己的才能和真正的兴趣都是在文学方面，于是毅然把全部精力放在文艺写作上面，并且改用契诃夫这名字发表作品。

契诃夫是一八六〇年在旧俄面临黑海的一个小城市塔干罗格

契诃夫在雅尔塔的乡间宅第　契诃夫在这里度过了生命的最后几年

Famous Love Letters, Edited by Ronald Tamplin, Reader's Digest, 1995

出世的。这座小城就在有名的顿河河口上。家庭的上代本是农奴出身，后来摆脱了农奴的身份，到他父亲手上，已经是一个经营杂货买卖牲口的小商人。父亲虽然是商人，平时也很爱好诗歌音乐，因此契诃夫从小就有机会得到一点艺术陶养。可惜在他还只有七岁的时候，父亲因为营业失败，不得不离开故乡，到莫斯科去避债，因此契诃夫从这时候起，就开始尝到了孤独困苦的生活滋味。他刻苦自学，勉强读完了中学，就依靠自己的力量到莫斯科去投考医科大学，居然给他考取了。这正是契诃夫未成为作家以前，曾经行医的由来。他在医科学生的时候，就开始用契洪蒂的笔名，写一些幽默讽刺的短篇，投稿到各报刊上，用这来补助他的读书费用。他是一八七五年（十六岁）考进莫斯科医科大学的，一八八四年毕业。这时他的文学作品虽然已经有了一些好评，但他还不曾放弃以行医为活的计划。直到一八八七年，他的小说集出版后，获得当时批评家的激赏，帝俄学士院把这一年的普希金文学奖授给他。契诃夫受到这鼓励，这才决定以文艺写作为他的主要事业，开始把行医放在一边了。

契诃夫虽是医生，但是他自己的健康很不好。一八八四年，也就是他从医科大学毕业的那一年，这年他二十五岁，就开始咯血，而且验出已经染上了肺结核症。这虽是他在自己家庭里传染来的，但是青年时代的生活太穷苦，一面读书一面又要从事其他副业来维持自己和补助家庭生活，大大地损害了他的身体健康，使他的肺结核症成了不治之症，在他文学创作才能发挥得最辉煌的时候，便短命死去，仅仅活了四十四岁（一九〇四年去世）。

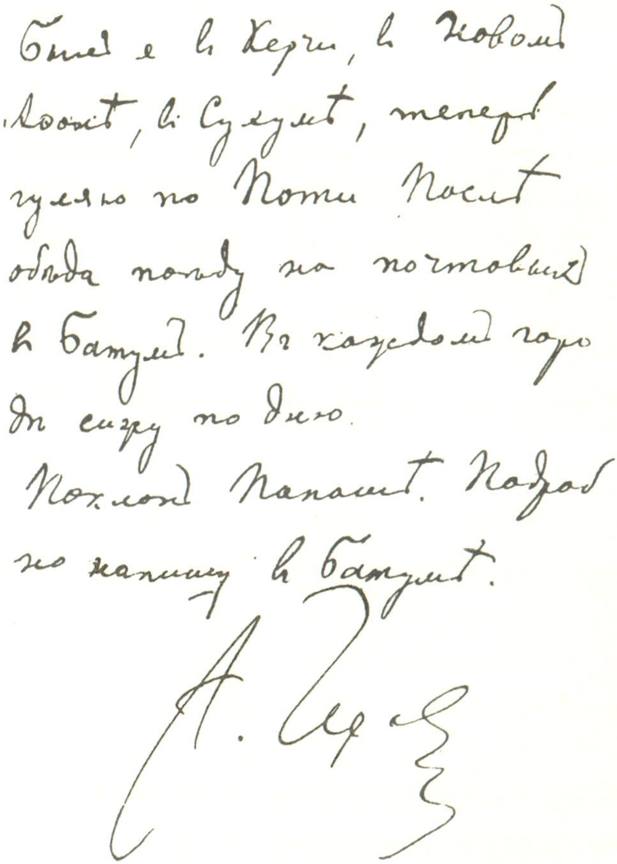
Был я в Керчи, в Новом
Афоне, в Сухуме, теперь
гуляю по Поти. После
обеда поеду на почтовых
в Батум. В каждом горо-
де сижу по дню.
Поклон Папаше.
в Батум.
А. Чех

◆ 契诃夫手迹　*The Life and Letters of Aonton Tchekhov*, Translated and Edited by S.S.Koteliansky and Phlip Tomlinson, Benjamin Blom, 1965

◆ 俄文版《契诃夫小说集》插图　国家出版社 1949 年版

《女人的王国》书影　开明书店 1931 年版

契诃夫的文艺写作生活，只有短短的二十年。他前期的作品，都是短篇故事，这使他成为近代最负盛名的短篇小说作家。与他同时代的法国莫泊桑，虽然同样以短篇小说著名，但是在现实生活的反映和艺术成就上是及不上他的。

晚年契诃夫的写作中心放在剧本上，因此他同时也是在近代舞台上最成功的一个戏剧家。他的名作如《三姊妹》《海鸥》《樱桃园》，是特别适合小型舞台演出的。当年莫斯科的有名艺术剧场，在丹钦诃和斯坦尼斯拉夫斯基两人领导之下，就是以擅演契诃夫的剧本而获得国际的盛名。《樱桃园》就是专为这剧团写的。契诃夫在一九〇一年与奥尔嘉·卡尼勃女士结婚。她就是莫斯科剧场的有名女演员，以擅演契诃夫的剧本著名。在契诃夫去世后，她仍继续从事舞台生活，成为剧坛有名的女演员之一，尤其擅演《樱桃园》里的拉尼夫斯基夫人一角。

契诃夫的临死前几年，生活情形较好，他预支了一笔版税，在南方的避寒胜地雅尔达，购地建造了一座小小的别墅，全家搬到那里，住在那里养病。这座别墅，现在已经成为契诃夫纪念博物馆，常年不断地吸引着各地文艺爱好者去参观。

契诃夫与托尔斯泰和高尔基都是同时代人，彼此有很深的友情。托尔斯泰对契诃夫的短篇小说非常赞赏，高尔基受到沙皇警察追踪的时候，曾到契诃夫的雅尔达别墅避难，在那里住过几天。

安东·巴甫洛维奇·契诃夫 （Anton Pavlovich Chekhov，1860—1904） 俄国小说家、剧作家。生于罗斯托夫州塔甘罗格市。1879 年进入莫斯科大学医学系，并开始文学创作。1884 年出版第一部短篇小说集《梅尔帕米娜的故事》，同年大学毕业，获医学博士学位，在兹威尼哥罗德等地行医。契诃夫曾到库页岛和米兰、威尼斯、维也纳、巴黎等地游历，结识了许多文学大家。从 1892 年起，他定居在新购置的莫斯科省谢尔普霍夫县的梅里霍沃庄园。他创造了一种内容丰富深刻、形式短小精练的短篇小说体裁，与莫泊桑、欧·亨利并称“世界三大短篇小说家”。他的戏剧创作也是他文学遗产的重要组成部分，《海鸥》《万尼亚舅舅》《三姊妹》《樱桃园》等，很早就被译成中文。

契诃夫像　by Howard Simon, Three Sirens, 1935

契诃夫的《打赌》

契诃夫有一个短篇，使我读过了几十年之后还念念不忘，这篇小说名为《打赌》。

这是一个非常巧妙而寓意深刻的故事：

有一个银行家与人打赌，要这人关在一间房里独居十五年，足不出户，不许接见任何人，不许同任何人说话。他若是做得到，十五年期满之后就输给他二百万元。但是一定要满足十五年才算数，少一天少一小时也不算。

这人接纳了，双方订了契约，就在这个银行家花园里特别建筑的一个小房间里，闭关住了下来。房里设了一个小窗口，以供递送每日三餐及其他生活上必需用品。这人关在里面虽不许同别人说话，但是他如果有什么需要，可以写了字条放在窗口，服侍他的人会替他照办。

同时，门窗并不设锁，他要走出来随时可以出来。自然，他一旦走出房，就算输了。

这人住到里面以后，果然能够遵守一切条件，从不出外，他不曾与任何人谈话，他只是用字条索取书籍，整日躲在里面读书

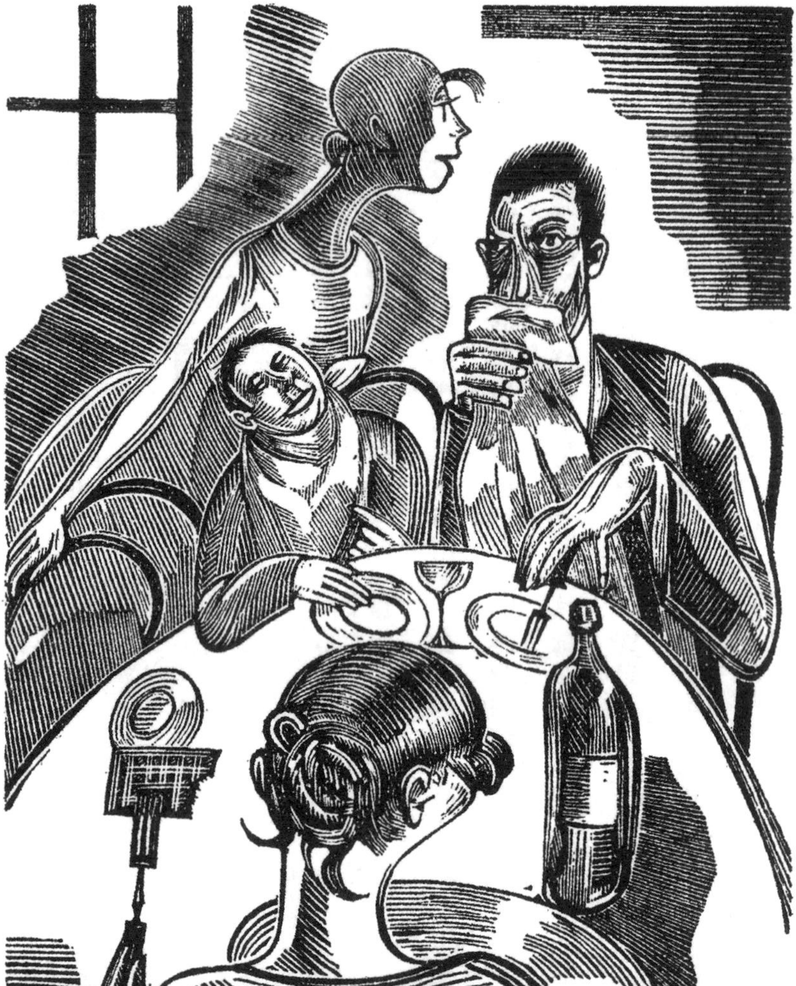

契诃夫《坏孩子》插图　玛修丁作，联华书局 1936 年版

消遣。

这样不觉就过了十年，这人从没有一次犯过规则。一切可说没有什么变化。唯一的变化，就是他索取的书籍越来越多，而且书的种类也渐渐有了变化。他最初所要的全是侦探娱乐一类的消遣书，渐渐地他阅读文学作品了，从现代的读到古典的，从小说散文渐渐地读到戏剧诗歌，后来又读传记和自然科学，接着要的是数学逻辑等枯涩的理论书。到了住满了十年以后，他索取的书便渐渐地趋向于空虚出世的一方面，都是哲理书和宗教书。

时间过得快，不觉十五年将满了，这人始终谨守双方约定的规则，一次也不曾犯过规，看来他一定能够挨满约定的十五年，赢得这一场打赌，取得银行家所答应的两百万元了。

两百万元虽是个巨大的数目，但是这银行家有的是钱，本不在乎。哪知到了十五年期限将满之际，市场上突起的金融波动，使他的企业崩溃了，眼看到期已无法付出约定的那两百万元。银行家焦急了几天，忽然把心一横，决定偷偷地去杀死那个人，这样就不用付钱了。

在十五年满期的前夜，银行家在黑夜潜入那间小房内，要下手行凶。发现房里已经没有人，只是窗口有一张字条，是这人留下的，说他经过十五年的独处深思，饱读万卷，已经悟彻人生的真谛和大道。为了不愿取得那无用的两百万元，他决定在十五年期满之前的一瞬间，破窗逃走，借以毁弃那协定。

就这样，契诃夫深刻地嘲弄了人生和金钱。

泰戈尔像　徐悲鸿作

杂忆诗人泰戈尔

今年是印度大诗人泰戈尔诞生一百周年纪念。对于这位大诗人，我们该不是生疏的，他到过我国来游历和讲学，他的主要作品，包括诗、散文、戏剧、小说、论文在内，差不多都已经有了中译本。翻开一九五四年中华书局出版的《中国现代出版史料》甲编，在一九二九年为止的《汉译东西洋文学作品编目》内，他的作品译成中文的，那时就有了二十种。以后出版的自然还有。不过，近二十多年来，我们对于这位诗人似乎有点冷淡了，我相信年轻的文艺爱好者里面，读过当年郑振铎先生翻译的《新月集》《飞鸟集》的人，一定不很多了。

泰戈尔已在一九四一年去世，这正是日本发动太平洋战争的那一年。诗人不曾见到日本军阀这一次疯狂野心的暴露，对他来说可说是幸福的。因为在我国开始对日抗战以后，诗人对于日本军阀侵略我国的阴谋，侵华军队在我国领土内的野蛮行为，曾一再愤慨地指斥。因此他如果再见到日本军阀暴露了他们更大的狂妄野心，他真不知道要气成怎样了。

一九三八年秋天，正是我国抗战最吃重的时候，日本有名诗

《飞鸟集》书影　郑振铎译，商务印书馆 1926 年版

《新月集》书影　郑振铎译，商务印书馆 1933 年版

野口米次郎《印度は语る》书影
第一书房 1936 年版

人野口米次郎，忽然发表了一封公开信给泰戈尔，为日本军阀的行动作辩护，说这是“造福中国民众”之举，是一个“新的亚洲人的亚洲”的开始。当时泰戈尔看到了这封信十分生气。他平日与野口米次郎很友善，这时就一面宣布与野口米次郎绝交，一面也一连发表了两封公开信，答复野口米次郎，指斥他这荒唐的见解。这两封复信当时都有过中文译文，发表在香港的报纸上。我们这位将近八十高龄的老诗人，在一封复信上曾经这么严正地宣示道：

> 中国是不会被征服的。她的文化，表现了可惊异的资源；她的民众的决绝的忠诚，空前的团结，已经给这国家创造了一个新的时代……

所以这位诗人实在是我们难得的一位好朋友。同时也使我们知道，他还是一位热爱和平的、人道主义的战士。

除了支持我国抗战之外，他的生平还有一件事情可以一提的：一九一三年，他获得了诺贝尔文学奖，这是印度人从未有过的光荣，英国为了这事，特地授他以爵士勋位。可是几年之后，为了抗议英国军队在印度开枪杀人，他毫不踌躇地宣布摒除了这个头衔。

泰戈尔到中国来讲学时，曾经在当时北京的清华大学住过。后来徐悲鸿到印度去举行画展时，也得到诗人的特别推荐，因为诗人自己同时也是画家。徐悲鸿的那幅泰戈尔画像，大约就是这个时期的作品。

拉宾德拉纳特·泰戈尔 （Rabindranath Tagore，1861—1941）印度诗人。出生于印度加尔各答一个富有的贵族家庭，年少即能作诗，十三岁以后发表长诗《野花》和《诗人的故事》等。1878 年赴英国留学，最初学习法律，后转入伦敦大学学习文学。1880 年回国，专门从事文学创作。他出版了大量诗歌、小说、剧本等，其中，《吉檀迦利》《新月集》《飞鸟集》《园丁集》等很早就翻译到中国，为中国读者所熟悉。1913 年，他成为第一位获得诺贝尔文学奖的亚洲人。泰戈尔访问过不少国家，包括中国，并曾为中国反侵略战争呐喊。1941 年 8 月 6 日，逝世于加尔各答祖居宅第。

欧·亨利像　*The Best of O.Henry*, Courage, 1978

奥·亨利与美国小市民

现在的美国文学，已经衰退得很厉害。但在过去，美国倒产生过几个很受人敬爱的好作家的，如《草叶集》的作者诗人惠脱曼，诗人小说家爱伦·坡，这个奠定了现代侦探小说发展基础的天才；还有马克·吐温、杰克·伦敦，都是敢于面对现实生活，用他们的作品来表示讽刺和反抗的好作家。在今年，还有一个值得一提的美国作家，就是以写短篇小说著名的奥·亨利。他于一九一〇年逝世，今年（一九六〇年）正是他逝世的五十周年纪念。

奥·亨利的短篇当然比不上契诃夫和莫泊桑，但他的短篇小说在美国是拥有极广大的读者的，因为他的描写对象是美国的小市民，那些生活在商业资本主义重压下的善良市民，以他们的日常生活笑与泪为题材，因此最为美国的职业女性、家庭主妇和小店员所爱读。

他的小说还有一些特点是：故事性强，文字浅显，篇幅短，完全适合他的那些生活忙迫、阅读程度不高的读者的要求。奥·亨利在短篇小说的写作上虽然很成功，可是他自己的生活却充满了不幸。这可说是美国许多优秀作家所遭受的一贯遭遇。

欧·亨利小说插图

by Alice Barber Stephens, *The Trimmed Lamp*, McClure, 1908

奥·亨利是笔名，他的真实姓名是威廉·雪地尼·鲍特，一八六二年出世。一生最大的惨遇，是他在一家银行工作期间，被控盗用公款。虽然奥·亨利一再表示他对这罪名是无辜的，但是经过长期的审讯，竟被判入狱五年；他在狱中尝试写作，出狱后就到纽约。因为喜欢读他的短篇的人越来越多，就以写作为生，可是由于监狱生活给他的屈辱，始终提不起精神做人。因此在他抵达纽约后的第八年便去世了，仅仅活了四十八岁。

《最后的残叶》书影　北新书局 1931 年版

奥·亨利的一个有名的短篇是《圣诞礼物》，最能传达小市民的笑与泪：一对相爱的小职员夫妇，在圣诞节之际，各人想买一件理想的礼物送给对方，使对方喜欢。丈夫知道妻子很珍视自己的一头秀发，决定买一套精致的梳具送给她，可是自己的钱不够，只好将心爱的一只袋表卖了。在这同时，妻子知道丈夫平时最心爱的是一只表，但是没有表链，决定买一条上等的表链送给他，可是自己没有钱，便剪了自己秀润的长头发卖给理发店，得钱买了表链拿回来。结果，各人满以为自己的礼物能使对方特别高兴，哪知妻子拿出表链时，丈夫已经没有了表，丈夫正拟解开

HAIR

自己送给妻子的梳具时，发觉妻子的长发已经被剪去了，两人只有相对苦笑。然而，就在这凄凉的苦笑之中，夫妻两人却获得了比圣诞礼物更好的礼物，那就是发觉了彼此体贴深刻的爱。这正是奥·亨利的小说能获得美国善良的小市民爱好的缘故。

欧·亨利 （O.Henry，1862—1910）又译奥·亨利，原名威廉·西德尼·波特（Willian Sydney Porter），美国小说家。出生于北卡罗来纳州格林斯伯勒，当过银行职员、药剂师等。1896 年 2 月，因涉嫌盗用公款被传讯，逃亡洪都拉斯。1897 年回国探望病危的妻子，因而被捕入狱。在狱中开始以欧·亨利为笔名写作短篇小说。1901 年，因“行为良好”提前获释，在匹兹堡与女儿团聚。1902 年移居纽约，专事写作。他创作了上百篇优秀的短篇小说，比较著名的有《麦琪的礼物》《最后一片叶子》等。1910 年 6 月 3 日，在写作最后一篇小说《梦》时病倒，6 月 5 日逝世。他被誉为美国现代短篇小说创始人。

◀《麦琪的礼物》插图 by Oliver Herford

梅特林克像　by Gerschel

青鸟与蜜蜂

八十八岁高龄的梅特林克，在法国尼斯的别墅中逝世了。这位被称为“比利时的莎士比亚”的老戏剧家，在这次大战时曾避难到美国，携带着他心爱的一笼青鸟同行。为了美国海关条例，禁止外国鸟雀入境，所以即使是梅特林克的青鸟，也终于被海关没收，当时梅特林克曾为了这事对美国大大的不满。因为在梅特林克的眼中，正如在他的作品中所显示的一般，“青鸟”乃是“幸福”的象征。庸俗的美国人竟一面招待他一面又扣留了他的青鸟，不仅煞风景，简直煮鹤焚琴了。

梅特林克的《青鸟》出版于一九〇八年，我国也早已有了译本。无疑地，因了这一个剧本，梅特林克将永远被人记忆着。一个作家只要有一本书能读了使人不能忘记，他就可以不朽，恰如他在这部童话剧中所写下的名句一般，“死人是活在活人的记忆中的”；死了多年的老祖父，终日在阴间昏睡不醒，但是当孩子们偶然在心上忆起他时，他便立时清醒年轻起来了。

梅特林克的另一本使人爱好的书，是他的《蜜蜂的生活》，这是一部将科学、文学和哲学联合在一起的作品。很多人曾作过

◆◆《青鸟》儿童版插图　*The Children's Blue Bird*, by Albert Rothenstein, Methuen, 1922

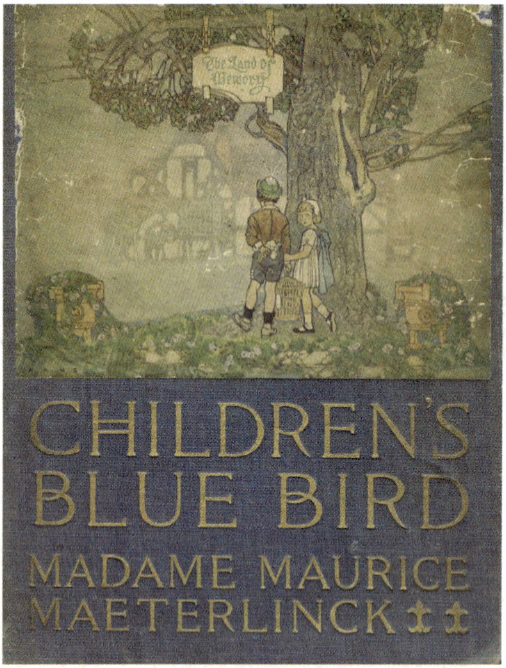

◆《青鸟》儿童版书影 *The Children's Blue Bird*, Dodd, Mead and Company, 1920

▶《青鸟》儿童版插图 by Hebert Paus, *The Children's Blue Bird*, Dodd, Mead and Company, 1920

PAUS

青鸟书影

罗塞译，黎明社 1945 年版

这样尝试，但是至今还没有人达到像他在《蜜蜂的生活》中所达到的成就。这本书有科学的正确、文学的描写，更包含着哲学思想；使人于获得知识与享受之外，对于自己所生活的社会忍不住要发出反省。在《婚礼飞行》一章中，梅特林克描写无数的雄蜂在飞行中追逐蜂后，蜂后只需要一只雄蜂交配，因此，仅有体力最强的一只能有机会在飞行的最高峰接近蜂后，而且本身将因此丧命，其余落选的雄蜂，因为蜂后不再需要它们，在蜜蜂的社会组织中已成为只会消耗食物不能劳动生产的废物，便由工蜂毫不留情地一一加以处死。这办法虽近于残酷，但谁能指责它的处置不合理呢？

无怪乎他认为蜜蜂的许多举动，有些并非只是本能的冲动，而是有意识的、有计划的社会改进工作了。

莫里斯·梅特林克　（Maurice Maeterlinck，1862—1949）比利时作家、诗人。生于根特市，中学毕业后学习法律，获得法学博士学位，当过短时期律师，并加入律师协会。1887 年来到巴黎就学，被文学所吸引，参加象征派的一些文学活动。梅特林克是象征派戏剧的代表作家，早期作品带有悲观颓废色彩，后期他试图从悲观主义中摆脱出来，研究生命的奥秘，思考道德的力量。梦幻剧《青鸟》无疑代表了他戏剧的最高成就。这部六幕梦幻剧成为斯坦尼拉夫斯基导演的经典剧作，不仅轰动了欧洲，也轰动了全世界。《青鸟》不仅是戏剧的经典，同时也是童话的经典。1911 年，获得诺贝尔文学奖。

施尼茨勒像　by Aura Hertwig

《循环舞》的风波

根据显尼志勒的剧本《循环舞》（原名是 *Reigen*，法译作 *La Ronde*，英译作 *Merry-go-Round*）拍成的一部法国电影，原著的英译本最近在英国出版了。

中国的文艺爱好者对显尼志勒的名字应该不陌生，姚蓬子曾译过他的小说，施蛰存也译过他的小说。蛰存译的尤多，就是这部《循环舞》他也想译，曾在杂志上刊了许久的预告，好像后来始终未曾出版。

《循环舞》说是剧本，其实严格说起来并不能算是剧本，但又不是小说，它是由十篇对话构成的，人物一共有十个，男女各半数，每一个对话场面里有一对男女出场，第一次出场的两个人物之一又在第二个对话场面中出现，第二个对话中出场的两个人物之一又在第三场出现，这样一路轮流下去，第十场出场的人物则由第一场和第九场之中的各一个构成，所以称为《循环舞》。因为这本是一种土风舞，由若干男女互相轮流舞下去的。

在显尼志勒《循环舞》中出场的十个人物是：娼妓，兵士，婢女，少年绅士，已婚妇人，丈夫，女郎，诗人，女优，伯爵。

《轮舞》插图　by Stefan Eggeler

《循环舞》里的十篇对话，都是描写男女在发生关系以前和以后的情绪与心理变化。十个人物的社会地位和教养不同，因此对于这件事情的反应各有不同；不过虽然不同，但是人到底是人，因此在本质上又实际并没有怎样了不起的差异。显尼志勒在这本书里就非常巧妙地表现了这种矛盾而又和谐的反应，写得非常细腻。因为同是一句话，也许只有一两个字的运用不同，娼妓和一个贵妇人的身份便可以看出来了。

在《循环舞》的十篇对话里，首先登场的是娼妓和兵士。那个维也纳的流莺，夜间在河边勾引了一个过路的兵士，在桥头底下匆匆完成好事以后，娼妓倒有留恋之意，兵士却站起身掉头不顾地走了。第二场，这同一个兵士，却在另一夜间约了人家的一个婢女出来在夜花园的僻静处幽会。第三场是在这婢女的主人家里，少年绅士的父母不在家，其他仆役又出去了，这少年就一再揿铃叫这个婢女来做东做西，用言语挑逗，终于达到了他的目的。事后他就起身出外去了。

第四场的背景是在这位少年绅士所租的一间金屋。他约了一位已婚妇人来幽会。妇人起先还很慌张和矜持，但是不久就表现出一个在婚姻生活中被冷淡的少妇的热情了。

第五场对话的男女主角，就是第四场同少年绅士幽会的那个已婚妇人和她的丈夫。她正睡在自己家里的床上看书，时间是晚上十点半钟，裹着睡衣的丈夫从邻室推门进来了。显尼志勒在这场对话的开端布置了如下几句精彩的对白:

已婚妇人（仍在低头看书）：你停止工作了吗？

丈夫：是的，我太疲倦了。而且……

已婚妇人：而且什么？

丈夫：而且我突然感到非常寂寞。因此我需要你。

已婚妇人（抬起头来）：真的吗？

丈夫（在她的床边坐下）：今晚不要再看书吧。这会弄坏了你的眼睛。

已婚妇人（掩上书）：究竟怎样一回事？

丈夫：亲爱的孩子。我在爱着你。其实你早已知道。

已婚妇人：我有时几乎要忘记这件事情了。

就这样，这一对夫妻开始畅谈恋爱和婚姻生活的矛盾，然后熄了灯，然后再开了灯。丈夫又向热情的妻子说了几句夫妻生活里该忽冷忽热的奥妙，然后就抛下她回到自己的房里去了。

第六场的人物，就是这个丈夫同一个热情女郎，在一家餐馆的特别房间里。

在这家餐馆专为便利情人幽会而设的特别房间里，这个丈夫就同他在路上约来的热情女郎完成了一次巫山之梦。

第七场的登场人物，是第六场的那个热情女郎同一位诗人。诗人带了这个女郎回到他的家里。当然，因为有了诗人登场，这一场的对话自不免充满了许多“诗意”。然而我们的诗人也终于同那个半推半就的女郎完成了一次好事。

第八场的对话是这位诗人和一位女优，他们一同偷偷地来到

《轮舞》插图　by Stefan Eggeler

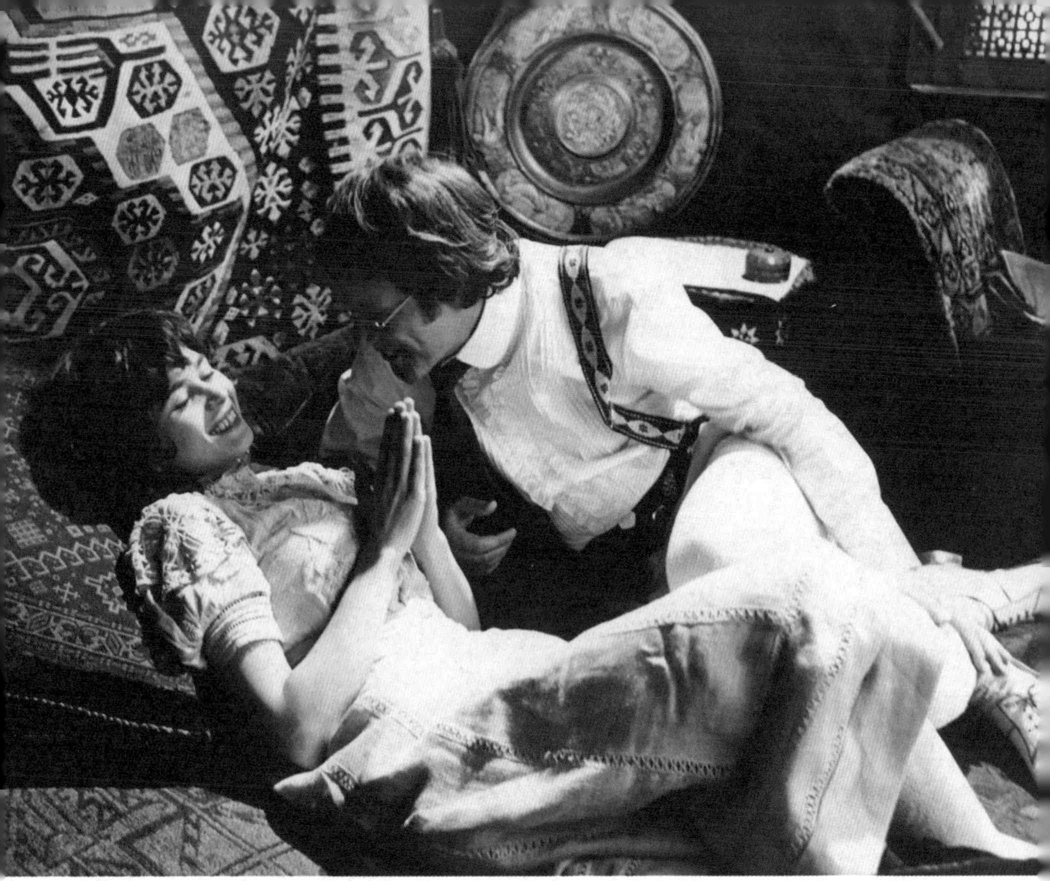

电影《轮舞》剧照　德国，1973

维也纳郊外的乡下旅馆里。诗人忽然叫女优静听窗外的蟋蟀鸣声，他在女优的口中从此获得了这个别致的雅号：“我的蟋蟀”。

第九场乃是这位女优同一个伯爵的对话，地点是在女优的卧室里。伯爵起先似乎很矜持，但是经不起女优的挑逗，他屈服了。

第十场也是最后一场，登场人物乃是这个尊严的伯爵同在第一场出现过的那个娼妓，地点是在这个娼妓湫隘的家里。时间是清晨六点钟。一觉醒来，伯爵起先很感到憎恶，但是同那个娼妓谈了几句，想起宵来的情形，觉得滋味正复不恶，不觉对她渐渐有了好感……就这样，显尼志勒完成了他的十个人物的《循环舞》。

显尼志勒的《循环舞》写于一八九六年到九七年的冬天。这时他在维也纳已经是首屈一指的戏剧家，他的剧本已经经常在维也纳的皇家大戏院上演，维也纳的上流社会都当显尼志勒是他们“自己的作家”。可是显尼志勒却对他们的糜烂生活和虚伪态度看不顺眼，因此当这篇赤裸裸的《循环舞》发表以后，维也纳的上流社会都惊震起来了。显尼志勒在那十篇对话里巧妙地使用了当时时髦社会所流行的言语，使得那些人从这些对话里不仅辨出了他们朋友的面目，有时甚至认出了他们自己的面目。

显尼志勒忽然这么残酷不留情地将他的“主顾”这样解剖起来（尤其是女优和伯爵，以及伯爵和娼妓的那两篇对话），其实是有由来的。显尼志勒除了是戏剧家和诗人之外，他的正式职业是医生，而且与现代精神分析学祖师弗洛伊德是同学，并且是要好的朋友，在医学上都是当时所谓维也纳学派的倡导者，因此对“性”的问题发生了兴趣，而且给予一种新的革命的看法正是意

《施尼茨勒》书影　*Arthur Schnitzler*, Rowohlt, 1976

料中事。《循环舞》里面的性心理分析和描写，在现代文艺作品里真是司空见惯的事，可是在当时，在第一次世界大战以前的维也纳虚伪矜持的社会里，确是投下了一颗大炸弹，因此出版之后立即到处受到了猛烈的抨击，而且引出了一连串的风波。

一九二九年，美国纽约有一家书店因为出售《循环舞》的英译本，被那个以卫道自居的半官团体“风化维持会”所控告。这个译本本来是非正式出版的，而且是不公开发售的。投机的出版商人未得到显尼志勒的许可，擅自翻译了这书，又请人写了一篇序，强调其中的色情成分，借以吸引读者。这种情形作者本人当然不知道，而且也不能负责，可是纽约风化维持会的那些伪君子们，并不看《循环舞》的内容，仅根据了序文上的那种夸张宣传式的语调，就断定了这本书的内容猥亵，在纽约法院的特别法庭向这家书店提出了控告。法庭抹煞了显尼志勒当时在国际文坛上的地位，也不看《循环舞》的真实内容如何，就遽然下了判断，没收了这家书店的存书。后来书店上诉，官司打到美国最高法院，仍被维持了原判。

为了这场风波，当时美国哥伦比亚大学的德国文学教授显尼勒尔博士，曾撰文为显尼志勒的作品辩护，指出《循环舞》虽以“性”为题材，但作者所想描写的乃是男女两性的心理变化，从未涉及双方在生理上的经验。作者的用意是想揭开，蒙在“友情”或“爱情”面具之下的肉欲本相，并不在描写肉欲本身。所以他的处理手法并未越出艺术品的范围。可是法院不肯接纳显尼勒尔教授的意见。

纽约的这家书店，虽因出售了一册《循环舞》而被罚，但这不过表示他在这场官司中打输了，并非表示《循环舞》本身在美国已经成了禁书。因此只要没有人提出控告，第二家书店仍是可以出售的。于是当时美国的“近代丛书”公司就利用了这种法律上的漏洞，将《循环舞》收入显尼志勒剧本选集中出版，竟始终平安无事，不曾再被控告过。这大约因为风化维持会看见没有那篇序言，无隙可乘，官司不容易打赢，所以失去防卫“风化”的勇气和兴趣了。

不过，这剧本在舞台上仍时常要受到麻烦，乔治·弗利德莱与里夫斯两人合著的《世界舞台史》，在“近代德国舞台”一章里论及显尼志勒的《循环舞》道：

> 在《循环舞》里，显尼志勒对于性关系的处理，几乎像是在医务所里一般，在自然主义方面走到了他从来未曾走过的那么远。这一辑十篇两个人物对话的短剧，完成于

一九〇〇年，直到一九〇九年以前，始终未曾公开或不公开地印行过。弗朗克·张特勒氏很巧妙地称这作品为“色情的死之舞蹈”。它第一次在维也纳上演，是在一九二〇年的事，但是一九二三年首次在纽约作不公开的试演时，却被禁止了。不过一九二六年曾在格林维治村很拙劣地上演过一次。

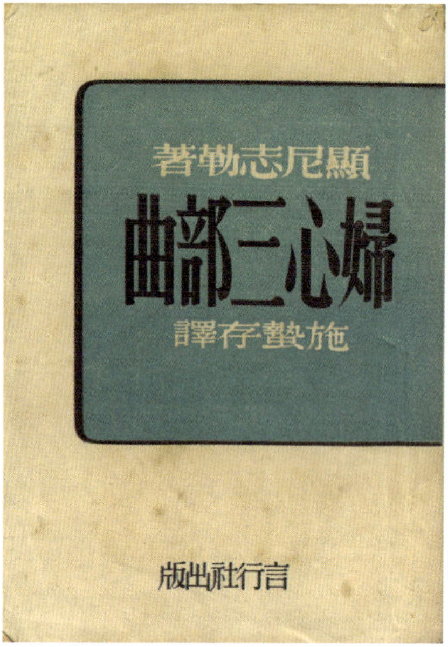

《妇心三部曲》书影　言行社 1947 年版

在巴黎，比多埃夫和他的夫人鲁地密娜时常上演此戏，而且演得非常成功。他们后来又用英语和法语在伦敦上演过。

远在显尼志勒的《循环舞》不曾在美国出版以前，他的另一本小说《迦撒诺伐的回家》早已在美国引起过了两场官司。第一次是一九二三年，第二次是一九三〇年，两次的原告照例都是纽约的风化维持会，两次的官司都打输了，《迦撒诺伐的回家》并未被法庭判定是一本“足以败坏社会道德的出版物”。

纽约的那些自命卫道之士，正像我们的道学先生一般，听见了潘金莲或武则天的名字就摇头，因此一见了书名上有“迦撒诺伐”的字样，就以为绝不是正经书。其实，《迦撒诺伐回忆录》

已经是很难得的文艺传记作品，显尼志勒的《迦撒诺伐的回家》乃是以他的回忆录为根据，描写这位花花公子的老年不甘寂寞的心境，更不是什么淫书，无怪纽约风化维持会一连两次碰了壁。然而他们因此也就将显尼志勒的名字列入了他们的“黑名单”，一再向他为难。这就是出售《循环舞》的书店被控告，乃至事隔二十余年之后，根据这十篇对话摄成的一部法国电影现在在纽约又惹起禁映风波的原因。

最近在英国出版的《循环舞》，是由弗朗克与马可斯两人合译，伦敦魏顿费德与尼哥尔逊书店出版，每册售价十先令半，书前有伊尔沙·巴利亚的介绍，并有菲力浦歌所作的饰画十幅，印得很精致。这是这家书店出版的“插绘本小说丛书”之一。

阿图尔·施尼茨勒 （Arthur Schnitzler，1862—1931） 奥地利剧作家、小说家。生于犹太医生家庭。早年在维也纳大学攻读医学，获博士学位。1893 年开办私人诊所，同时从事文学创作。曾结识心理学家弗洛伊德，并把心理分析方法运用于文学创作，被称为弗洛伊德在文学上的“双影人”。他的代表作中篇小说《古斯特少尉》第一次将“内心独白”手法引入德语文学。这一写作手法也被运用在《埃尔泽小姐》中。他也不避讳当时市民社会避而不谈的性、死亡等禁忌，涉及通奸的《轮舞》就是如此。其首演引起众怒，施尼茨勒因此被起诉，法庭最终判决剥夺他的演出许可。

叶芝像 by Augustus John, *W.B. Yeats and His World*, Thames and Hudson, 1971

夏芝的诗人气质

并不是每一个诗人都生有诗人的外表。但是爱尔兰的大诗人夏芝，无论是朋友或是初见面的人，一望就知道他是诗人。不仅这样，他自己也知道自己是“诗人”。

当年穿了一套青哔叽的衣服，打着黑色的大领结，说话时每爱将遮到眼睛上面的头发甩到后面去。说话很慢，他回答你的话，好像不是在回答你，好像在回答他心目中的另一个人。他充满“塞尔”人单纯的憧憬，他是不适合住在伦敦的，他始终荡漾一丝淡薄的忧郁，正如他的诗所唱：

> 许多人爱慕你欢娱雅娴的情景，
> 许多人真心或假意爱慕你的美丽；
> 但是只有一个人爱你神圣的灵魂，
> 爱你脸上变幻的忧郁。

有一次，诗人请他两个朋友在夜间到他的寓所听他朗诵新作。那时，诗人正住在伦敦奥士顿路，那是一座适合于爱伦·坡作品

▲ 叶芝像　Drawing by Althea Gyles

▶ 茅德·冈　叶芝摄，1919

叶芝在阅读　Photo by T.W.Rolleston, *W.B. Yeats and His World*, Thames and Hudson, 1971

作背景的幽森的古屋。两个朋友爬了好多层楼梯，才到一间廓大的空房，只有一张松木长台，一支洋烛，桌上纵横着原稿。在烛光之下，诗人跪了下来，开始朗诵他的新作《凯丝南伯爵夫人》。他旁若无人，并不顾到他带来的两位朋友。在摇曳的烛光下，他苍白的面颊和额上拂下的长发使人想起林布朗笔下的画面。他读之不休，一个朋友已经打盹了，另一个朋友只好抱歉地说，时间太晚，他们不能再多留了。于是夏芝站起身来捧了烛台，将客人送到房门口，任客人在黑暗中摸索而下。两位客人走到街上，抬起头来，听见夏芝对了空椅子在继续朗读。

威廉·巴特勒·叶芝 （William Butler Yeats，1865—1939）爱尔兰诗人、剧作家。他是“爱尔兰文艺复兴运动”领袖，也是艾比剧院创建者之一，于 1923 年获诺贝尔文学奖。他的诗受浪漫主义、唯美主义、神秘主义、象征主义和玄学诗的影响，演变出其独特的风格。1889 年，叶芝对女演员茅德·冈一见倾心，但四次求婚均遭拒绝。爱而不得伴随叶芝度过了大半生，也对他的创作产生影响，诗歌《当你老了》、诗剧《凯瑟琳伯爵夫人》都是为她而写。

罗曼·罗兰像

罗曼·罗兰的杰作

英国的一家书店，最近，印了罗曼·罗兰的《约翰·克里斯多夫》。这部二十世纪最伟大的小说之一，许多年以来已没有通行本可以买得到，因为它那厚厚的十大卷的篇幅，已经不是现代一般的小说读者所能够消化的，因此许多书店老板都缩手不敢尝试。但是现在终于有人有勇气肯将这部大著来重印出版了，在好战分子疯狂备战的今天，这位保卫世界和平的文化战士的杰作，能有机会使得许多人可以容易读得到，实在是值得高兴的。

罗曼·罗兰这名字，值得被人纪念，不仅因为他是《约翰·克里斯多夫》的著者。诚然，这是二十世纪最伟大的文学作品之一，但是罗曼·罗兰除了曾经写下过这样不朽的作品之外，他自始至终还是一位战士，人生的战士，正义与和平的战士。

罗曼·罗兰是法国人，可是从法国的保皇党所制造出来的特莱费斯大尉的卖国冤狱事件起，经过第一次世界大战，罗曼·罗兰始终头脑清醒地站在一旁，提醒本国的那些战争狂热者，叫他们不要毁灭自己，不要毁灭国家。他写信给托尔斯泰，发表《超越战争之上》的宣言，发表公开信给当时正在与法国作战的德国

法文版《约翰·克利斯朵夫》插图 by Pierre Leroy, Albert Guillot, 1948

◆▶《约翰·克利斯朵夫》插图　麦绥莱勒作，Rutten & Loening, 1959

李柳丽书影

贺之才译，世界书局 1947 年版

作家们，要求他们共同制止战争。这些举动使得当时正在战争狂热中的许多法国人对他不谅，群起对他作盲目的攻击，使得他不得不离开本国，避居到瑞士去。直到第一次世界大战之后，战胜的法国人对着疮痍满目的家园，目睹巴黎和会的分赃丑态，这才知道他们所侮辱的乃是一位先知。

在我国对日抗战时期，罗曼·罗兰曾一再在国际宣言上签名，反对日本对中国的侵略暴行，在精神和行动上支持中国，成为我们的友人。

在第二次世界大战期间，巴黎沦陷后，避居瑞士的罗曼·罗兰，他一面愤恨纳粹的暴行，一面目睹法兰西的光荣传统葬送在几个懦夫手里，真是愤慨万分。这时他已经七十多岁了，已经老了，忍受不下这黑暗苦痛岁月的煎熬，在一九四四年年底去世，来不及见到法西斯蒂的崩溃。他的死，也许是不能瞑目的。可是，他如果活到现在，眼见新的好战分子疯狂地叫嚣，威胁整个世界的和平和安全，他也许更要感到新的愤慨吧。

《约翰·克利斯多夫》久已有了中译本。若是不曾读过这部小说的，我希望他们能找机会读一下。对于文艺爱好者，这样的好书是不宜放过的。若是觉得卷帙太多，就是先读一下描写约翰·克里斯多夫童年时代的第一卷《黎明》也好。

罗曼·罗兰 （Romain Rolland，1866—1944） 法国作家。生于法国克拉姆西，从小在谙熟音乐的母亲熏陶下养成对音乐的爱好。十五岁时随父母迁居巴黎。他获得了博士学位，在巴黎高等师范学校和巴黎大学讲授艺术史，并从事文学创作，兼写音乐评论。1901 年，他与阔小姐出身的妻子离婚，深居简出，埋头创作，历数年之久，写成长篇巨著《约翰·克利斯朵夫》，这不仅使他成为法国和欧美世界的重要作家，更于 1915 年获得诺贝尔文学奖。罗曼·罗兰撰写了多部古今名人传记，包括《贝多芬传》《米开朗琪罗传》《托尔斯泰传》《甘地传》等。他一生贯穿人道主义思想，在艺术风格上自谓“用音乐写小说”。

皮兰德娄像

略谈皮蓝得娄

我已经屡次说过，我对于戏剧很生疏，而且有一个不爱读剧本的习惯。这固然是世上好的小说太多，使我读不胜读，无暇顾及剧本，但读剧本像读侦探小说一样，须有一个很大的耐心，静待戏中情节的发展。我正是一个缺少这样耐心的人。

因此，对于最近逝世的皮蓝得娄，我不仅很生疏，而且不配谈。我仅从外国定期刊物上读过他的一些短篇小说（他写过很多短篇，该有四百多篇，而且写过一部如《十日谈》的故事集，扩大为三百六十多篇，每日一篇，恰够一年）。剧本方面，我仅读过徐霞村先生的译文：《六个寻找作家的剧中人物》，以及《嘴上生着花的人》，徐先生才是中国仅有的“皮蓝得娄家”，但近年似乎对他也很淡漠。他是将皮蓝得娄介绍给中国的人，目前该是他了却这一重公案的最好机会了。

皮蓝得娄是意大利人，现代意大利作家自然逃不出莫索里尼的掌握，因此皮蓝得娄从一九二四年以来就加入了法西斯蒂，但他对这主义并不十分起劲，他的悲观哲学更不能使莫索里尼完全满意，因此这两人始终是在一种不十分和谐的默契中。莫索里尼

皮兰德娄在罗马的花园里　*Luigi Pirandello*, Eldorado, 1988

一面请皮蓝得娄入意大利学士院，一面又不时禁止他的剧本上演。

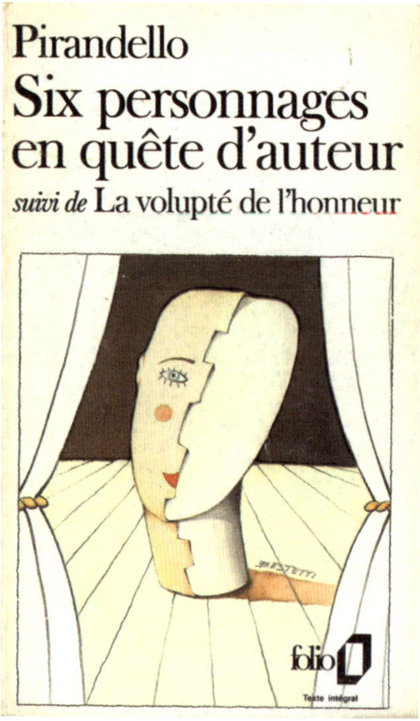

《六个寻找剧作家的角色》意大利文版书影　Gallimard，1977

皮蓝得娄在意大利，正如易卜生在挪威，斯特林堡在瑞典，契诃夫在俄国，霍甫特曼在德国，萧伯纳在英国，莫耳拉在匈牙利，倍那文德在西班牙，奥尼尔在美国一样，都是各具特色、独树一帜的戏剧家，不仅不相上下，而且正使近代戏剧借此生色。

在皮蓝得娄的哲学世界中，一切都是假的，就是这“假的”也是假的，各人都戴着假面具在活动，有的自以为是，有的取悦于人，而我们真正的“自我”是什么，就是我们“自己”也不知道。人生都是做戏，有的骗人，有的骗自己，直到有一天来到，感到了厌倦，便一脚将这一切都踢开……

去问一位诗人，什么是人生最凄切的现象，他将回答：“乃是一个人脸上所现的笑容”，但笑的人不会看见自己。

这正是皮蓝得娄的人生观，也是支持他的作品的哲学。他早年写了三十年的小说，始终庸庸碌碌，直到一九一〇年无意间写了一个剧本，才获得意外的成功，而且在欧洲大陆和美国百老汇的成功，远超过了在他本国的声誉。他生于一八六七年，一九三四年获得诺贝尔文学奖，新近去世，已届六十九岁的高龄了。

路伊吉·皮兰德娄 （Luigi Pirandello，1867—1936） 意大利小说家、剧作家。出生于西西里岛阿格里琴托。先后在西西里首府巴勒莫大学文学系和罗马大学文学系学习。1888 年前往波恩大学深造，获博士学位。从事过教学和新闻工作。使他蜚声文坛的是小说，一生共写了长篇小说七部，短篇小说近三百篇，其中《已故的帕斯卡尔》最能代表他的风格。他的戏剧创作是在小说的基础上进行的，突破了传统戏剧的规范，善于将一些相互矛盾的因素组合在一起，包括“戏中戏”，从而产生了所谓的“怪诞性”，比较典型的作品是《六个寻找剧作家的角色》。1934 年，获得诺贝尔文学奖。

高尔基像 考文斯基作，《苏联艺术家插图中的高尔基形象》，苏联国立美术馆 1954 年版

记莫斯科的高尔基纪念馆

几年以前，许多人专程到莫斯科，拜访高尔基。现在，这些人只能从纪念他的陈列馆中去接近他了。纪念馆是一座美丽的古建筑。最前面几间陈列室的前一代的遗物，使生活在苏维埃时代的人们看起来已经有古物之感，可是后面的一些呈献给高尔基的纪念室，这里面的气氛就决不和现代人的呼吸脱节，相反地，它甚至和未来衔接起来，成为明日世界的一部分。

是的，这就是高尔基：他从十九世纪跨进了这个新世纪，他不仅协助着扫除了昨日的“黑暗的王国”，和新世纪的民众一道，他又帮助他们建设一个“自由的王国”——社会主义，而且自己也生活在社会主义社会中，成为年青者之中最年青的，快乐者之中最快乐的一个。

这位巨人的一生生活展开在纪念馆参观者的面前。关于他的童年的生活，他自己曾写道：“我时常被一种难以言说的苦痛榨压着，好像整个的人都被压倒了一样。我有很长的时期好像生活在一个沉黑的深坑中，被剥夺了视觉、听觉和一切的感觉，盲目而且成为半死的状态。”正是在这样一个环境，这个充满着醉汉、

高尔基小说插图 《苏联艺术家插图中的高尔基形象》，苏联国立美术馆 1954 年版

高尔基与列宁　《高尔基故事与童话集》，苏联国立儿童文学出版社 1951 年版

乞丐、警察和不幸者的小城市，高尔基度过了他的童年。

在一张陈列着的黄色的旧报纸上，参观者读到一个这样的标题：“自杀未遂”。这是记载青年时代的高尔基，因为忍受不下生活的苦难和煎熬，有一次在卡桑卡河畔试行自杀，枪中左肺，可是却不曾死。这幸运，同时也是对于生的强调，使他在日后能坚决地写道：“……根据我个人的经验，我认为自杀乃是一种最可耻的愚蠢。”

这以后的陈列物便是有关他的流浪生活的：他流浪的行程包括伏尔加河、顿河流域，穿过草原，沿了黑海的海岸，经过乌克兰又回到伏尔加。这期间他写下了他的第一篇小说《玛卡尔·邱特拉》，一个出自还不知道自己成了艺术家的流浪汉笔下的作品。接着，他就产生了那传诵世界预告革命将来到的《海燕歌》。

高尔基曾经被选为皇家科学院的学士，这十分恼怒了沙皇尼古拉二世，纪念馆里陈列着沙皇驳斥这选举的御敕：“……高尔基当选为皇家科学院学士的消息……苦痛地刺激了我……无论他的年岁以及他所发表的那些零碎的著作，都够不上被颁给这荣誉的资格……还有，更相当重要的，乃是他是在警探监视下的这事实……”因此，从他写作生活的开始，他就被注定是统治阶级的敌人。

更有，在另一个陈列柜里，参观者可以见到在一九〇三年，他的被暗杀者刺了一刀的烟盒。这是在尼兹尼·洛夫戈尔特（现在已改名为高尔基城）的一夜，有一个被买通的暗杀者刺了他一刀逃走了。高尔基袋中恰巧有一个烟盒挡住了刀尖，这烟盒便救

◐ 写了四十年的高尔基　蔼非莫夫作

◀ 高尔基《母亲》插图　阿列克谢耶夫木刻，上海鲁迅纪念馆藏

了他的性命。刺客的背景是不问可知的。

一个纪念馆就像一本大书，一部关于一个辉煌生活的传记。从一个穷苦的孩子走上世界文化的最高峰，高尔基的一生生活就是一场不断的斗争。这过程不仅从他的作品中可以看到，就是从陈列在这纪念馆里的文献、书信、手稿各种遗物上也可以看到。

《高尔基的青年时代》书影
中国青年出版社 1953 年版

关于高尔基与列宁和史大林的友谊，这里也陈列着不少纪念物：有许多他们合摄的照片，以及互相往返的书信。有一封信是列宁在革命内战紧张期间写给高尔基的，问他健康如何，物质生活上可缺乏什么，劝他该到乡间或国外去休养一下……

在将近最后一间的陈列室里，参观者可以见到一张朴实的大书桌，这是这位伟大的作家晚年所用来工作的。那简单的印水纸，没有装饰的墨水瓶，那全然合乎实用的台灯。……这一切多么朴素——桌上放着他的眼镜，好像他刚才停下来休息他的目力似的。参观者觉得他好像随时会往那室走进来——高大，踏着他轻松的脚步，坐下来提起了笔……

不，不会再有了。高尔基已经死了。就在那室，陈列着临终时从他脸上印下来的石膏面型以及一只冰冷的手的模型。

高尔基的死，谋杀他的凶手，正与三十年前在路上用刀谋刺他的凶手是关联的，这就是反革命的阴谋集团，一切进步的革命工作者永久的敌人。从前是由沙皇和他手下的贪官污吏代理着，现在则由托洛斯基一切国际政治阴谋家代理着。

“自从列宁逝世以来，高尔基的死，是我们国家和人类最巨大的一件损失。”

莫洛托夫在高尔基葬仪上所说的这几句话，由衷地表达了爱护正义进步的人群对于这位伟大的文化战士去世的悼惜。

一九三六年六月十八日，活了六十八岁的高尔基的心脏停止了他最后的跳动。一九四〇年的今天，正是他逝世的四周年纪念日。

马克西姆·高尔基 （Maxim Gorky，1868—1936）原名阿列克塞·马克西姆维奇·彼什科夫，苏联作家，无产阶级文学和苏联文学的奠基人。父亲是木匠，母亲是小业主的女儿。幼年丧父，在外祖父家度过童年。十一岁开始到“人间”谋生，做过装卸工、烤面包工人。1884年，投身革命活动。1898年，第一部作品集《随笔与短篇小说集》问世，从此蜚声俄国和欧洲文坛。1906年，秘密离开俄国到美国，在那里完成了剧本《敌人》和长篇小说《母亲》，成为俄国无产阶级文学的奠基之作。自传体三部曲《童年》、《在人间》和《我的大学》也是高尔基遗产中最优秀的部分之一。晚年定居莫斯科，1934年当选苏联作家协会第一任主席。1936年6月18日因病逝世，享年68岁。

纪德像　Photographed in Biskra, Algeria, in 1895. *Oscar Wilde*, by Julet Gardiner, Collins & Brown, 1995

纪德的《赝币犯》

这几天重读了纪德的《赝币犯》。这是我爱读的现代小说之一。一九二七年冬天，这书出版了还不久，白赛女士的英译本新出版，我就买来读了一遍。那时纪德自己还不曾“英勇的转变”，日本人也不曾“纪德狂”，中国的“纪德专家”更不曾出现。当时读了一遍，深觉得这小说的形式颇合我的私意，就深深地爱好了起来，以后又读过一遍，这回是第三次了。

严格地说，《赝币犯》不像小说，它没有一个完整的故事，也可说没有一个中心人物，但它的故事却复杂得惊人，人物也层出不穷，一切小说的形式：第一人称，第三人称，客观的描写，主观的叙述，日记，书信，对话，都先后在这书中被应用着。纪德的这种立体的综合的手法，在当时的小说形式上可说是第一人。然而纪德并不是形式主义者，他同时几乎又以一种古典的风格在写作。就是这种可喜的特殊的结构，使我几次翻开这部小说。对于小说，我向来是一个忽略其中所包涵的教训和哲学的读者。

这小说的写成，对于当时的纪德也是一种新尝试。他一面在写这部小说，一面又在记札记，记载他对于文艺的断想、意念的

安德烈·纪德和他的朋友们在莫尔咖啡馆 by Jacques Emile Blanche

形成，以及这小说逐步进展的经过，可说是这部小说的副产物，同时也是参考资料。这些札记后来单独出版，名为《赝币犯日记》，为理解这小说和纪德的唯一重要资料。

不仅《赝币犯日记》，在小说《赝币犯》之中，同时就有一位小说家爱都亚德存在，他也在记札记，记载他计划中的小说《赝币犯》的感想。这种技巧的魔法，颇使初读者感到眩惑。其实，爱都亚德的札记就是《赝币犯日记》的雏形，这小说家也就是纪德的化身。

纪德曾说，他这部小说不是小说，是“关于小说的小说”，他想描写属于一般小说之外的东西，同时尽量地使他小说的内容“浓厚”。无疑地，纪德这愿望达到了，因为他这一部小说的材料，至少可以够同时代的作家写十部小说。

安德烈·纪德　(André Gide，1869—1951) 法国作家。出生于巴黎一个富裕的新教家庭，先后就读于阿尔萨斯小学和亨利四世中学。二十岁时，他写出自传小说《安德烈·瓦尔特手册》，随即开始了自己倾心的文学创作道路。他一生著有小说、剧本、论文、散文、日记、书信等，主要作品有：小说《背德者》《窄门》《田园交响曲》《伪币制造者》，戏剧《康多尔王》《扫罗》《俄狄浦斯》，散文诗集《人间粮食》，自传《如果种子不死》，游记《刚果旅行》《乍得归来》等。在纪德的内心世界里，充满了矛盾纠结。他的创作也表现出异彩纷呈的各种文学流派风格。1947 年，他获得诺贝尔文学奖。

纪德像 by Ottoline Morrell

纪德的《刚果旅行记》

这是法国文坛有名的逸话之一：安德烈·纪德年轻时候曾想到刚果去采集蝴蝶标本，当时他只有二十多岁，不料这愿望迟迟未能实现，直到他在一九二五年终于有机会去刚果旅行时，他已经五十多岁了。这个延迟了三十多年才能够实现的愿望，虽然已经将他当初要到刚果去采集蝴蝶标本的热忱大大地打了折扣，但却使他获得了另外的一种收获，那就是见到了在当年法属刚果和比属刚果的区域内，殖民主义者对刚果土人所施行的榨压手段，以及种种暗无天日的残暴和不公正事件。这使得纪德不能无动于衷，因此在他回国后所写的那部《刚果旅行记》里（一九二七年出版），其中虽然也提到了刚果那种色彩瑰丽的大蝴蝶，但是大部分的篇幅都是叙述刚果土人的生活，在殖民主义者榨压磨折下的悲惨苦痛生活。

一到刚果，纪德就旁听了一个年轻的法国军官被控虐待下属案。从案情中透露，这个军官要他属下的土籍兵士的妻子，每晚轮流陪他睡觉。兵士们起初敢怒不敢言，但是一有机会，就联名控告他虐待。这个军官后来被判了一年徒刑，但是随即又宣布缓

比属刚果　*Belgian Congo*, by John Buckland Wright, 1941

刑。纪德说：“我无法想象在场听审的许多土人，对于这次审判的观感如何，桑布莱所获的处分能够满足他们的正义感吗？”

在旅行途中，纪德和他的同伴被一个土人村长在半夜里吵醒，村长向他控诉，说是有一个白人军官带了两名兵士，到某处村上执行集体惩罚，因为曾经命令村人要迁移到另一个新的垦殖区，他们由于舍不得离开自己的种植物，又由于新的地区的居民部落与他们不同，要求免除徙置。不料被认为违抗命令，因此派员来执行集体惩罚。这个黑人村长告诉纪德，当那个白人军官和两个兵士抵达村中后，就将村上的十二个男人抓住，捆缚在树上，然后开枪一起打死，随后又用刀将所有的女人一起杀死，最后捉住五个孩子，将他们关在一间茅屋内，然后放火将茅屋烧了。村长说，这一场惩罚一共杀死了三十二个人。

这人之所以半夜里赶来控诉，是因为见到纪德一行人坐了当地长官的汽车，知道一定是要人。他知道天亮以后就不会有机会容他说话，所以趁夜唤醒他们。

果然，纪德说，这个村长第二天就被捕入狱，并且连同他的家属也一起被捕。虽然纪德曾写了一封信给他带在身边，要求当地总督保护这人，可是并不生效。

纪德在刚果旅行了不久，就发现在白人之间有一种极占势力的见解，认为对待黑人，一定要用暴力，使他害怕，然后才可以建立自己的威信。一个比籍的医生就向纪德力言这是唯一有效的办法，认为不仅要用棒头，有时就是流血亦所不惜。他说他自己有一次就打死一个黑人，不过赶快声明，这并非为了他自己，而

纪德《刚果旅行》书影 长风书店 1940 年版

是为了搭救一个朋友，因为如果不这么做，这个朋友就完蛋了。

纪德说，在刚果的白种人，不仅官员如此，就是商人也是如此；不仅男人是如此，就是女人也是如此。他们对于所雇用的黑人没有一句好话，当面叫他是“浑蛋”，骂他是“贼”。纪德见到一位太太当面叫她的黑种仆人是“贼”，十分表示诧异，可是这位太太说：“这是这里的习惯。你如果住久了也要如此。你等着瞧吧！”

纪德说，他在刚果住了十个月，始终未更换过他的仆人。他从不曾骂过他们一句，也从不曾遗失过任何一件小东西。他认为这两者是有关联的。

白种人不仅垄断了刚果市场，将欧洲无法销售的次货运到刚果来，用高价卖给黑人（纪德在船上曾发现有一批过了期的欧洲坏罐头，正运到刚果来卖），并且在刚果市场上，压低土人生产品的市价。也许有人以为白种人在非洲殖民地买东西，一定比土人所付的代价为高。不料情形恰恰相反。纪德说，一只鸡的价钱，如果黑人自己买，要三法郎；但是如果是白人买，只需一个法郎；

因为法律规定白人向土人购物应享受优待。有一天，纪德所雇用的刚果仆人就请求纪德给他去买一只鸡，这样他就可以便宜二个法郎。

在刚果最使纪德惊骇的现象是：白种殖民主义者对于黑人童工的虐待。他曾见到一群驮物的童工，都是十一二岁的孩子，脸上没有一点笑容。纪德给他们每人一块面包干，他们伸手接了便往嘴里送，一句话也不说，一点表情也没有，完全像是“家畜”一样。询问结果，这一群童工已经五天没有正式吃过东西了，据说他们都是逃犯。

又有一次晚上，他们发现卫兵的营地上锁了一群孩子，男女都有，年纪不过八九岁到十二三岁。纪德找了一个通译去问这一群孩子，知道他们是从不同的村庄上抓来做工的，没有工资，而且六天没有正式吃过东西了。纪德决定第二天去继续调查这事。可是到了第二天早上，这一群孩子已被急急送往别处，那个土人通译也被捕入狱。

这是纪德三十多年前在刚果所见到的情形。三十多年来，殖民主义者在刚果的压迫只有变本加厉。直到最近，民族自觉的火花才照亮了黑暗的非洲，这醒觉将是任何高压力量不再阻挡得住的。

马丁·安德逊·尼克索像

安特生·尼克梭

马丁·安特生·尼克梭（Martin Andersen Nexö），当代丹麦的小说家，斯堪的那维亚半岛的高尔基，在今年的六月二十六日，已经度过他的七十高龄了。

和高尔基一样，尼克梭出身“低贱”，在未从事写作之前，他曾做过牧童、劳工、学徒、鞋匠、石匠等职业。他第一部作品的题名是《阴影》，描写在丹麦大地主压迫下生活的贫农和流浪汉，正是他早年生活的写照。

尼克梭是北欧一个具有悠久写作历史的作家，战前的主要作品是四大卷的《战胜者贝勒》，写一个劳工摆脱旧社会加给他的轭，成为一位斗士的经过。尼克梭将这巨著写了十六年，他的结语是：“现在是到了记述一个赤裸裸的人开始他的未来的更好的生活旅程的时候了。这书的题名将为《战胜者贝勒》。”

在这之后，他又写了《人的诞生》，主人公是一位醒觉了为自己生存而苦斗的女性，可说是《战胜者贝勒》的续篇。

为了追寻光明和自由而搏斗，为了获得真正的人的生活而挣扎，对于人类向上的意志的信仰，这是尼克梭作品的一贯的主题。

马丁·安德逊·尼克索早年工作的场景

三十年前，他已经为了防护世界和平文化举起了义帜。在今天，他是反法西斯阵线里最活跃的一位文化人，苏维埃联邦最亲切的友人。

远在一九三三年，正当新诞生的苏联刚从革命的斗争中喘过一口气来的时候，最初到这新生的国家去观光的便是尼克梭。他写了一部印象记：《迎接青年的日子》，这时正当反苏联的敌人讥笑苏联采取新经济政策走回资本主义的时候，他在这部书里指斥了这种讥笑的无妄。

在一九三一到一九三三年之间，他又到苏联作过几次旅行，写了一部《两世界》，公正地记载他对于这新的天地的印象。这书恼怒了欧洲的反动势力，开始向他猛烈地攻击。尼克梭写了一本词锋锐利的小册子《放手！》来回答，更无情地打击着这一群阻碍文化与进步的敌人。

一九三七年世界第二次国际作家大会在瓦伦西亚举行的时候，尼克梭曾发表了极为动人的演说，拥护西班牙人民反法西斯的英勇斗争。不仅这样，在任何一种保护文化和平、争取自由正义的运动中，我们总听到尼克梭这文化战士的声音。

他最近曾说：

“我向来都以全部时间从事写作，除了六小时的睡眠。可是现在不可能了。公共活动占去了我的大部分时间，但我仍设法每天让出三五小时给我的著作。”

“是的，我不能时常有如我心愿那样多的时间从事我的小说。短文，抗议，信札，演讲，开会，占去了大部分的时间。”

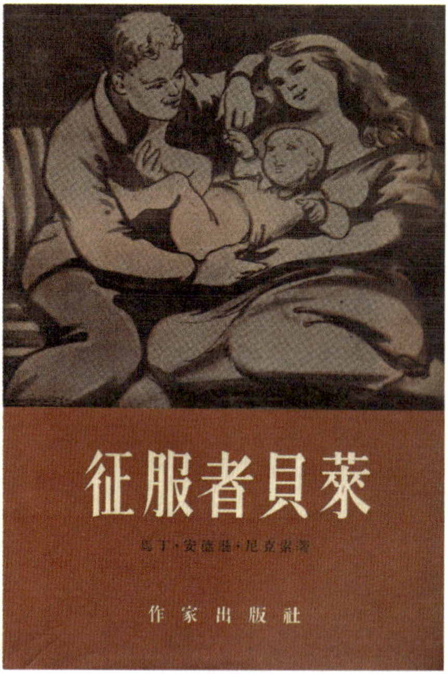

《征服者贝莱》书影 作家出版社 1958 年版

尼克梭最近完成了他的回忆录最后一部。第一部《孩提》，记叙八岁以前的生活；第二部《在天空下》，记叙他八岁以至成年的生活；第三部所写的是鞋店的学徒生活；第四部，这最后一册，记叙他在涉猎各种职业之后，如何开始了写作生活，这时他才二十五岁。他说：“我将我的回忆录记到二十五岁为止，不想再继续下去，为的我相信所写下的已经是最有趣最有教义的了。”

上月尼克梭又到了莫斯科，这一次他带了他的妻子、八岁的儿子和十三岁的女儿同行。他还有一位十三个月的小女儿留在丹麦。

据莫斯科新闻的访员说：和尼克梭对面坐着，很难使人相信这是一位已经年逾七十的老人。除了满头白发之外，他的脸色是异常的年轻，尤其那一对充满生气的眼睛，十分生动警醒，带着那般深湛的潜力和抚爱瞩望着世界。

对于这样一位可爱的文化老战士，我们虽然对他的作品是全部生疏，但不妨友爱地在这里遥视他有更健康的生活和更伟大的作品。

马丁·安德逊·尼克索　（Martin Anderson Nexö，1869—1954）丹麦作家。生于哥本哈根，父亲是一个石匠。八岁时随全家迁居博恩荷尔姆岛的小城尼克索，以后即以此为笔名。少年时代起，尼克索就开始经受生活的磨炼，先后做过牧童、报童、农场雇工、采石工、鞋匠和建筑工人，这些经历大多写进他的四卷《回忆录》中。1891 年起，他进入高级学校学习，开始参加工人运动，并开始文学创作。他是丹麦共产党创始人之一，1922 年后多次访问苏联。1940 年，德国法西斯入侵丹麦，七十二岁的尼克索被捕入狱。1943 年获释后前往莫斯科。1954 年病逝于德意志民主共和国的德累斯顿。尼克索是丹麦无产阶级文学的奠基者，代表作是《征服者贝莱》、《蒂特：人的女儿》和《红色的莫尔顿》。

普鲁斯特像　by J.E.Blanchet, *Le Musée Retrouvé de Marcel Proust*, Stock, 1990

谈普洛斯特

研究社会科学的人，无可避免地总要提及马克思的《资本论》，但是认真读完三卷《资本论》的人百不得一，能翻完第一卷书页的人已经很难能可贵。同样，研究现代文学的人总爱提到马赛·普洛斯特（Marcel Proust）的大名，其实，很少有人翻完过他的七卷大著《过去事情的回忆》的第一节。

“马赛·普洛斯特是现代作家中被谈论得最多而读得最少的人。”这句话正是真理。

《过去事情的回忆》是号称近代法国小说中最难读的一部小说。一共有七大卷。它的难读，并不由于卷帙长，而是由于文字的艰涩。美国的华尔顿夫人，普洛斯特的研究家，曾说得很好：《过去事情的回忆》是一部具有德国作家沉重的风格的小说。它使人难读，并不由于它的长，而是由于它的深。现代小说读者要求长的长篇，但是仅愿作者触及生活的表面。普洛斯特的小说，它的长度正与它的深度相等。他在探寻人物内心的活动，因此遂为现代读者所不能咀嚼而摇头了。

《过去事情的回忆》，所描写的是巴黎已消灭了的贵族和旧

普鲁斯特在威尼斯 *Le Musée Retrouvé de Marcel Proust*, Stock, 1990

时资产阶级的生活，王子、公主和贵族命妇一流人物的生活和丑史。年轻时代的普洛斯特正在这一群中混过，这里面正有着浓重的自传成分。他的小说着重于内心分析，人物的活动不过是他所要描写的精神活动的佐证而已。在这方面，普洛斯特是承继着他的前辈斯坦达尔的遗产，远在乔伊斯的《优力栖斯》之前，为现代小说着重于内心分析的大路奠下了第一块基石。

人们因为仅是谈论普洛斯特和他的著作，而不实际上动手去翻阅他的作品，因此遂有许多传说围绕着这位作家，种种奇怪的关于他的传说。

前年的纽约《星期六文学评论》曾刊了一张文艺讽刺画，画面是漆黑一团，一无所有，而标题却是：

“据说普洛斯特这样在黑暗中著作。”

这玩笑并不十分过分。因为普洛斯特确是怕见日光，而且夜间工作的。他得了气喘症，怕见白昼，怕冷，怕嗅一切的香气，怕听任何声音。他明白自己的寿命不长，为了必须赶紧从事著作起见，便谢绝一切的沙龙应酬和交际，将自己关在一间公寓的房间里，与外界一切隔绝，而生活在“过去的事情的回忆”中。他怕听声音，将房内四壁铺上软木，穿起厚大衣，点着极小的灯光，白昼睡觉，夜间却起来工作。他在午夜接见朋友，像枭鸟一样地隐在朦胧的灯光和臃肿的衣服之中谈话。

普洛斯特对于自己著作中所涉及的琐事和细物，十分认真仔细。据说他为了要描写某一顶帽子，曾在半夜打电话给这顶帽子的物主某夫人：

追忆逝水年华第五部女囚书影 *The Captive*, Vintage, 1970

“亲爱的太太，你如果肯将我从前恋爱你时你所戴的那顶有紫罗兰的小帽子给我一看，那将是我最愉快的事。”

“可是，亲爱的马赛，这已经是二十年以前的事了。我已经没有这帽子。”

“嗳，太太，我知道你不肯给我看。你存心捉弄我。你使我十分失望。”

“我再对你说，我并不曾将旧帽子保存。”

“但是 D 夫人却将一切旧帽都保存的。”普洛斯特还在执拗地说。

“那固然很好。但是我并不想开博物院。”

这样的性格，造成了普洛斯特和他著作的声誉，但是却很少有人有勇气去翻开他的作品。

马塞尔·普鲁斯特　（Marcel Proust，1871—1922）法国作家。生于巴黎一个非常富有的家庭。他的父亲是学者，母亲是犹太经纪人的女儿。普鲁斯特在巴黎贡多塞中学求学时即交游较广，并出入社交场所。他后来的作品基本取材于这个时期的经历。1895 年获得学士学位后在一家图书馆任职。翌年第一部作品《欢乐与时日》出版。1903 年至 1905 年，父母先后去世，他的哮喘病也不时发作，乃闭门写作，积数年之功，陆续完成了长篇巨著《追忆逝水年华》。这部小说共分七个部分，分别是《在斯万家那边》《在少女们身旁》《盖尔芒特家那边》《索多姆和戈摩尔》《女囚》《女逃亡者》《重现的时光》。与一般小说的布局不同，超越时空概念的潜意识成了真正的主人公。普鲁斯特与亨利·詹姆斯和詹姆斯·乔伊斯一道，塑造了当代小说的新样貌。

毛姆像 by Graham Sutherland, 1949

老而清醒的毛姆

英国当代老作家毛姆是一位很成功的作家，他写小说也写剧本，他的剧本不仅在舞台上很成功，就是改编成电影后也很成功；他所写的许多小说销路也很大，有的也已经改拍成了电影。他正在漫游各地，享受优裕的晚景生活。

毛姆曾经写过几本以中国为背景的小说，又写过一本描写画家果庚在南太平洋岛上生活的传记小说，都很成功，这里不想细说。我想说的只是，从他的一些零星短文里，可以看得出他虽然有许多作品已经成为“畅销书”，是一个很成功的作家，但是仍很不“俗”，保持胸襟旷达、头脑清醒的态度。这是很难得的。有许多作家，在成名之后或是尚未成名，往往年纪不大就已经很糊涂了。像萧伯纳当年那样老而清醒的作家，实在是极值得敬佩的。看来八十五岁的毛姆颇有在英国成为他的后继者的可能。所不同者，毛姆的态度一向冲谦和易，不似萧伯纳那么越老越辣而已。

毛姆的短篇小说也写得很好。他很喜欢契诃夫，因此他的作品很有点欧洲大陆意味，没有浓重的英国乡土气息，颇适合我们

SCHWABE

《人生的枷锁》插图　by Randolph Schwabe, Doubleday, Doran, 1936

The Casuarina Tree 书影　Heinemann, 1928

外国读者阅读。他也写过一些回忆录和散文，充满了人情味和机智，我觉得是比他的小说更令我喜欢的东西。他有一篇回忆七十岁生日那天情形的散文，写得很有趣。他一开头就这么回忆道：

“当我三十岁生日的时候，我哥哥对我说：现在你已经不再是一个少年了，你已经是成人了，你就一定要好好地做人。当我四十岁生日的时候，我对我自己说：这已经是年轻时代的终结了。在我五十岁生日那天，我说：不必再欺骗自己了，我已经到了中年，我应该老老实实地接受这事实。在六十岁生日时，我对自己说：现在是应该将自己的事情料理一下的时候了，因为现在就要走进老年的门口，我该结算一下我的账目。因此当时我决定退出舞台生活，写了那部‘总结’，在其中回顾我过去从生活和文艺中究竟获得了什么，我究竟做过了些什么，它们给我带来了一些什么满意。……”

对于七十岁，毛姆觉得这已经是人生的余年，“到了七十岁，你已经不再是跨入老年的门口。你已经干脆是一个老人了”。他觉得他的心情好像一个“整装待发”的旅客一样，什么都准备好了，只要一接到通知，随时就要起程。但是他在这样旷达的心情下又过了八十岁，又写了几部书，现在（一九五九年）已经八十五岁了。

威廉·萨默塞特·毛姆 （William Somerset Maugham, 1874—1965） 英国小说家、剧作家。生于巴黎，父亲是律师，当时在英国驻法使馆供职。自幼父母相继去世，由伯父接回英国。中学毕业后，在德国海德堡大学肄业。1892 年至 1897 年在伦敦学医，并取得外科医师资格。第一次世界大战期间，赴法国参加战地急救队，不久进入英国情报部门，在日内瓦搜集敌情。后又出使俄国，劝阻俄国退出战争。1916 年，毛姆去南太平洋旅行，此后多次到远东，以后又去了拉丁美洲与印度。“世界旅行家”的经历为毛姆搜罗了大量奇闻轶事，也使得他的作品充满异域风情。他主要的成就在小说创作，比较著名的有《人生的枷锁》《月亮和六便士》《刀锋》《艾兴顿》《面纱》等。他也擅长短篇小说，故事性强，情节曲折多变，但又不落窠臼，尤以写英国人海外传奇见长。他的剧本也数量很多，1848 年，伦敦曾出现四家剧院同时演出他四部剧作的奇观。1954 年，英国女王授予他“荣誉侍从”称号，并成为皇家文学会会员。1965 年 12 月 16 日病逝于法国。

托马斯·曼像　Fritz 作，《布登勃洛克一家》，日本河出书房 1969 年版

托玛斯·曼的《神圣的罪人》

在报上读了那篇报道新近在西德发生的伦常惨变新闻，使我想起寄居美国的德国小说家托玛斯·曼，在晚年曾经写过一篇以一个中世纪乱伦传说为题材的小说，情节比那个新闻更富于传奇性，也更可怕。而结局却大大出乎意料，那个犯了母子乱伦罪的男子，后来竟被推选为教皇！

托玛斯·曼的这部小说，早已有了英译本，而且有了廉价的“企鹅丛书”版。书名就是《神圣的罪人》（*The Holy Sinner*），编号为该丛书第一六二五号。只要花几块钱，随处可买。

曾经得过诺贝尔文学奖的托玛斯·曼，因了他是犹太籍的德国人，在希特拉的纳粹政权兴起时，就流亡到美国，过着受庇护的生活，在普林斯顿大学讲学，后来又到了加里福尼亚。他的这部《神圣的罪人》，就是在这时所写的。一九五一年德文本第一次出版，第二年就有了英译本，一九六一年有了“企鹅”的廉价版。

《神圣的罪人》主要情节，是说在中世纪时，佛郎德斯有一对贵族孪生兄妹，发生了乱伦关系，生下一个男孩，弃置海中，却不曾死，被人救起抚养成人。那乱伦的兄妹两人，在父亲去世

托马斯·曼小说布登勃洛克一家封面

S.Fischer Verlag,1901

后，先由哥哥承袭了公爵封位，后来哥哥又去世，便由妹妹承继，成为女公爵。这时有世仇觊觎女公爵的封地，发生战争，有一个效忠的英雄杀败了敌人，保全了女公爵的封地，于是女公爵就按照辖下民众的愿望和传统风俗，将这英雄入赘为丈夫。

没想到这英雄就是他们当年所遗弃的乱伦关系的私生子，于是就发生了可怕的双重乱伦关系。那个女公爵本是早已同自己的哥哥犯了乱伦罪的，这时竟又与自己的儿子成为夫妇，更犯了母子乱伦罪。

经过了好几年，这可怕的关系，由于当年留给孩子的一件凭记，才无意中被发现。可是这时两人早已生下了一男一女。

她的第一个儿子，这就是说，她的丈夫，同时又是搭救她的英雄，发现了这可怕的罪恶关系后，弃家出走，到异乡荒野隐名改姓，过着苦痛忏罪自咎的生活。经过十七年之后，他竟成了德高望重的圣人，终于在许多“神迹”和“梦兆”的启示之下，被选为教皇。

他成了教皇后，那个既是他妻子又是他母亲的女人，自然不知道这一切，她为了自己心上的罪过，特地到这新选的教皇面前来忏罪。教皇听了她的自白后，才知道她是谁，便向她说明了真相。

托玛斯·曼的这部《神圣的罪人》，故事取材于德国中世纪诗人哈达曼·封·亚伊的史诗《格利哥里奥斯·封·史坦恩》。格利哥里奥斯就是那个乱伦关系所生，后来成为教皇的那个孩子的名字。而诗人亚伊的题材所本，又出自法国民间传说。

托玛斯·曼的《神圣的罪人》，是采用讲故事的方法，由一

《神圣的罪人》英文版书影　Alfred A. Knopf, 1951

个第三者的笔下写出来的。当然，托玛斯·曼的主题，不是要写一个兄妹母子乱伦的故事，而是想借这个故事来说明人性的罪恶，在神的眼中，不论性质怎样严重，都是可以原谅的，只要看犯了罪的罪人肯不肯虔心去忏悔。当然，他是强调宿命论的，认为一切全是出于神的安排，无论善恶，同样都是神的恩典。因此犯了母子乱伦罪的格利哥里奥斯，经过长期沉痛的悔罪生活后，就在德行上成为十全十美的圣人，可以获选为教皇。而他的获选，更是经过神迹和神的启示来促成的。这就说明了最善和最恶，在神的眼中看来，只是一念之差而已。

托玛斯·曼在《神圣的罪人》最后，描写身为教皇的格利哥里奥斯向他母亲揭露自己身份的真相后，母亲向他问：儿子、丈夫、教皇，这三种不同的身份，他愿意继续同她保持哪一种？他认为应该保持的乃是“丈夫”，因为他们的结合是在教堂里经过神的祝福的，而“母子”的关系则是出于非法结合所产生。

母亲又要求儿子以教皇的特权，宣布解除他们的可怕婚姻关系，可是儿子也拒绝了，认为这应该任由神的意志去安排。他提议他们今后不妨以“姊弟”相称。

母亲又领了他们两人所生的两个儿女来与他相见，格利哥里奥斯就按照“姊弟”的关系，称他们为自己的侄儿女。就这样，关系这么复杂的一家人，就在神的意志安排下，团聚在一起了。

这个乱伦故事的要点：自幼被遗弃的格利哥里奥斯，由于搭救了不知是自己母亲的女公爵，同她发生乱伦夫妻关系的经过，颇与最古的希腊乱伦故事，奥地普斯除了人面狮身怪兽之害，遂入赘是他母亲的王后为王夫的情节相似。可能是那个法国中世纪的传说，就是由古希腊悲剧变化而来。在古代埃及和希腊，王族为了保持自己血统的纯粹，防止王位落入外姓手上，乱伦的婚姻关系是认为无可避免而且合法的。

托马斯·曼 （Thomas Mann，1875—1955） 德国小说家、散文家。出生于德国北部卢卑克市，父亲是经营谷物的巨商，母亲出生于巴西，有葡萄牙血统。青年时代他已致力于发展对于写作的爱好，当成年后有资格从父亲遗产中获得零花钱，便开始了自由作家生涯。1901 年，他的第一部长篇小说《布登勃洛克一家》发表，从而一举成名。1912 年写成中篇小说《死于威尼斯》并搬上银幕，引起国际上的重视。第一次世界大战爆发后，他曾为德帝国主义参战辩护，但战争的失败使他的思想产生巨大变化，成为一个坚定的共和主义者。1929 年，他获得诺贝尔文学奖。1933 年希特勒上台，他被迫流亡国外。坚持写作，并积极参加反法西斯斗争。晚年定居瑞士，1955 年在苏黎世逝世。

里尔克像　by Helmuth Westhoff

罗丹与诗人里尔克

罗丹的传记和关于他的作品的批评，世上已经有很多人写过了。写得最亲切、同情而又正确可靠的，是法国克劳台尔所写下的那两本。不过，如想更进一步理解这位大雕刻家的思想和艺术，倒是另有一本小书，这便是里尔克所写的那本《罗丹论》了。

里尔克是诗人，年轻时曾经任过罗丹的秘书，是著名的罗丹崇拜者之一。他以探索人类内心秘奥的诗人观察方式，分析罗丹各期作品形成的过程。因此他所写的《罗丹论》虽然仅是一篇六十页的短短论文，已经能够使我们更完整地认识整个的罗丹。

诗人里尔克和罗丹结识的经过是很有趣的。一九〇五年左右，这位捷克籍的青年诗人，受了一位德国出版家的委托，要写一部介绍罗丹雕刻的著作，于是来到巴黎访问罗丹，同这位大师谈话并开始研究他的作品。罗丹见了里尔克，就觉得这青年人的谈吐和人品都很可爱，便邀他住在自己的家里，接着便更进一步请他做了自己的秘书。罗丹的这个决定可说来得有点奇突，因为其时里尔克连法文也不曾学得好。但这也正是罗丹的一贯作风，他的脾气很古怪，不肯信任本国的年轻人。在里尔克之前，他已经请

△ 罗丹像

▷ 罗丹雕塑《教堂》 作于 1908 年，现藏罗丹博物馆

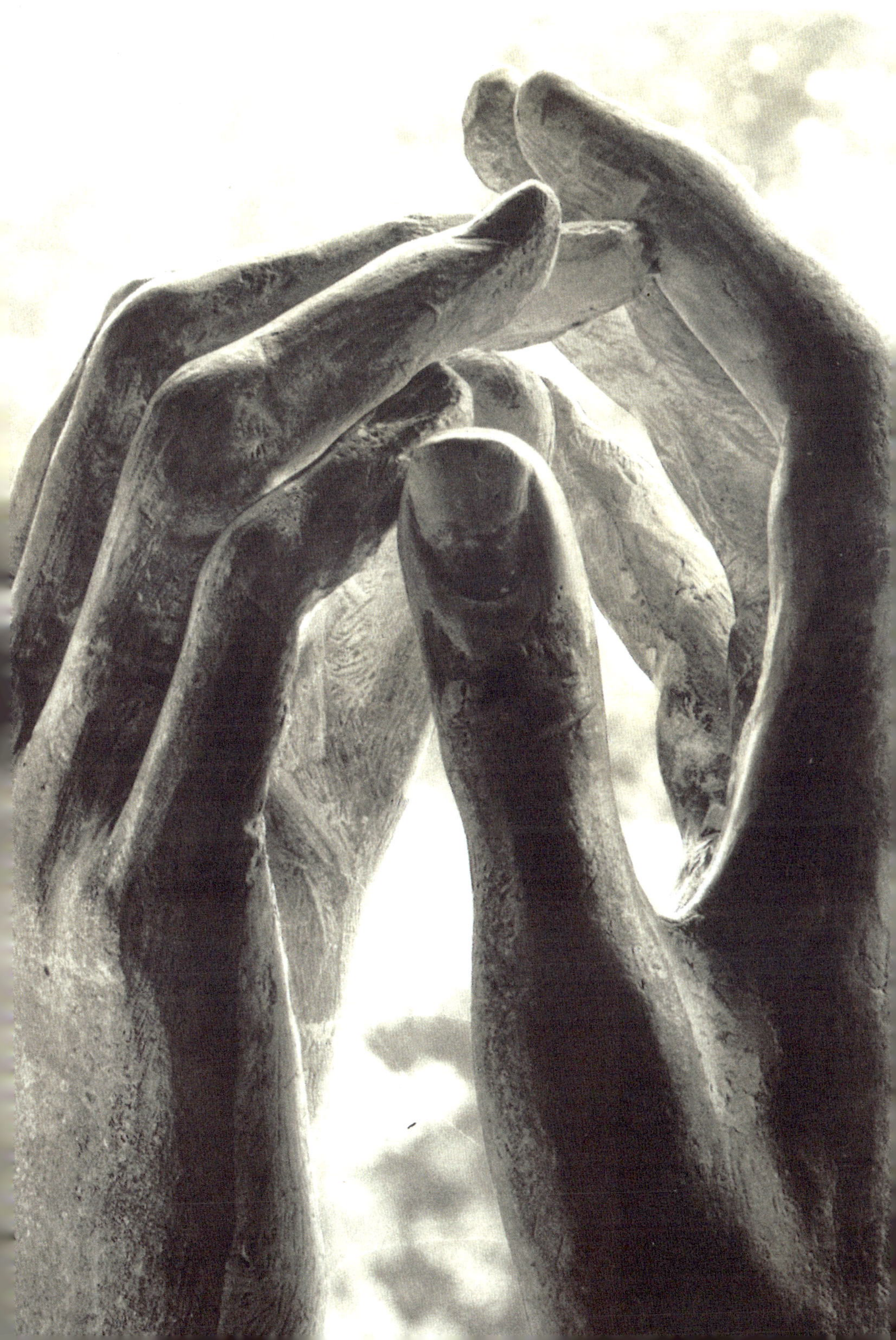

《里尔克书信选》英文版书影　Macmillan, 1947

里尔克诗集插图　by Sulamith Wülfing

过一位英国人卢都维西做他的秘书。

可惜这种奇突的结合往往不能维持得很长久。罗丹的脾气越来越暴躁独断，许多好朋友都被他得罪了，秘书里尔克也不能例外。幸亏这位青年诗人很能忍耐，他们不久又和好如初。

里尔克在他的那本小册子里分析罗丹的性格说：他的内心始终是寂寞的，未成名时是如此，成名之后，他的内心寂寞也许更甚。这是因为他未成名时，世人不理解他的作品；成名之后，世人却仅仅知道崇拜他的名字，忘记了他的作品，更忘记了他本人，因此他的内心依然寂寞。里尔克说，罗丹成就的伟大，已经不是一个名字所能包含，他的作品像海一样，像森林一样，自有其自身的生命，而且随着岁月继续在生长中。这几句评语可说对罗丹推崇备至。

里尔克虽是诗人，自己却学过画，很喜欢研究美术，除了罗丹之外，他对于塞尚、马奈、梵·谷诃等人的作品，也研究过，写过对这些画家作品的印象。他对于罗丹的雕刻，最倾服的是那件《教堂》，象征人类崇拜未知的自然的那件像戈谛克教堂建筑一样的微合着的双手。里尔克说这是可以媲美上帝创造能力的作品。

赖内·马利亚·里尔克（Rainer Maria Rilke，1875—1926）奥地利诗人。生于布拉格，父亲是铁路职员。他曾入军官学校学习，后在林茨商学院、布拉格大学等校学习哲学、艺术史和文学史。此后曾在慕尼黑和柏林从事写作。在文坛崭露头角后，于国内、国外不停地游历。到俄国旅行时曾会见列夫·托尔斯泰。1905年旅居巴黎时，结识罗丹，一度任罗丹秘书。他著作甚多，早期代表作为《生活与诗歌》《梦幻》《耶稣降临节》等；成熟期代表作有《祈祷书》、《新诗集》、《新诗续集》及《杜伊诺哀歌》等。此外，还有日记体长篇小说《马尔特手记》。他的作品充满孤独、感伤、焦虑、惶恐的“世纪末”情绪和虚无主义思想，被称为存在主义的一大诗情源头。1926年12月29日，因白血病逝世。

邓肯像

天才与悲剧

前年冬天，当代“舞之诗人”亚历山大·查哈洛夫过沪时，曾在兰心戏院表演，我去看过一次。也许我对于西洋音乐的了解不够，我只看中了萧邦的几支小曲节目。萧邦带着东方色彩的空想和轻松的风味，完全由查哈洛夫夫妇的动作表现出来了。此外，我还爱上了查哈洛夫自己设计的 Pirrot 的舞台服装：黑假面，色彩错综的小丑服装，那完全是一帧毕加索的得意之作。

想起查哈洛夫，我更想起逝世了的邓肯。邓肯也是最爱萧邦音乐的，据说凡是萧邦用音乐所表现的人类一切情感，无不被邓肯用她有韵律的动作传达出来了。邓肯于一九二七年在尼斯被自己的围巾缠住车轮绞死，明年将是她的逝世十周年纪念。邓肯死后，古典的希腊舞艺已从舞台上消逝，没有人能传她的衣钵。

有许多人爱读《邓肯自传》，中文译本出来后也吸引了不少的读者。这书虽然仅写到她的胜利，而且有不少夸张的地方，但终是一部难得见的著作。邓肯是天才，她的一生是一出悲剧，正如她自己所说：

△ 邓肯与叶赛宁 New York, 1922. *Isadora Duncan*, Edited By Paul Magriel. A.&C.Black, 1948

▷ *Jugend* by Friedrich August von Kaulbach

1904
JUGEND
No 38
Nov. 1902

叶赛宁剪影 by Elizaveta Kruglikova

我的一生受着两种原动力的支配——恋爱和艺术——恋爱时常摧毁了艺术，而迫切的艺术欲望又时常使我以悲剧结束我的恋爱。这二者正是不能一致的，只有永远的争斗。

邓肯的这几句话正代表着她的一生生活。她注重艺术，也重视恋爱，于是一生始终在悲剧的情调中生活。她的两个可爱的孩子在巴黎无端乘汽车翻入河中，她和苏联诗人叶赛宁的离合，无一不象征着她在舞台上所表现的一切。

她很爱叶赛宁。但是，叶赛宁是一位穿了革命服装而怀着一颗浪漫心脏的诗人。他憧憬着邓肯能为恋爱而牺牲艺术，哪知邓肯的心情正相反，她宁可为了艺术的生命而以悲剧结束恋爱。叶赛宁本已失望于革命，他觉得革命并没有他想象中的那种色彩和光耀，现在又从恋爱的梦境中失败，他明白自己生得太晚了，这个世界已不是属于他的世界，于是便悄悄地吊死了。

这是近代艺术的双重损失。叶赛宁不自杀，可以成为一位最有才能的俄罗斯田园诗人。邓肯不因精神上的打击而遭受意外，古希腊庄严静穆的舞艺将因她的努力而复活起来。但命运的悲剧却结束了这两位天才的生活。

谢尔盖·亚历山德罗维奇·叶赛宁 (Sergei Alexandrovich Yesenin，1895—1925） 苏联诗人。出生于梁赞省康斯坦丁诺沃村一个农民家庭。当地一所教会示范学校毕业后前往莫斯科，当过店员和印刷厂校对员。1916 年在白俄军队服役，1917 年二月革命后离开军队，加入左翼社会革命党人的战斗队。1921 年，叶赛宁认识了美国舞蹈家伊莎多拉·邓肯，并在同年结婚，婚后不久共同出访欧洲，1924 年离婚。1925 年 12 月 28 日，叶赛宁在列宁格勒一家宾馆中自缢身亡，年仅三十岁。叶赛宁出版过许多诗集。中国诗人艾青曾说：“叶赛宁的诗，反映了对旧俄罗斯的依恋，他从土地出发，含情脉脉地陈述了他的观念。”

辛克莱像 *Time Magazine*，1934 年 10 月 22 日

辛克莱的《油！》

辛克莱的《油！》确实是一部值得介绍的作品。

辛克莱的描写是有 Victor Hugo 的魄力的。他能将极复杂的人物，极广博的事实，从床笫间的事一直到国家大事，毫不紊乱地写在一册书里，简练的描写使你只感到生动，而不感到累赘。

他不像 A.France 和 Barbusse 喜欢夹入许多炫弄学问的议论，他是用事实来说明理论，因此他的小说内容多是极繁复动人的。他在本国能流行，大约一半也因了这个原故。仅是在叙事和描写上，辛克莱已经是一位值得注意的小说家。

现在所要说到的《油！》虽然并不是一部好到怎样的作品，但是在他此刻所有的著作中，这终算是最好的一部了。

《油！》的主要事实是写一位油商的儿子随了他的父亲对于世界的一切的逐渐认识。这里面主要的人物有三。一是父亲 Dad，二是儿子 Bunny，三是儿子的朋友 Paul。白莱自小随着父亲经营油业，眼见了许多商业上惯用的欺诈行为、金钱的势力，使他青年的心上起了种种不安。他在幼年曾与保尔无意认识，保尔是一个热血的穷孩子，而白莱则是一位大资本家的公子。但是

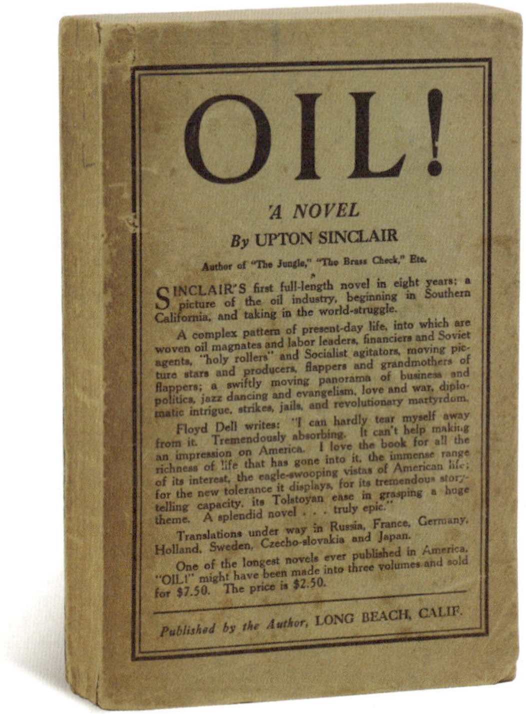

Oil! First Edition, 1927, Self Published by the Author

《煤油》书影 易坎人译，光华书局 1930 年版

煤油
辛克萊著
易坎人譯

两人却很相得。后来欧战起了，美国加入协约向德宣战举行全国动员。但是白莱是资本家公子，所以留在军官训练处享福，保尔却被派到西比利亚，去访俄国。后来俄国革命了，保尔因此亲身受了许多那时世界资产阶级联结起来想扑灭俄国革命的滋味。他受了种种刺激，知道自己是供了政府的利用，政府要宣战是另有作用的，威尔逊的宣战主义和和平主义都是骗人的口号，因此服务期满归国后便渐渐地成了一个 Communist。在这时期，白莱也间接地受了他的不少影响。但是他始终是在父亲和保尔之间挣扎，没有决断的表示。后来恰巧美国海军部油矿贿案发觉，白莱的父亲和其他大油商便不得不暂时到欧洲大陆避了一趟。在欧洲，白莱的父亲竟老兴勃发和一个女骗子结了婚，后来急病身死，遗嘱被毁，因此大部分的财产都给同事们和那女人抢去。白莱分到一点钱开了一个工人学校。而在这时，在美国总统的选举潮中，已经成为重要领袖的保尔突然遭了人的暗算，受伤身死，于是全书便也完结。

这里面的事实是极繁复的。有油商对于乡民的欺骗，驾驶摩托车对于警察的戏弄，美国男女学生生活的内幕，大家妇女的丑史，电影明星的淫荡，教徒的黑幕，罢工，欧战，俄国革命，选举的贿赂以及许多政治和金融上的阴谋。内容的范围实在是广博之极。虽然辛克莱总是犯着他的老毛病将结尾弄得模模糊糊，但这部小说终有许多可取的地方。

书中的主人公虽是煤油王子白莱，但我觉得实际上最重要的还是保尔，没有保尔，全书差不多不能成立。

辛克莱的思想确是不很健全，但是在美国当代文学家中，还是仅有他才值得向国外介绍。

本书听说已由译得辛克莱的《石炭王》和《屠场》的易坎人君着手翻译了。大约年内可以在新设的吴淞书店出版。

厄普顿·辛克莱 （Upton Sinclair，1878—1968）美国作家。出生于马里兰州巴尔的摩市一个破落望族家庭，先后在纽约市立学院和哥伦比亚大学读书，十五岁开始在通俗报刊撰稿。1906 年，在对芝加哥劳工情况进行调查的基础上，写出长篇小说《屠场》，被誉为“揭发黑幕运动”的第一部小说。此后创作的《煤炭大王》（一译《石炭王》）、《石油》（又译《煤油》或《油！》）、《波士顿》等，继续了这种揭露黑暗的“新闻报道”风格。他曾获普利策小说奖。1968 年 11 月 25 日在新泽西州逝世。

茨威格像 *Stefan Zweig*, by Friderike M.Zweig, Kindlers Klassische Bildbiographien, 1961

支魏格的小说

斯谛芬·支魏格，早已在一九四二年去世了，而且是很悲惨地在第二次世界大战期间，夫妇两人在旅居巴西的流亡生活中，一起自杀的。

支魏格是奥国作家。在现代德语系统的作家中，他不仅是极有才华的重要作家之一，而且是一位有国际声誉、极受人喜爱的作家。他的作品有三十种文字以上的译本。

支魏格写诗，写小说，也写传记和剧本。他的传记以分析人物心理精辟入微见长，是一种现代的新体传记。他曾写过托尔斯泰、巴尔扎克、狄更斯、罗曼·罗兰等人的传记。他的小说有长篇，也有中篇和短篇。没有一般德国小说那种沉重的气息，写得深刻而又生动，尤其是小说的故事好，写得又美丽。

我最喜欢读他的中篇和短篇，如《一个不相识妇人的情书》《阿猛克》《看不见的收藏》《布哈孟台尔》等篇，不仅一读再读，而且都忍不住译了出来，逢人就推荐。凡是爱读小说的人，读了他的这些作品，无不同意我的介绍，认为支魏格的小说，不仅每一篇的故事都好，而且写得又好。

茨威格小说 *Zwang* 插图 麦绥莱勒作，*Stefan Zweig*, by Friderike M.Zweig, Kindlers Klassische Bildbiographien, 1961

茨威格像 麦绥莱勒作，*Stefan Zweig*, by Friderike M.Zweig, Kindlers Klassische Bildbiographien, 1961

茨威格罗曼·罗兰书影

商务印书馆 1928 年版

就我个人的爱好来说，我特别喜欢《看不见的收藏》和《布哈孟台尔》。这两篇都是以艺术收藏家为题材的。《看不见的收藏》写的是一位版画收藏家的故事。《布哈孟台尔》写的是旧书店老板的故事。两篇所写的都是令人难忘的人生悲剧。

搜集版画和搜集旧书，都是我的爱好，因此这两篇小说读了使我特别感动。支魏格身历第一次世界大战和第二次世界大战。他是人道主义者，饱受战祸的苦痛，因此在这两篇小说中，描写好像与世无争的版画收藏家和旧书商，也逃不脱战争的灾难。写得沉痛极了。

《一个不相识妇人的情书》是一篇充满了抒情气息的恋爱故事。高手自是高手，这一个中篇恋爱故事，可说是二十世纪小说杰作之一。

支魏格在第二次世界大战初年，不容于纳粹。一直过着流亡生活，先避居英国，后来又逃到南美。他在临去世的前一年，曾写过一篇《象棋的故事》，暴露了纳粹对于人类精神生活的威胁。可惜他即使写下了这样的小说，终于自己也忍受不住精神上的种种打击和绝望，竟夫妻双双自杀身亡了。

斯蒂芬·茨威格　（Stefan Zweig，1881—1942）奥地利小说家、诗人、剧作家、传记作家。出生于富裕犹太家庭，青年时代在维也纳和柏林攻读哲学和文学，日后周游世界，结交罗曼·罗兰和弗洛伊德等人并深受影响。代表作品有中篇小说《一个陌生女人的来信》和《象棋的故事》，长篇小说《心灵的焦灼》。第一次世界大战期间从事反战工作，1934 年遭纳粹驱逐，流亡英国和巴西。1942 年 2 月 22 日与妻子一起在里约热内卢附近的佩特罗波利斯自杀。茨威格去世后，他的遗作《昨日的世界》和《巴尔扎克》出版。

《波纳尔之罪》插图 by Fernand Siméon, Mornay, 1923

爱书家的小说

法朗士的《波纳尔之罪》，是我爱的小说之一。这书已经被译成中文多年，可是它的读者似乎并不多，这恰好说明像这样一部气息淳厚的作品正不易获得一般人的爱好，而这也正是我爱读《波纳尔之罪》的原因。

包围在古色古香书卷氛围气中的波纳尔，他的爱书趣味，不染尘埃的冉生的爱，只有从小就熏陶在爱书环境中的法朗士才写得出。

以爱书家为主人公的小说，除法朗士的这部《波纳尔之罪》以外，近年使我读了不忍释手的，是斯提芬·支魏格的几个短篇。

写下了《一个陌生女人的来信》，写下了《杀人狂》的支魏格，即使放过他的作家论不提，仅是在小说方面的成就，已经够值得钦佩了，而在这一切之外，他竟又写了能深深把握恋爱书三昧的许多短篇，这才干不仅使我佩服，简直使我嫉妒了。

我不大熟悉支魏格的生活。但是我确信，他自己如果不是一个爱书家，决不能写出这样深得其中三昧的作品。

几年以前，支魏格作品的英译，将他这样的几篇短篇，再

▲《波纳尔之罪》法文版书影 Calmann Lévy

▶《波纳尔之罪》插图 by Fernand Siméon, Mornay, 1923

加上两篇关于书籍趣味的短文，编印了一本小册，书名是《旧书贩及其他给爱书家的故事》。书的篇幅并不多，但印得极精致，我托李乾记书庄辗转设法从海外买了来，读了又读，差不多爱不忍释。

《波纳尔之罪》英文版书影
The Bodley Head, 1951

支魏格的这几篇短篇，似乎是在第一次欧战结束了不久以后所写，书中处处表现着在当时战后经济破产的德国，藏书家以及艺术收藏家受着怎样比一般人更惨痛的厄运。其中有一篇名《看不见的收藏》，更使人读了怎么也不曾忘记。

一位版画贩卖商人，因为要搜罗一些日渐缺少的版画名作，想起在他许多老主顾之中，有一个住在偏僻城市中的某氏。这人曾从他手中买过不少版画，现在社会不景气，这人也许有意将他的收藏出让。商人便特地去加以访问。哪知因了不景气，为了维持日常面包所需，某氏宝贵的收藏早已暗中被他的妻女零星卖光了。双目失明的某氏，每天捧着全是白纸的书册，依然视同珍宝似的抚弄着。因此当版画商人来访问时，几乎将这一幕悲剧揭穿，幸亏那母女及时加以说明，于是商人也只好硬着心肠欺骗这盲人，称赞他的收藏如何丰富，然后怀着感伤的心情走开了。

许久就想将这短篇翻译出来，可是始终没有机会使我动笔。前年，在香港战事爆发的前半月，经了我的推荐，戈宝权兄从我的书架上将这册小书借去了。战后不曾再见过他，他似乎离开得很早。即使是只身从炮火下离开这里的也好，我希望这一册小书能幸运地恰巧被他带在身边。

房龙像　《我们的世界》，房龙著，傅东华译，新生命书局 1933 年版

佛兰克书店的门板

一九一八年左右，纽约有一家佛兰克小书店，正和巴黎的沙士比亚书店一样，是当代文人时常聚会之所。戏剧家奥尼尔，诗人宁得赛，他们的早年作品，都曾由这书店印行。店主人佛兰克也是一位文士，他住在这小店的里间，外面就是书肆，里外间的入口并没有门，只悬了一道半透明的纱幕作门帘。寝室小窗的微光投射在门帘上，因此店主人在内室的一举一动时常为外间的顾客一览无余。店主人酷嗜杯中物，但当时纽约是禁酒的，于是往来佛兰克书店的文人们，便时常从店门的门帘上鉴赏到这样一幅美丽的剪影：一个人长发拂肩，仰首向天，兴奋的将杯子送到唇边，一饮而尽。这秘密不久为店主人所知道，他感到十分狼狈，便吩咐木匠做了一扇门。新的白木的门板运到店里还未装上时，这一天恰巧著名的人类学家房龙来了，读过房龙著作的人，都该知道他在自己的著作中所作的插绘是如何的别致新颖。这一天他看见这一扇崭新的门板，不觉技痒，便抽笔在门上为店主人作了一幅速写，下面还郑重签了一个名，当时在旁的顾客也都纷纷加入合作。店主人倒也聪明，见了这情形，他便率性将这扇门当作了纪

▲ 房龙《我们的世界》书影　房龙著，傅东华译，新生命书局 1933 年版

▶ 房龙《美国史事》插图　*The River*，Boni & Liveright，1927

房龙《艺术》插图 *Simon and Schuster, 1937*

念册，来一个作家便要求他留名，从一九二〇年到一九二六年，当时的美国作家差不多都在这门上留下了名。后来这书店营业亏本，走上一切文艺小书店不可避免的命运，拍卖关门，一切值钱的家具都给债权人搬走了，但这一扇门却没有人要，店主人便宝贵地运回自己的家中，一直到今天还保存着。

亨德里克·威廉·房龙（Hendrik Willem Van Loon，1882—1944），荷裔美国人，学者，作家，历史地理学家。房龙出生于荷兰鹿特丹，九岁时由舅舅约翰·汉肯监护，受他影响和鼓励，对历史、绘画和音乐产生兴趣。1902 年房龙随舅舅移民美国，取得康奈尔大学文学士学位，后于 1911 年在慕尼黑大学获历史学博士学位。作为通俗作家，他出版了《人类的故事》《宽容》《美国史事》《房龙地理》《艺术》等多种畅销书，涉及历史、文化、文明、科学等诸多方面。在他去世之前，他的著作销售总数超过 600 万册。房龙不仅自绘插图，还为多种别人写的书绘制插图。

乔伊斯像　*James Joyce and His World*, Chester G. Anderson, Thames and Hudson, 1967

乔伊斯佳话

提起詹姆斯·乔伊斯（James Joyce），我有一件最得意和一件最痛心的事情。

得意的是：我以七角小洋的代价，从北四川路天福旧书店买到了一册《优力栖斯》（*Ulysses*），这是巴黎“莎士比亚书店”的第七版，价值美金十元，而且无处可购，然而我竟以使人不肯相信的七角小洋低价得之。

痛心的是：我以二十五元的代价从中美图书公司买回了司徒登·吉尔勃（Stuart Gilbert）的《优力栖斯研究》，隔了不到一星期再去买书时，我发现他们柜上陈列着这书的普及版，内容装帧如旧，定价只有美金一元，我问他们，他们说是昨天刚到。我如果迟一星期，我便可以省去二十元。而且吉尔勃这书是为了满足美国读者好奇心而作，因为他们不得见原书，便在书中尽是叙述“优力栖斯”的故事以供望梅止渴，并不是怎样有意义的著作。我白花了这二十元。

这都是五年以前的旧事。当时乔伊斯的《优力栖斯》还受着英美两国的“发卖禁止”，举世只有莎士比亚书店的巴黎版可买，

▲ 乔伊斯与莎士比亚书店老板比奇 *Syliva Beach James Joyce and His World*, Chester G. Anderson, Thames and Hudson, 1967

◀ 乔伊斯在莎士比亚书店 *Ernest Hemingway and His World*, Thames and Hudson, 1978

party to it owing to some anonymous letter from the usual boy Jones, who happened to come across them at the crucial moment locked in one another's arms drawing attention to their illicit proceedings and leading up to a domestic rumpus and the erring fair one begging forgiveness of her lord and master upon her knees and promising sever the connection with tears in her eyes though possibly with her tongue in her cheek at the same time as quite possibly there were others. He personally, being of a sceptical bias, believed, and didn't make the least bones about saying so either, that man, or men in the plural, were always hanging around on the waiting list about a lady, even supposing she was the best wife in the world for the sake of argument, when she chose to be tired of wedded life, to press their attentions on her with improper intent, the upshot being that her affections centred on another, the cause of many *liaisons* between still attractive married women getting on for fair and forty and younger men, no doubt as several famous cases of feminine infatuation proved up to the hilt.

It was a thousand pities a young fellow blessed with an allowance of brains, as his neighbour obviously was, should waste his valuable time with profligate women who might present him with a nice dose to last him his lifetime. In the nature of single blessedness he would one day take unto himself a wife when when Miss Right came on the scene but in the interim ladies' society was a *conditio sine qua non* though he had the gravest possible doubts, not that he wanted in the smallest to pump Stephen about Miss Ferguson as to whether he would find much satisfaction basking in the boy and girl courtship idea and the company of smirking misses without a penny to their names bi- or tri-weekly with the orthodox preliminary canter of complimentpaying and walking out leading up to fond lovers' ways and flowers and chocs. To think of him house and homeless, rooked by some landlady worse than any stepmother, was really too bad at his age. The queer suddenly things he popped out with attracted the elder man who was several years the other's senior or like his father. But something substantial he certainly ought to eat, were it only an eggflip made on unadulterated maternal nutriment or, failing that, the homely Humpty Dumpty boiled.

— At what o'clock did you dine? he questioned of the slim form and tired though unwrinkled face.

— Some time yesterday, Stephen said.

— Yesterday, exclaimed Bloom till he remembered it was already tomorrow, Friday. Ah, you mean it's after twelve!

, neglecting her duties,

and was on for a little flutter in polite debauchery

in a loving position

eyes

fair

several

smallest

and they got on well together

fairly

and not receive his visits any more if only the aggrieved husband would overlook the matter and let bygones be bygones

(who was very possibly the particular lodestar who brought him down to Irishtown so early in the morning)

△《尤利西斯》英文版书影

◁ 乔伊斯校对过的《尤利西斯》原稿

James Joyce and His World, Chester G. Anderson, Thames and Hudson, 1967

乔伊斯第一部诗集 *Chamber Music* 书名页

但一到国外又时常被当作“淫书”没收，所以当时无意买到了这书，而且是那样的低价，因此很觉高兴，时常将这“佳话”告诉爱跑旧书店的朋友。但如今的情形可不同了，乔伊斯的著作已在美国开禁，前年纽约“朗顿书屋”已出版了《优力栖斯》的美国版，书前还有乔伊斯的新序，可说是定本。此外，英国教会也不像以前那样仇视乔伊斯。去年德国更出版了《优力栖斯》的新版，据说乔伊斯在书中曾有所校正；全书上下二册，是袖珍本，不像巴黎版那样笨重了。

巴黎版的《优力栖斯》确是笨重。蓝封面，一寸多厚，差不多一尺见方，纸质不好，因此软而且重，称起来该有好几磅，阅读不易，收藏也不易，因此颇使当时私运这书者感受麻烦。然而就是这部大而且重的书，影响了近几十年的整个文坛，现代作家可说没有一人不直接或间接受过乔伊斯的影响，

《优力栖斯》的内容复杂而又简单，是叙述三个人在某一天的行动和所想的一切，乔伊斯是想尽可能地记下一个人在一天中

所做所想的一切。这书之受人重视，可说由于乔伊斯所采取的手法和他文章的风格。故事本身倒很简单，而且并无所传说的那种猥亵和荒谬，倒是这种种传说增高了人们对于这书的好奇，谁都也要将这书翻阅一下，而乔伊斯的神秘和声誉也越来越大了。

真的，现代作家可说谁都直接或间接受过乔伊斯的影响。这种情形，使得他曾经敢傲然向爱尔兰现代诗坛祭酒夏芝说：

“你可惜年纪已经太老，不能受我的影响了！”

詹姆斯·乔伊斯 （James Joyce，1882—1941）爱尔兰小说家。生于都柏林一个穷公务员家庭。自小学习成绩出众，中学毕业前，对宗教信仰产生怀疑，决心献身文学。他大半生流亡欧洲大陆，小说的题材与人物却都集中在都柏林，他的第一部作品正是以《都柏林人》为名的短篇小说集。1908 年起，他开始创作《一个青年艺术家的画像》，历时十年完稿。他的代表作《尤利西斯》则用了七年时间完成。这部小说描写了三个人一昼夜中的经历，实质是现代西方社会人的孤独与绝望的写照。小说广泛运用“意识流”创作手法，形成一种崭新的风格，成为现代派小说的先驱。晚年的乔伊斯几乎双目失明，仍然埋头写作，最后一部长篇小说是《为芬尼根守灵》。1940 年 12 月 17 日，乔伊斯迁居苏黎世。1941 年 1 月 13 日，因十二指肠溃疡穿孔去世，享年五十九岁。

肯特像

美国老画家肯特的壮举

美国老画家洛克威尔·肯特，愤慨美国国内有些地方杯葛他的作品，将他正在苏联巡回展览的全部作品，包括八百几十幅版画、油画风景，还有许多由他作插画的书籍，一起赠给了苏联人民。肯特今年已经七十八岁了，他的性情和他的作品一样，一向爽朗有血性，这次的举动可说是快人快事，真合得上我国俗语所说，姜越老越辣了。

这位当代美国最杰出的版画家，一八八二年生于纽约州，从小就爱好美术，在美术学校里学的是建筑绘图和装饰美术，离开学校后不愿寄人篱下做固定的雇佣工作，便靠了替定期刊物作饰画和代人绘制建筑图样来生活。由于他的画面明快美丽，很快地就建立了自己特有的风格，同时也奠定了他的版画家的地位。

从一九二〇年以后，肯特就不大给定期刊物作单幅插画和装饰画，而是根据自己的旅行经验写游记，自己作插画，这种“图文并茂”的作品，出版后很获好评，使他获得很大的成功。他所旅行的地点，都是海阔天空，富于自然乐趣，较少受到美国都市那种糜烂生活蹂躏的地点。他到过阿拉斯加、纽芬兰、火地岛、

To Merle

▲ 肯特自画像 *An American Saga:The Life and Times of Rockwell Kent*, Haper & Row, 2009

◀ 肯特像 *Rockwell Kent*, Knopf, 1932

◐《年轻的母亲》 by Rockwell Kent, *Rockwell Kent*: *An Anthology of His Works*, Collins St. James's Place, 1982

◑《名利场》封面 by Rockwell Kent, *Rockwell Kent*: *An Anthology of His Works*, Collins St. James's Place, 1982

Vanity Fair
May - 1923
CONDÉ NAST Publisher
35 cts · 3.00 a year

《荒野》书影 *Wilderness*, Halcyon House, 1920

格陵兰等处。当地那些新鲜的景色，给了他极大的感动和兴奋。使他每一次画了不少画，又写下了游记。这些由他自己写作自己插画的游记，包括《荒野》，是旅行阿拉斯加的；《海程》，是他航行麦哲伦海峡以南一段航程的日记；《沙那米拉》，是旅行格陵兰的游记；此外还有一部海上游记《自东往北》。这些游记都由他自己设计装帧，自己作插画，除了独幅插画以外，还有许多小饰画。在美国许多庸俗的出版物中，许多年以来是独放异彩的。仅凭了这几本书，世人已经认识了肯特是一位第一流的插画家和装帧设计家，又是一位能独创一格的游记作家。

肯特又曾写过两部自传性质的作品，一部是一九四〇年出版的《这就是我自己的》，附有他自己作的一百零五幅插画；另一部是一九五五年出版的《这就是我，啊，天啦》，书名是采自美国黑人民歌中的一句。这本书出版时，肯特已经七十三岁了，但是书中仍充满了蓬勃的朝气，流露着他那一贯对于生活和自然的热爱，一点也看不出衰老的气息。

肯特还为许多古典文学名著作过插画，如《十日谈》《乔叟康特堡雷故事集》《浮士德》《白鲸记》等。我国近年出版的《十日谈》中译本，其中有一部分插画就选自他的作品。

几年前，肯特曾将他的版画和风景画送到北京去开过一次展览会。说不定现在送给苏联人民的，就是这一批。

洛克威尔·肯特　（Rockwell Kent，1882—1971）美国版画家、装帧艺术家、作家。生于纽约州塔里敦镇。青年时代曾在哥伦比亚大学建筑系学习，此后放弃学习建筑，致力于绘画，一生创作了大量油画、版画、插图、藏书票、标识和广告画。他还是探险家和航海家，曾经前往缅因州、阿拉斯加、火地岛、格陵兰旅游，不仅创作了很多画作，还出版了多部自写自画、别具一格的游记。第二次世界大战期间，他全力投入反法西斯斗争。由于他的“左”的政治立场和相关言论，在美国国内曾遭到排挤和行动限制。他曾三次访问苏联，并于1967年获列宁勋章。他将大批画作、图书、手稿捐给了苏联。

纪伯伦像 *The Prophet*, Konpf, 1981

纪伯伦与梅的情书

纪伯伦是诗人、散文家，同时也是画家。他曾在巴黎美术学院学画。他的作品单行本里有许多插画，全是他自己的作品。

纪伯伦是大雕刻家罗丹的弟子。他的笔下的人物，都带有浓厚的罗丹速写风格。他所画的基督像，依我看来，简直是用他的老师做模特儿的。那些仿佛梦幻似的风景和人物，也受了罗丹速写的影响。难怪罗丹对他很称许，说他的才艺有点像英国的诗人画家威廉·布莱克。

纪伯伦是黎巴嫩人，一八八三年出世。十二岁时就跟了家人离开故乡到美国，侨居在波士顿，后来曾回到黎巴嫩去求学，并且旅行各地。十九岁时再离开家乡。以后就一直不曾回去过了。

他有一个女朋友，名叫梅赛亚德，是一位女作家，也是黎巴嫩人。两人的关系是一种充满了诗意的罗曼斯。有一篇文章曾这么谈到他们两人的关系道：

“这简直是有一点难以想象的，一男一女除了在纸上通信以外，彼此从不相识，也不曾见过面，会相爱起来。但是艺术家们自有他们自己不同常人的生活方式，这只有他们自己能够理解的。

《先知》插图 by Kahlil Gibran, *The Prophet*, Konpf, 1981

伟大的黎巴嫩女作家梅赛亚德和纪伯伦的情事，就是如此。”

一九三一年纪伯伦去世后，梅赛亚德曾将两人之间往来的一部分书信公开了。这件事情才确切地为世人所知道。有一封信，是梅赛亚德从埃及开罗寄给纪伯伦的，写信的年月是一九一二年五月十二日。这时纪伯伦出版了他的小说《破裂的翅膀》，寄了一部给梅，请她批评。梅读了之后就回了一封信，其中对于结婚和妇人的忠贞问题，提出了不同的意见。其中有一段这么说：

“……纪伯伦，关于结婚问题，我对你的见解不能表示同意。我尊敬你的思想，敬重你的意见，因为我知道你对于为了崇高的目的订下的原则所作的防护，乃是认真而且严肃的。我完全同意你推动女性解放的那些基本原则。女性是应该像男子一样，自由地去选择她自己的丈夫。这不该被她的邻人和亲友的忠告和帮助所左右，应该由她自己个人的取舍去决定。当她选定了她的生活伴侣之后，一个妇人就应该使自己完全接受这种共同生活的义务的束缚。你说这些是由时代所构成的沉重的锁链。是的，我同意你的说法，这些确是沉重的锁链，但是请记住，这些锁链乃是出于自然之手，而他也正是今日女性的制造者。”

纪伯伦在信上继续回答梅的询问，自然，他所用的言语是带有一点象征意味的：

“……至于我今天身上所穿的衣服，依照习惯是同时要穿两套的：一套是织工所织，裁缝所缝制；另一套则是血肉和骨头制成的。但是今天我所穿的那一套，乃是一件宽大的长袍，其上洒满了不同颜色墨水的碎点。这件长袍与游方僧人所穿的并没有多

纪伯伦和他的家人初抵波士顿时居住的移民定居点

纪伯伦（左二）和他同事

大的区别，只是较为干净而已。当我回到东方以后，我就不穿别的，只穿老式的东方衣服。

“……至于我的办事室，至今仍是没有屋顶，也没有四壁，但是沙的海和空气的海，都与昨天的它们相似，波浪滔天，而且没有涯岸。但是我们用来在这些海中行驶的船却是没有桅的。你看你是否认为你能够为我的船供应桅杆呢？”

纪伯伦又用象征的手法，向梅描写他自己：

“我将怎样告诉你上帝在两个妇人之间将他捉住的这个人呢？其中一个将他的梦化为醒觉；另一个则将他的醒觉化为梦。我对于上帝将他放在两盏灯之间的这个人，要说些什么呢？她是忧郁还是快乐？他在这个世界上是一个陌生人吗？我不知道。但是我愿意问你，你是否愿意这个人在这世界上继续是一个陌生人，他的言语是世人一个也不用的。我也不知道。但是我仍想问你，你是否愿意用这个人所用的言语同他说话，因为你对这样的言语是比任何人都了解得更好的。

“在这世界上，有许多人不了解我的灵魂的言语；在这世界上，同时也有许多人不了解你的灵魂的言语。梅呀，我乃是生活曾赐给我们许多朋友和知己的那些人之一。但是请你告诉我：在这些认真的朋友之中，是否有人我们可以对他说：‘请你将我们的十字架，背负一天如何？’

“是否有任何人知道在我们的歌唱后面还另有一首歌曲，这是不能由声音所歌唱，也不能用微颤的弦索来表达的？是否有任何人能从我们的忧愁之中看出欢乐，从我们的欢乐之中看出忧愁呢？

“……梅呀，你可记得，你曾经告诉我，有一个新闻记者写信给你，向你索取每一个新闻记者所索取的——你的照片吗？我曾经一再想到这个新闻记者的要求，可是每一次我总是这么向我自己说：我不是新闻记者，因此我不便要求新闻记者所要求的东西。是的，我不是记者。如果我是什么刊物报纸的老板或是编辑人，我就会坦白地不害羞地向她索取她的照片。可是我不是记者，这叫我怎么办呢？”

纪伯伦·哈利勒·纪伯伦 （Gibran Kahlil Gibran，1883—1931）黎巴嫩裔美国诗人、作家、画家。生于黎巴嫩北部一个小山村卜舍里。1895 年随家庭移居美国。两年后回贝鲁特学习阿拉伯文、法文和绘画。学习期间创办杂志，因发表小说《叛逆的灵魂》激怒当局，作品遭查禁焚毁，本人被逐。先往美国，后去法国，在巴黎艺术学院学习绘画和雕塑。1911 年重返波士顿，次年迁往纽约，直至逝世。曾任阿拉伯旅美作家团体笔会会长。1931 年 4 月 10 日，因肝硬化和肺结核不治而逝。纪伯伦青年时代以创作小说为主，有长篇《折断的翅膀》。定居美国后主要用英文写散文诗，《先知》《泪与笑》《沙与沫》被认为是他的代表作。

A. 托尔斯泰像

《黑暗和黎明》

俄罗斯革命后的内战，曾经过许多作家的描写。高尔基的《克莱姆·撒姆金的一生》，这部大著，原也将内战时期包括在内，但不幸高尔基没有完成这部大著就去世了。关于革命后的内战，俄罗斯文学上也许就此失去了最可宝贵的一页记录。因为关于内战的文学作品，虽然产生了不少，但都不是魄力伟大的多方面的巨著。

最近读了亚力克舍·托尔斯泰的三部曲《黑暗和黎明》，这部小说虽然不是以内战为主题，但在小托尔斯泰老练的笔下，内战的场面在书中遂成了最精彩的部分。

小托尔斯泰是在革命以前就执笔的老作家，而且是诗人出身，是文体家，所以他的作品始终还保持着他的前辈屠格涅夫、托尔斯泰等人的艺术的气息，不像目前的苏联作家仅以朴实和单纯见长。

从另一篇文章里，我知道小托尔斯泰的这部三部曲原名《经过苦难》，第一部名《两姊妹》，第二部名《一九一八》，第三部似乎还未写，英译的《黑暗与黎明》实仅是前二部的译文。

《苦难的历程》插图 by H. Sheberstob, National Literature Publishing House, 1950

面包书影 言行社 1949 年版

小托尔斯泰于一九一八年离开俄国到巴黎，一九二一年开始写这小说的第一部，曾在当时白俄在巴黎办的文艺刊物上发表，一九二一年回到莫斯科，又写了第二部，并将第一部修改了一遍，这才在苏联出版。

他的主要人物是姊妹两人和一位冶金工程师特李金，虽然也描写着革命和反革命势力的争斗，但他写得最好的还是关于内战部分。小托尔斯泰还没有脱离旧日的气息，这里面并不曾明白指出他的人物究竟该向哪里走为是。就是书中人物有所表示，也还带着浪漫的气氛，如工人领袖罗布洛夫的口气：

革命发生危难了……在六个月之后，我们就可以消灭一切的障碍，甚至金钱本身。那时将没有饥饿，没有贫困，没有耻辱。你可以从合作社中取得你所需要的任何东西……同志们，那时我们可以用金子造小便处了……

如果是苏联青年作家，他们决不使他们小说中的工人露出这样的口气，但小托尔斯泰是生长在旧俄时代的人，他无法将这根株完全从地上拔去。苏联肯容许他这样著作的出版，也许是爱惜他的才能的原故吧？

阿列克谢·尼古拉耶维奇·托尔斯泰 （Alexei Nikolayevich Tolstoy，1883—1945） 苏联作家。出生于萨马拉一贵族家庭。1901 年进入圣彼得堡工学院学习，后中途离校，投身文学创作。早年醉心象征派诗歌，出版过诗集《抒情集》和《蓝色河流后面》。之后转向现实主义小说创作。托尔斯泰是一位跨越了沙俄和苏联两个时期的作家。他于 1918 年秋流亡巴黎，1921 年又移居柏林。侨居国外期间，他写了自传体小说《尼基塔的童年》，并完成三部曲《苦难的历程》的第一部《两姊妹》。1923 年返回莫斯科，先后写出《苦难的历程》后两部和《粮食》《彼得大帝》等。

劳伦斯像

《查泰莱夫人的情人》的遭遇

有一本小说，已经出版了三十多年，为了内容是否正当，在外国一直引起问题，这便是英国小说家劳伦斯的那部《查泰莱夫人的情人》。劳伦斯本人早已在一九三〇年去世了。

劳伦斯的这本《查泰莱夫人的情人》，当然不是淫书。但它的内容，有些地方确是有不少猥亵的描写。不过，一本书的内容有若干猥亵的描写，并不能就断定这本书是诲淫的著作。这种区别，我想我国读者最容易看得明白，因为我们有一部《金瓶梅》的好例子在。在法国也是如此，因为法国人对于艺术与色情的区分，是看得很清楚的。

可是在英国和美国，由于清教徒的观念在作怪，伪善的封建道德观念在作怪，《查泰莱夫人的情人》便一直在这两个国家不断地发生问题，有时禁止，有时又许出售，一直闹到现在，闹了三十多年。

最近，从报上见到美国纽约州曾裁定这书不是淫书，否决美国邮局对于本书禁止邮递的决定。其实，这类把戏，在美国已经演过多次了，这一州的法院裁定开禁，另一州又不许入境；许人

年轻时劳伦斯（前右二）与他的家人

Young Lorenzo：*Early Life of D.H. Lawrence*， Firenze, G. Orioli, 1931

在家里看，又不许书店公然出售。就这么闹个不清，实在近于无聊。真的，在当前美国色情空气那么猖獗的对照之下，劳伦斯的小说里关于一对情人性行为的几句描写，实在显得有点过于古板正经了，这大约正是那位纽约州地方法院法官慨然将此书开禁的原因。

至于这书一向在英国被列为禁书的原因，动机又另有所在，并非单纯地为了“色情”问题。因为劳伦斯这本小说题材的本身，已经触犯了英国没落贵族阶级的尊严，抓到了他们的痛脚。我想也正是由于这样的原因，劳伦斯才将身为贵族夫人的“查泰莱夫人”，同那个园丁的幽会情形，写得那么痛快淋漓。因为劳伦斯就是痛恨那些人的伪善和清教观念的，他已经不止一次地在自己的作品里暴露了他们的专横和伪善面目。

然而这样可触怒这些人了，因此劳伦斯的作品在当时被禁止的还不止这一部《查泰莱夫人的情人》，而且用种种方法攻击他，简直活活地将他气死了。

一千册初版的《查泰莱夫人的情人》一九二八年在意大利的翡冷翠印成后，欧洲大陆的预约发行自然不生问题，可是寄到英国国内，问题立刻就发生了。这本书在国内的预约代理人，劳伦斯本来委托他的好友奥尔丁顿办理的，哪知第一批进口的书，就给海关和邮局的检查人员扣留，伦敦警察又不断地到嫌疑经售这书的各书店去搜查，不过只是见了就没收，还不曾提起控诉。有些稳健一些的书店，不愿为了寄售这书惹出麻烦，纷纷将存书退回给劳伦斯，因此只有少数几本在英国流传着。

可是以劳伦斯在文学上的声誉，再加之文坛上窃窃私议的书

《查泰莱夫人的情人》英文版书影
Heinemann, 1960

内关于两性关系的大胆描写，区区一千册的销路倒是不愁没有的，因此英国本国虽然不许进口，虽然定价两英镑，这种限定版的翡冷翠本很快就卖完了。接着劳伦斯又在巴黎出版了一种售价较廉的普通本，但是英美两国依旧不许入境，见到了就没收，并且对出售这书的书店提出控诉。

由于这书在英美成了禁书，劳伦斯无法在本国取得版权注册证，因此遂不能获得国际版权法的保障。牟利的书贾们就利用了这弱点，在巴黎大量翻印这书，以较廉的售价向欧洲大陆各国和英美推销。奥尔丁顿写信给劳伦斯说：

“英美两国的官员都纷纷没收这书，带回家中当作礼物送给自己的妻子或情妇，同时书贾的翻印本也在暗中到处流行……”

这种情形自然使得劳伦斯很生气，再加之这书在国内的批评反应，虽然有萧伯纳等人撑腰，但是猛烈抨击的人也不少，有些人平时还是劳伦斯的好友，这给他的打击很大。他本来是有肺病的，这时就病势转剧，在这书出版的第三年，一九三〇年三月间，就在法国南岸一个小村里去世了，仅仅活了四十四岁。

《查泰莱夫人的情人》在我国早已有了中译本，这是多年以前在北京出版的。前几年香港也有过这译本的翻印，却号称是在日本出版的。至于这书的英文原本，在我国也有过几种翻印本，最早的一种在一九三四年（民国二十三年）就出版，是由北京文艺研究社翻印的，印得很不错，定价大洋一元五角，预约仅一元。我手边还藏有这书的预约广告，他们用“人生乐事，雪夜闭门读禁书”来号召，广告上注明当时北大、清华、师大、燕京的门房都是这书的预约代理处。后来上海有些专门翻印外国文书籍的书店，也翻印过这书，不过却印得模糊简陋，不堪卒读了。

戴维·赫伯特·劳伦斯　（David Herbert Lawrence，1885—1930）英国小说家。出生于英国中部诺丁汉郡采煤区一个矿工家庭，中学毕业后，当过屠户会计、厂商雇员和小学教师。曾在国内外漂泊十多年，最终因肺病死于法国南部的旺斯，享年四十四岁。他在有限的生命里创作了为数不少的作品，包括长篇小说、短篇小说、戏剧、诗集、散文集、游记和理论论著等。他创作后期最重要，也最具争议的作品是长篇小说《查泰莱夫人的情人》，首次出版于 1928 年，因性爱描写而长期被禁止发行。

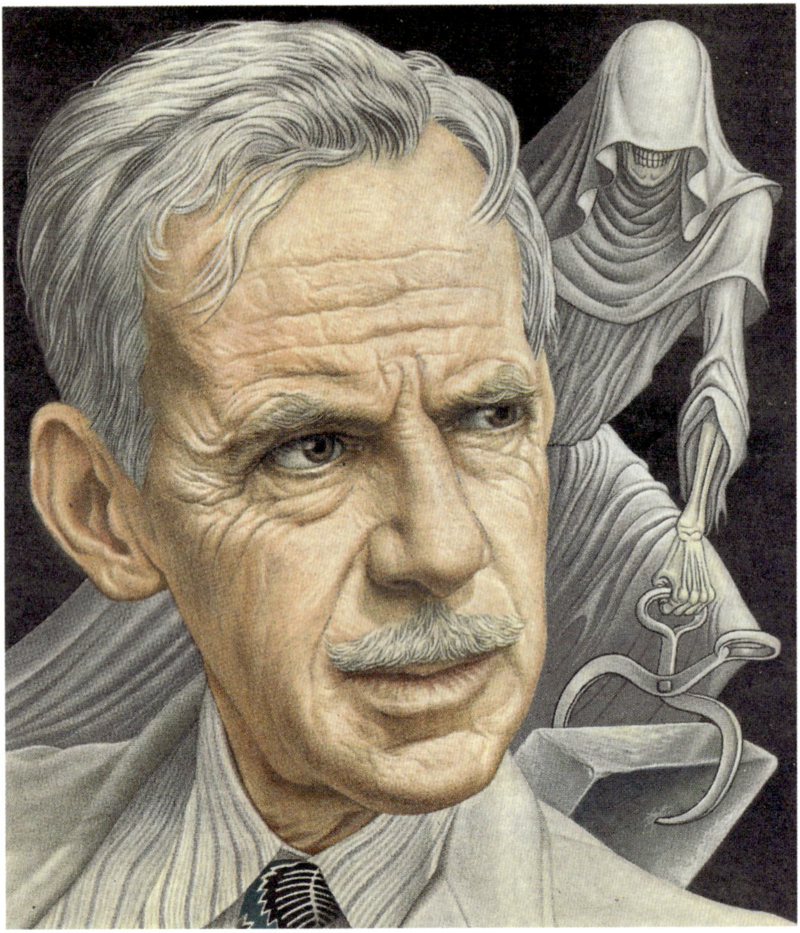

奥尼尔像 *Time*, October 21, 1946

奥尼尔

正是诺贝尔委员会发表每年得奖者姓氏的时候了，翻开今天的报纸，知道今年（一九三六年）的文学奖颁给了美国的奥尼尔。因了政治上的关系，近年的诺贝尔委员会在选择颁奖对手时颇感棘手，有种种顾忌，因此荣誉也稍低落。它不能仅在英美等大国的作家中找对象，又不能不敷衍欧洲一带的小国，同时，共产主义和法西斯主义的对立，更使委员会在作家的立场上遭遇困难，它固然不甘心将此奖颁给高尔基或苏联作家，但也不便颁给希特拉治下的法西斯党徒，因为一来不愿遭受任何方面的反感，二来也要顾到自己的尊严，万一再遇到像萧伯纳那样的作家，对于颁奖不仅不领情，反而写了一张明信片去拒绝，简单地说："谢谢你们，我还不曾穷到这样哩！"（传说如此）。那不是太丢脸了吗？又因了世界不景气，基金的利息逐渐减少，奖金的数目也小起来，所以去年的诺贝尔文学奖竟停发了一年，这里面正有许多说不出的苦衷！

今年得诺贝尔文学奖的奥尼尔，是当代美国戏剧界的第一人，而且在世界戏剧的地位早已稳定。在外国，戏剧家最容易享名，而且也最容易致富，再加上还有好莱坞的出路，因此奥尼尔不仅在剧坛上享着盛名，而且收入也很可观，区区的诺贝尔奖的获得，无论在地位上或经济上，对于他大概并不是一件怎样大事。

我对于戏剧很生疏，但奥尼尔的剧本却读过几个。虽然没有在舞台上看见他的剧本演出的眼福，从银幕上却见过两次。有人说奥尼尔是神秘作家，也有人说他是悲观者，他的人物总屈服在命运和不可知的不可抵御的某种力量之下。但无论怎样，奥尼尔总是一位艺术家，一位独创的戏剧家。他不仅使美国舞台复活了，而且向现代戏剧注入了新的生命。

奥尼尔剧本中的人物多是水手、黑人，或在精神上和性格上有着显易特征的人物。剧情大多也是在命运、欲望、自然的支配之下的无望的挣扎。所以大多是悲剧，而且是人性的悲剧，并且将性格和情感强调得极深刻、极紧张，对于人物的处置也是极残酷、极不留情。因此他的剧本大多带着原始的气息，火一样的热情，以及绝望的苦闷。他的戏剧空气始终是沉郁、浓重，绝不轻松飘忽。这正是他的特长。

他的代表作该是《琼斯王》，但我却喜爱《榆树下的欲望》。这是描写一个年老的父亲新娶了继室，他的儿子为了这继母要分润他的家产，心中很不愉快。继母也有野心，她知道自己生了儿子之后便可以将家产从前妻之子手中夺来，但丈夫太年老了，也许没有生殖能力，便反过来诱惑前妻的儿子，两人竟互相恋爱，而且真有孕生了孩子。父亲不知道，很高兴，预备将家产给这新生的儿子，这时前妻的儿子便向父亲忏悔，并说他爱上了继母，但父亲却说这是他后母的阴谋，并没有爱情，不过借以养儿子而已，因此这儿子又羞又愤。但继母早已弄假成真，真心爱上了这儿子。她说当初的动机也许是阴谋，但现在已真正的爱他，为了要证实自己的话起见，她便将新生的儿子杀了，结果二人一同入狱。

剧情显然有伤风化，所以在美国上演时很受攻击，但将情感和欲望敢写到这般强烈地步的，现代戏剧家中实只有奥尼尔一人有此魄力，有此才能，因此这剧本甚至被搬上了莫斯科的舞台。

尤金·奥尼尔 （Eugene O'neill，1888—1953）爱尔兰裔美国剧作家。生于美国纽约一个演员家庭，少年时期随父亲到各地演出，走遍美国各大城市。1906 年考入普林斯顿大学，一年后因犯校规被开除。此后数年，曾至南美、非洲各地流浪，淘过金，当过水手、小职员、无业游民。1910 年，他去商船上当海员，一年的海上生活给他以后的创作提供了大量素材。1920 年，他的《天边外》在百老汇上演，并获普利策奖，由此奠定他在美国戏剧界的地位。1929 年耶鲁大学授予他名誉博士学位。此后他居住在美国佐治亚州一个远离海岸的岛上专心写作。他还创作了《安娜·克里斯蒂》《榆树下的欲望》《送冰的人来了》《长夜漫漫路迢迢》等。1936 年获诺贝尔文学奖。

帕斯捷尔纳克像 *Notes from the Editors, Doctor Zhivago*, The Franklin Library, 1978

关于《日瓦哥医生》

今年的诺贝尔文学奖，已经宣布授给苏联作家波里斯·帕斯捷尔纳克。他是苏联的优秀诗人和翻译家，但是这次据以得奖的，据瑞典诺贝尔文学奖委员会的宣布，却是由于他的一本小说。这本小说，远在还不曾宣布谁是今年诺贝尔文学奖得奖者以前，英美的刊物上就有不少书评文字加以推荐，说它“毫无疑问是最伟大的俄国小说之一，它唤起了过去五十年以来俄国所提供的经验”。可是自从发表了诺贝尔文学奖授给他以后，苏联的舆论却表示帕斯捷尔纳克不愧是一个真正的诗人和优秀的翻译家，但是获得西方人士称赞的那本小说，却是一本坏小说。

帕斯捷尔纳克的这本小说，题名是《日瓦哥医生》（*Dr. Zhivago*），最近已经有了英译本，由柯林斯与哈费尔出版社联合出版，售价二十一先令。这本小说的篇幅虽然不小，可是故事却很简单。

由莱·日瓦哥，是一个医生，同时又是诗人。小说的故事就是描写日瓦哥的一生，从孩童时代直到他在街车中的惨死。穿插在他生活中的还有两个女性，一个是他的妻子，另一个是他后来

帕斯捷尔纳克父亲为他画的肖像

by L.Pasternak, *I Remember*: *Sketch for an Autobiography*, by Pasternak, Pantheon, 1959

遇见的成为他情人的拉娜，还有一个重要人物是主人公的堂弟基尔希兹。故事的背景大都在乌拉尔区，因为日瓦哥在孩童时代，就跟随他的家人搬到荒僻的区域，躲避革命的动乱。故事的进展从一九〇五年的帝俄时代一直写到斯大林时代。书中出现的人物极多，每一个人物和每一件事情的细节，都不厌琐碎地写得十分详细。小说的末尾还附了一辑诗，作者说这是主人公日瓦哥的遗著。

日瓦哥一生有一个志愿，用作者的话说：“从学生时代以来，他就想写一部散文，一部对于生活的印象。也要在其中隐藏着所见所想的最惊人的事情，好像隐藏着炸药一样。他年纪太轻了，无法写成这样的一本书，因此只好写诗。他就像一位画家一样，为了要实现心目中想画的一幅杰作，终身不停地构着草图……”

英美的批评家，认为《日瓦哥医生》，事实上恰是这样的一部小说，帕斯捷尔纳克乃是借了书中人的口来“夫子自道”，因此这部作品里可能隐藏着“炸药”，能暴露所谓“苏联真相”的炸药。于是他们就期待殷殷，许之为可以与《战争与和平》媲美的杰作，现在更授之以“诺贝尔文学奖”了。

鲍里斯·列奥尼多维奇·帕斯捷尔纳克（Boris Leonidovich Pasternak，1890—1960）苏联作家、诗人、翻译家。生于一个画家家庭，他的父亲曾为列夫·托尔斯泰作品画过插图。1909年，考入莫斯科大学法律系，后转入历史语文系哲学班。1912年夏，赴德国马尔堡大学，攻读德国哲学。1913年，同未来派诗人马雅可夫斯基等交往，并开始发表诗作。十月革命前出版过抒情诗集《云雾中的双子星座》和《在街垒之上》等。1957年，在意大利米兰发表长篇小说《日瓦戈医生》，立即引起强烈反响。为此他受到国内严肃批判，并被开除出苏联作家协会。1958年10月23日，瑞典文学院宣布将当年的诺贝尔文学奖授予帕斯捷尔纳克，由于受到国内舆论反对，他拒绝接受这项奖。1960年5月30日，帕斯捷尔纳克在莫斯科郊外寓所病逝。二十多年之后，苏联开始逐步为帕斯捷尔纳克恢复名誉，《日瓦戈医生》也于1988年在苏联公开出版。

多斯·帕索斯像

《大钱》

约翰·多士·帕索斯（John Dos Passos）是现代美国唯一可注意的一位小说家。他的作品的销数也许比不上美国的其他流行作家；但在国外，他是拥有最多数读者的一位美国作家。对于他的新著的出版，许多人是不肯轻易放过一个可兴奋的机会的。

我正是他的读者之一，最近又以愉快的心情读完了他的新著《大钱》（*The Big Money*）。帕索斯并不是一位新作家，出现于文坛已有近二十年的历史，但在美国当代许多有希望的作家逐渐停滞或没落的当儿(最显著的是海明威，近两年只知道钓鱼打猎，写一点游记和通讯)，他却始终在不声不响地生长着，为自己的文艺生命努力。

《大钱》是《四十二纬度》和《一九一九》的继续，在形式上可说是这一个三部曲的终结，但也说不定，因为陆续在这三部小说中出现的人物有许多依然还在活动，帕索斯说不定也要使他们活到目前的历史上。他的小说是无所谓终结的，和历史的本身一样，永远是在“开始”。

《大钱》所描写的是大战后勃兴的美国。背景和人物的复杂，

多斯·帕索斯像 *Ernest Hemingway and His World*, Thames and Hudson, 1978

是当代美国作家谁也不敢作这样企图的，更超过了帕索斯自己过去的作品。从纽约到好莱坞，以至诃罗拉多的矿山，举凡议员、政客、发明家、工程师，以至资本家、掮客、跑街；富家女郎、风流寡妇，以至娼妓、舞女、电影皇后；社会主义者、工人领袖，以至共产党、反革命者；这一切人物都在书中出现，而且都是在帕索斯生动的描写之下出现的。这书中没有概念，没有叙述，都是事实衔接着事实。

无疑地，帕索斯是读过乔伊斯（James Joyce）的人，而且是竭力尝试着新技巧的作家。但他有一个特长，他的技巧的运用，不是在愚弄读者，卖弄聪明，而是在使他的读者对于他的作品有一种立体感的尝试。他在《四十二纬度》和《一九一九》二书中运用的“新闻片”和“开末拉眼”的手法，在《大钱》中依然采用着，而且还有了更好的效果。

对于复杂紧张的现代生活和社会机构，帕索斯的描写手法可说是十分恰当的一种，但这必须有敏锐的观察和巧妙的剪裁，先要从朴实的基本学习去着手，否则便难免成了“垃圾箱”和“机关布景”；纵然复杂，纵然新奇，却已经不是艺术了。

多斯·帕索斯 （John Dos Passos，1896—1970）美国小说家。生于芝加哥一个富裕律师家庭。1916 年毕业于哈佛大学，去西班牙学习建筑，不久参加第一次世界大战，先后在法国战地医疗队和美军医疗队服役。根据亲身经历写成的《三个士兵》是他第一部有影响的小说，也是最早反映美国青年一代厌战和迷惘情绪的作品。他的代表作是《美国》三部曲，包括《北纬四十二度》、《一九一九》和《赚大钱》。这部作品试图以“新闻短片”、“人物传记”和“摄影机镜头”等新的手法写出美国五光十色、瞬息万变的广阔社会场景。

巴比塞像

战争和伟大的作品

一般的说来，从第一次世界大战中所产生的小说，至今还被人记忆着的，大约仅有两部。一部是雷马克的《西部前线平静无事》，一部是巴比塞的《火线下》。前者出版后风靡一时，曾经获得广大的读者，差不多各种文字译本都有，甚至中国也有两种译本。后者则拥有一个较前者更大的声誉，但是它的读者却不多，而且不幸得很，因了政治上的愚昧，许多国家至今还禁止《火线下》的原本输入和译本的出版。

不用说，《火线下》在艺术上的成就远较《西部前线平静无事》为大，而且在文艺史的地位上，雷马克也远不能与巴比塞比拟。但《西部前线平静无事》的成功却也是不能轻视的。我想只有一个比喻可以相当地说明二者在文艺上不同的成就和不同的价值。

这比喻是：《西部前线平静无事》恰如一部电影，而《火线下》则是一个铜刻。一部成功的电影可以轰动世界。但是即使是郎布朗的“铜刻”也仅有少数的爱好者。从教育的意义上说，电影的效果当然远非其他艺术作品所能比拟。但大多数的电影观众仅看一次，而每一个铜刻爱好者则必然将他所爱好的作品加以珍藏，

雷马克像

雷马克《战后》书影 现代书局 1932 年版

时时玩赏。

这就是两者不同之点。艺术评价的标准即从这里产生。

这一次的战争，战场活动的范围较上一次更大。当然，所谓“战争文学”，交战各国当然已经产生了好多，但被称得上伟大的作品，则可以断说还没有产生，因为目前战争还在进行中，作家从这一次战争所得的经验和自身的感情未经过时间的洗练，实无法产生成熟的作品。

在战争期间所产生的战争文学，唯一的缺憾是时常会被过度的爱国主义和仇敌观念所渲染，以致暂行价值减低了它可能的永久价值。而战胜国的作品也较之战败国的作品，容易流于夸大和嚣张。

毫无疑问，这一次的战争，必然会产生足以记录人类这次惨痛教训的伟大作品，但将在何时何地有这样的作品出现，则谁也不能预料。可以说的只是：这至少要待诸和平恢复之后，而从战争中蒙受灾祸最甚的民族将有产生最深刻作品的最大可能。

埃里希·玛利亚·雷马克 (Erich Maria Remarque，1898—1970)
德国小说家。生于德国奥斯纳布吕克，父亲是书籍装订工。1916 年 11 月，雷马克从学校直接应征入伍，参加第一次世界大战，战争中五次受伤。战后，从事过多种职业。1927 年下半年，开始写作《西线无战事》，1929 年全书出版后引起轰动，销售达八百万册，被译成二十九种文字。1933 年希特勒上台后，雷马克的作品与托马斯·曼、亨利希·曼、布莱希特等人的作品一起被公开烧毁，随后又因他拒绝从瑞士回国，而于 1938 年被剥夺德国国籍。翌年，他转赴美国，1947 年加入美国国籍。1970 年病逝于瑞士洛迦诺。《西线无战事》与法国巴比塞的《火线》、德国雷恩的《战争》等，被列为具有世界影响的优秀反战小说。除此之外，他还著有《流亡曲》和《凯旋门》等，主要描写逃出纳粹德国的流亡者的不幸遭遇。

亨利·巴比塞 （Henri Barbusse，1873—1935） 法国作家。生于法国一个新闻工作者和剧作家家庭，受父亲熏陶，从小爱好文学。十六岁开始在报刊上发表作品，并参加象征派诗歌运动。1895 年出版诗集《泣妇》，并创作长篇小说《哀求者》和《地狱》。第一次世界大战使巴比塞的思想和创作发生根本性变化。战前，他是社会主义报纸《人道报》编辑部成员。战争开始时，主动要求上前线并屡建战功。他经历了战争的一切危险与苦难，也认识了这场战争的真实性质。1915 年他创作了长篇小说《火线》，描写一个步兵班在战争中出生入死、备受苦难和牺牲，对理想化的光荣战争进行反驳。《火线》于 1917 年获龚古尔奖。1923 年，他主持召开第一次反法西斯大会和国际反战同盟大会。

海明威像

关于海明威

海明威这次的死，虽然是死于意外，可是极富于戏剧性，与他的作品可说十分调和。因为他这次的死，是死于擦枪走火，不是手枪，而是猎枪，并且是在他刚从医院里出来之后。我一向担心他会死在斗牛场上，或是在非洲狩猎大动物时遭遇意外，料不到他竟死在自己的枪下，而且是这么突然地死去了。

就在今天（七月三日）上午，我在一家书店里，还见到一本新出版的关于他的生活摄影画册，翻了一翻，不曾买下来。哪知回来时在路上买了一份午报，触眼就读到了关于他擦枪走火中弹的新闻。人生的一切真是太巧合了。

我大约是第一个将海明威的作品介绍给中国读者的人。屈指算来，已是将近三十年前的事了。那时海明威还是以新作家的身份，开始在美国文坛上获得批评家的好评和读者的拥护。他才写了《再会吧，武器》和《太阳又升起来了》。但是他的声誉却建筑在巴黎所写的那些短篇小说上面。

我并不特别喜欢海明威的作品。也可以说，我只喜欢他的短篇小说，并不喜欢他的长篇。更可以说，我只是喜欢他的风格，

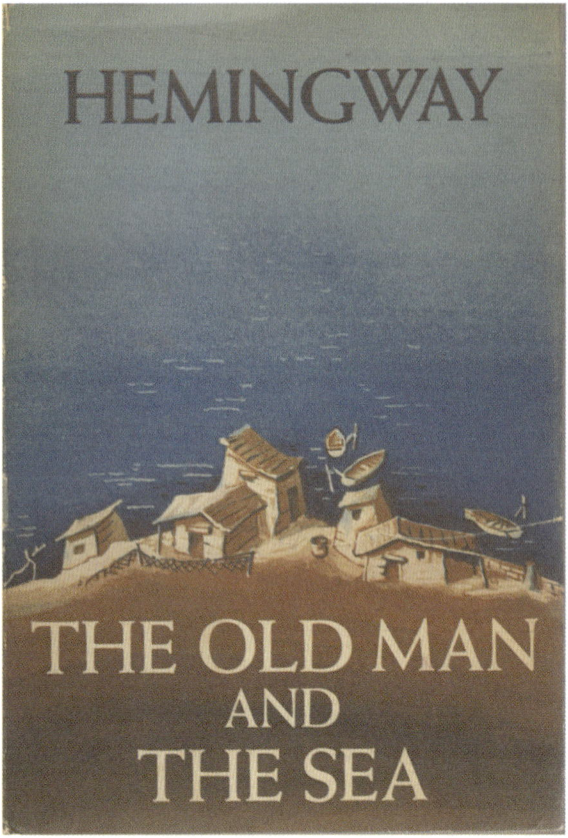

△ 《老人与海》初版书影 Charles Scribner, 1952

▷ 海明威像 *Ernest Hemingway and His World*, Thames and Hudson, 1978

并不喜欢他的作品本身。

《战地春梦》书影
远景出版事业公司 1981 年版

我最初被海明威的那些短篇所吸引，选择了可以译的（他有一些短篇，由于土语太多，根本是不能译的）译了几篇出来介绍给读者时，也就是被他的那种清新的风格所迷住了。他的人物对话极精练有味，看来是东一句西一句仿佛漫不经心似的，其实是煞费心机的布置。他又喜欢用一些单纯的字句，为这些字句一再反复地使用，使人读着他的作品时会有一种极清新的感觉。这是欧洲新作家的气息，是美国文坛所没有的。海明威从巴黎将这种气息带回了美国，因此立时令美国人对他刮目相看了。

对于他当时所写的那两个长篇，我就不大喜欢。以后的作品，我只读过《丧钟为谁而鸣》（这就是中译的《战地钟声》，我极不喜欢这个庸俗的译名），这时我已经在香港，曾在杨刚所编的大公报《文艺》周刊上写了一篇书评，对他西班牙内战中所持的立场大不以为然。他的描写斗牛生活的《午后的死亡》，我只翻了一番，不曾读下去。倒是《老人与海》读过了，此外就不曾读过他近年所写的其他的作品。

海明威是美国难得有的一个好作家。近年的作品（如《老人与海》）也许写得更深刻。但是就才气来说，我仍是喜欢他初期所写的那些短篇。

欧内斯特·米勒·海明威　(Ernest Miller Hemingway, 1899—1961)　美国作家、记者。出生于美国伊利诺伊州芝加哥市郊区奥克帕克，中学毕业前夕，美国参加第一次世界大战，他因患眼疾未能入伍，在《星报》担任了见习记者。这期间，报社关于“用短句”“用生动活泼的语言”的要求，对他简练文体的形成产生影响。《太阳照常升起》是他第一部重要的长篇小说，成为“迷惘的一代”的代表作品。《永别了，武器》标志着他独特艺术风格的成熟。《老人与海》塑造了桑堤亚哥这个孤军奋战的形象，是他创造的“硬汉性格”的继续和发展，以此获得诺贝尔文学奖。1961 年 7 月 2 日，海明威在爱达荷州凯彻姆的家中用猎枪自杀，享年六十二岁。

肖洛霍夫像 刘建菴作，《被开垦的处女地》，立波译，文学出版社 1943 年版

萧洛霍夫和《静静的顿河》

萧洛霍夫的长篇巨著《静静的顿河》这部小说本身已经够长，中译本有厚厚的四大本，根据原著郑重拍摄的彩色电影，也是长得惊人的，若是一口气看下去，要六小时才看完，但比起要看完这部小说，已经快得多了。

《静静的顿河》是一部地方色彩很浓、富于乡土气息的小说，它的篇幅虽然可以同托尔斯泰的《战争与和平》、罗曼·罗兰的《约翰·克里斯多夫》相比，但是故事的范围则小得多，这也正是这部小说的特色和它成功之处。萧洛霍夫自己就是顿河流域的人，他描写自己家乡的故事，亲身见闻，自然写得有声有色，也有肉有血，所以成为真正的第一部苏联文学作品。直到今天，萧洛霍夫仍住在顿河边上。我曾译过一篇一个外国作家所写的萧洛霍夫访问记，说他的写作室就在顿河边上一座庄园的小楼上，站在窗口就可以饱览顿河的景色。他常常开着窗门在深夜写作。顿河的农民远远地望着萧洛霍夫的窗口灯光不熄，就互相点头微笑，知道他们引以为荣的那位作家又在那里工作了。

萧洛霍夫不仅写过《静静的顿河》，他也写过顿河咆哮愤怒

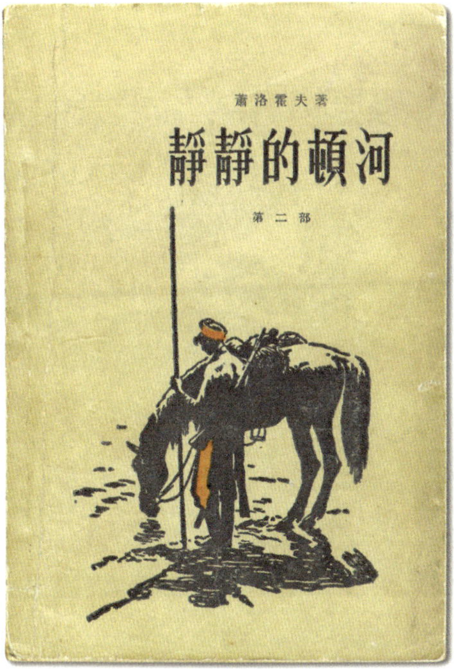

《静静的顿河》书影 人民文学出版社 1957 年版

《静静的顿河》俄文版插图 O.Veriyski 作，发展出版社 1964 年版

《静静的顿河》插图 by A. Kravchenko，鲁迅选序《苏联版画集》，上海晨光出版公司 1949 年版

◆▶《被开垦的处女地》插图　刘建菴作，文学出版社 1943 年版

起来的情形，那是在苏联人民卫国战争中，顿河农民抵抗希特拉和芬兰白军疯狂进攻时的事情。萧洛霍夫以《汹涌的顿河》为题，一连发表了许多短篇报道，像他在准备写《静静的顿河》之前，所写的那些顿河的故事那样，描写顿河的老哥萨克和年青的一代怎样英勇地抵抗外国侵略者的进攻，保卫自己家乡的情形。

有一期的苏联《鳄鱼画报》，就以萧洛霍夫这几篇报道作题材，画了一幅漫画作为封面，画上画着一个哥萨克骑马，挥着马刀向一个陷在泥潭里的纳粹侵略者砍去，标题是《静静的顿河淹没了多瑙河》。

萧洛霍夫所写的这些生动的报道，我在当时曾译出过两篇，发表在一个刊物上。这已是将近二十年前的事了。最近看了《静静的顿河》影片，要想再将那些旧作找出来看看，可惜已经找不到了。

萧洛霍夫是在一九〇五年出世的，今年（一九五九年）已经五十四岁了。他的这部大著，是在一九二六年开始执笔的，这时他还是个青年作家，但在上一年已经出版了一部短篇小说集《顿河的故事》，接着在这一年又出版了另一个故事集《蔚蓝的草原》。

《静静的顿河》第一卷在一九二八年完成。接着他又写了三卷，一共花费了十四年的时间。因此在二十一岁时开始写这部作品的他，等到全部写完，已经三十五岁了。在这期间，在一九三二年到一九三三年间，他还完成了另一部小说，那就是今日已同样为人爱读的《被开垦的处女地》。这是关于哥萨克农民生活的，描写那些古老的农民为了要参加集体农场生活，所要克服的困难和经过的斗争。这部小说已经成为苏联从事经营集体农场工作人员的经典读物。

《静静的顿河》的完成，不仅奠定了萧洛霍夫的作家地位，同时也使世人对社会主义的现实主义苏联文学作品刮目相看，因为这部大著是不能用旧的西方文学批评尺度来衡量的。就是高尔基的《克里姆·桑姆金》和它比起来，也不免逊色，因为只有《静静的顿河》才是从苏维埃的新土地上，发芽生根长出来的新文学作品。

《静静的顿河》在苏联早已被改成了歌舞剧，是由伊凡·地萨辛斯基改编的，并且一再拍摄成电影，先是黑白片后是彩色片。

萧洛霍夫的母亲在一九四二年希特拉疯狂进攻时，牺牲在纳粹的炸弹下。她也是哥萨克农民出身，本来不识字，为了要同儿子通信，这才开始学习读书识字。因此萧洛霍夫对于她的死，感到非常的伤心。

米哈依尔·肖洛霍夫 （Michail Aleksandrovich Sholokhov，1905—1984） 苏联作家。出生于顿河岸边维申斯卡雅的一个商店职员家庭。1921 年起，先后做过镇革命委员会办事员和武装征粮队员。1923 年加入“青年近卫军”文学小组，1924 年成为职业作家，1925 年出版第一本作品集《顿河的故事》，次年又出版《蓝色的草原》。代表作是四卷本长篇小说《静静的顿河》，他因这部小说获得 1965 年度诺贝尔文学奖。他的另一部著名小说是《被开垦的处女地》，获得 1960 年度列宁勋章。

首次结集篇目出处

《〈鲁拜集〉的知己》，原载1938年11月30日香港《星岛日报·星座》。

《限定版俱乐部的莎翁全集》，原载1939年1月26日香港《星岛日报·星座》。

《泼佩斯的日记》，原载1938年11月27日香港《星岛日报·星座》。

《谁是鲁滨逊？》，原载1938年11月13日香港《星岛日报·星座》。

《谷德司密斯欠房租》，原载1938年11月18日香港《星岛日报·星座》。

《梅里美的短篇小说》，原载1967年10月30日香港《星岛日报·星座》。

《〈辟克魏克〉的流行》，原载1938年11月17日香港《星岛日报·星座》。

《惠脱曼的〈草叶集〉》，原载1938年11月11日香港《星岛日报·星座》。

《〈爱丽思漫游奇境记〉的产生》，原载 1938 年 11 月 25 日香港《星岛日报 · 星座》。

《康拉特的爵士勋状》，原载 1938 年 9 月 9 日香港《星岛日报 · 星座》。

《夏芝的诗人气质》，原载 1938 年 12 月 6 日香港《星岛日报 · 星座》。

《记莫斯科的高尔基纪念馆》，原载 1940 年 6 月 18 日香港《星岛日报 · 星座》。

《安特生 · 尼克梭》，原载 1939 年 9 月 16 日香港《星岛日报 · 星座》。

《辛克莱的〈油！〉》，原载《现代小说》第三卷第一期，1929 年 10 月 15 日出版。收入本书时略有删节。

《佛兰克书店的门板》，原载 1938 年 9 月 10 日香港《星岛日报 · 星座》。

人名对照表

本书	通译	外文
奥地普斯	俄狄浦斯	Oedipus 或 Odipus
索伏克里斯	索福克勒斯	Sophocles
约嘉丝妲	约卡斯塔	Jocasta
克里安	克瑞翁	Creon
安地果妮	安提戈涅	Antigone
我默·伽亚谟	欧玛尔·海亚姆	Omar Khayyam
费兹吉拉德	菲茨杰拉德	Edward FitzGerald
史文朋	斯温伯恩	Algernon Charles Swinburne
卜迦丘	薄伽丘	Giovanni Boccaccio
拉瓦皇后	纳瓦尔皇后	Marguerite de Navarre
塞凡提斯	塞万提斯	Miguel de Cervantes Saavedra
撒弥尔·泼佩斯	塞缪尔·佩皮斯	Samuel Pepys
丹奈尔·狄福	丹尼尔·笛福	Daniel Defoe
摩尔·佛兰德丝	摩尔·弗兰德斯	Moll Flanders
淮德	怀特	Gilbert White
迦撒诺伐	卡萨诺瓦	Giacomo Girolamo Casanova
卢骚	卢梭	Jean-Jacques Rousseau
支魏格	茨威格	Stefan Zweig

续表

本书	通译	外文
谷德司密斯	哥德史密斯	Oliver Goldsmith
艾克曼	爱克曼	Johann Peter Eckermann
巴尔札克	巴尔扎克	Honoré de Balzac
狄肯斯	狄更斯	Charles John Huffam Dickens
惠脱曼	惠特曼	Walt Whitman
爱默逊	爱默生	Ralph Waldo Emerson
褒顿	伯顿	Sir Richard Francis Burton
佛洛贝尔	福楼拜	Gustave Flaubert
龚果尔	龚古尔	Goncourt
普利伏斯	普雷沃	Abbé Prévost
朵斯朵益夫斯基	陀思妥耶夫斯基	Fyodor Dostoyevsky
哥庚	高更	Paul Gauguin
史谛芬逊	斯蒂文森	Robert Louis Stevenson
绿蒂	洛蒂	Pierre Loti
比亚斯莱	比亚兹莱	Aubrey Beardsley
康拉特	康拉德	Joseph Conrad
奥・亨利	欧・亨利	O.Henry
显尼志勒	施尼茨勒	Arthur Schnitzler
夏芝	叶芝	William Butler Yeats
皮蓝得娄	皮兰德娄	Luigi Pirandello
安特生・尼克梭	安德逊・尼克索	Martin Andersen Nexö
普洛斯特	普鲁斯特	Marcel Proust
托玛斯・曼	托马斯・曼	Thomas Mann
多士・帕索斯	多斯・帕索斯	John Dos Passos
萧洛霍夫	肖洛霍夫	M.A.Sholokhov

书名对照表

本书	通译	外文
《奥地普斯王》	《俄狄浦斯王》	*Oedipus the King*
《奥地普斯在科罗鲁斯》	《俄狄浦斯在科罗诺斯》	*Oedipus At Colonus*
《安地果妮》	《安提戈涅》	*Antigone*
《哈姆莱脱》《哈姆奈脱》	《哈姆雷特》	*The Tragedy of Hamlet, Prince of Denmark*
《麦克贝斯》	《麦克白》	*Macbeth*
《阿里奥巴奇地卡》	《论出版自由》	*Areopagitica*
《泼佩斯日记》	《佩皮斯日记》	*The Diary of Samuel Pepys*
《塞尔彭自然史》	《塞耳彭自然史》	*The Natural History of Selborne*
《一个不相识妇人的情书》	《一个陌生女人的来信》	*Brief einer Unbekannten*
《魏克菲尔牧师传》	《威克菲牧师传》	*The Vicar of Wakefield*
《诗集，大部分是用苏格兰方言写的》	《苏格兰方言诗集》	*Poems, Chiefly in the Scottish Dialect*
《伊莎贝娜》	《伊莎贝拉》	*Isabel*
《老戈里奥》	《高老头》	*Le Père Goriot*
《欧基尼·格朗地》	《欧也妮·葛朗台》	*Eugenie Grandet*
《表妹彭丝》	《贝姨》	*La cousine bette*

续表

本书	通译	外文
《诙谐故事集》	《巴尔扎克谐趣故事集》	*The Droll Stories of Balzac*
《钟楼驼侠》	《巴黎圣母院》	*Cathédrale Notre Dame de Paris*
《马特奥·法尔科勒》	《马特奥·法尔哥内》	*Mateo Falcone*
《伊尔的维纳斯》	《伊尔的美神》	*La Vénus d'ille*
《辟克魏克俱乐部文抄》	《匹克威克外传》	*The Pickwick Papers*
《黑奴吁天录》 《汤姆叔叔的小屋》	《汤姆叔叔的小屋》	*Uncle Tom's Cabin*
《三剑客》《侠隐记》	《三个火枪手》	*Les Trois Mousquetaires*
《漫侬摄实戈》	《曼侬·莱斯戈》	*Manon Lescaut*
《爱丽思漫游奇境记》 《爱丽丝漫游奇境记》 《爱丽丝镜中奇遇记》	《爱丽丝梦游仙境》	*Alice's Adventures in Wonderland*
《汤姆·沙雅的奇遇》	《汤姆·索亚历险记》	*The Adventures of Tom Sawyer*
《卢贡·马加尔家传》	《卢贡–马卡尔家族》	*Les Rougon–Macquart*
《若望·克利斯多夫》	《约翰·克利斯朵夫》	*Jean–Christophe*
《米丹夜会集》	《梅塘之夜》	*Les Soirées de Médan*
《脂肪球》	《羊脂球》	*boule de suif*
《磨坊书简》	《磨坊文札》	*Lettres de mon moulin*
《诺亚诺亚》	《诺阿·诺阿》	*Noa Noa*
《波瓦荔夫人》	《包法利夫人》	*Madame Bovary*
《草堂杂记》《越氏私记》	《四季随笔》	*The Private Papers of Henry Ryecroft*
《圣诞礼物》	《麦琪的礼物》	*The Gift of the Magi*

续表

本书	通译	外文
《循环舞》	《轮舞》	*Reigen*
《凯丝南伯爵夫人》	《凯瑟琳伯爵夫人》	*the countess cathleen*
《六个寻找作家的剧中人物》	《六个寻找剧作家的角色》	*sei personaggi in cerca d'autore*
《赝币犯》	《伪币制造者》	*Les Faux-monnayeurs*
《战胜者贝勒》	《征服者贝莱》	*Pelle the Conqueror*
《过去事情的回忆》	《追忆逝水年华》	*À la recherche du temps perdu*
《油！》	《石油！》《煤油！》	*OIL!*
《布哈孟台尔》	《旧书商门德尔》	*Buchmendel*
《优力栖斯》	《尤利西斯》	*Ulysses*
《经过苦难》	《苦难的历程》	Хождение по мукам
《大钱》	《赚大钱》	*The Big Money*
《西部前线平静无事》	《西线无战事》	*Im Westen nichts Neues*
《火线下》	《火线》	*Le Feu*
《再会吧，武器》	《永别了，武器》	*A Farewell to Arms*
《太阳又升起来了》	《太阳照常升起》	*The Sun Also Rises*

后　记

李广宇

叶灵凤书话的一大特色，是讲西书故事。这种写作早在一九三七年以前上海时期叶灵凤就已开始，一九三八年在广州以及到香港的最初几年数量渐多，这时期的作品结集为《读书随笔》，虽然在太平洋战争爆发前就已编好交给出版社，但直到战后的一九四六年才由上海杂志公司出版。定居香港的三十多年间，叶灵凤写下大量此类文字，可惜只结集为一本《文艺随笔》，另一本《北窗读书录》只包括部分此类篇目。生活·读书·新知三联书店一九八八年出版的三卷本《读书随笔》，文汇出版社一九九八年出版的《文艺随笔》《北窗读书录》《忘忧草》，北京出版社一九九八年出版的《叶灵凤书话》，以及香港天地图书有限公司二〇一三年出版的《沦陷时期香港文学作品选——叶灵凤、戴望舒合集》等书，辑录了不少集外文字，但仍有不少此类文字湮没各处；同时以上各书在编排上也是各种文章杂处，不集中，也缺乏系统。这就使得吾辈增添了许多不便，东一篇西一篇的，难尽朵颐大快之兴。在写作《南国红豆最相思》的过程中，我深深体会到叶灵凤对于“香江纸贵出书难”的无奈，也对散落各处的那些遗珠心生不忍，忽地就萌发了为他精选编集一册的念头，于是就有了这本《文学经典》。

这个集子总共收文一百篇。除了在叶灵凤各种著作单行本和选本中精挑细选，还专门从香港旧日报刊辑录了从未结集过的十五篇，这个补充，不仅可以称作广大叶迷的一个福音，也能为本书体系的完整贡献一些力量。

之所以敢称“经典”，实在是因为叶灵凤谈到的这些作家作品，的确称得上文学史上的“经典”。本书是以作家生卒早晚进行排序的，从第一篇的伊索和《伊索寓言》，到最后一篇的肖洛霍夫和《静静的顿河》，可以说将两千多年间欧美文学的巨擘名著尽收囊中。叶灵凤曾说：“我发觉自己在读书和写作方面都有一点癖性，那就是自己不喜欢的书不读，自己不喜欢的东西不谈。”但他的所读所写，远非无目的之举，也不仅仅只在满足自己的口味。一本本读下来，一篇篇写下来，不经意间完成了一个欧美文学小史的拼图。就这一点而言，这本《文学经典》完全可以作为每一个文学爱好者的“入门读物”，跟着叶灵凤“按图索骥”，很顺利地就能进入一个绚烂多彩的文学殿堂。

从另一层面讲，叶灵凤的这些文章本身，也是堪称经典的。在专写西书书话的作家中，叶灵凤的地位是无与伦比的。不只是他有很高的“选家”眼光，更因了他那独一无二的文笔。与那些高头讲章不同，叶灵凤的文字非常轻松有趣，每一篇几乎都是一篇故事。不仅着眼书里，更时常旁及书外。他曾说：“我一向认为要写这一类的随笔，将自己读过了觉得喜欢的书介绍出来，是应该将这本书的作者，他的生平和一点有趣的小故事，融合着这本书本身来一起谈谈的。有时，一本书在这世间的遭遇，会与这本书的内容同样的有趣。这都是我特别感到兴趣的。能将这一切融会贯通到一起，写成一篇文章，我才觉得符合我个人的理想，这也就是我自己认为好与不好的标准了。”

茅盾曾说：“眼前作家懂外文的少，外文书刊也难买到，懂外文的应多做此类介绍工作。”叶灵凤外文、中文都好，他毕生生活在两个“洋场”——二十世纪三十年代中期以前的上海和这以后的香港，能便利买到外文书刊，加之他自己也爱买爱藏爱写，这几方面的条件便成就了他“独树一帜”的地位。几十年来，叶灵凤也从来不乏追随者和知音。冯亦代自述：他当时读到叶灵凤的《读书随笔》，“有心学他那样写”，所以才有了《书人书事》。林林说：叶灵凤的魅力在于，“千字的短文，能够把名著或者名作家的特点介绍出来。他的学问真渊博，欧美亚的文学大都熟悉。他写的小品具有见识和文采的美，实在可以说是出色的随笔家。”姜德明说：“他的读书随笔主要是介绍外国文学和版画艺术的……这些小品写得得心应手，妙趣横生。”香港的不少作家或多或少都受到叶灵凤的影响，比较突出的有侣伦、吴其敏、黄俊东、杜渐等。有一位署名姚芳的，一九六三年在香港《文汇报》发表《读叶灵凤的〈文艺随笔〉》，颇道出了叶灵凤文章的三昧：

……叶老的随笔，久矣乎已经形成了他那种特有的风格：

轻快流畅的笔触，在平和中见严谨的文字，贯穿在文章中的浓郁的感情，都会对读者产生强烈的吸引力。而当你感觉到他那精辟的见解或冷隽的幽默像火花一般迸发出来时，就忍不住要作会心的微笑了。

但叶老的随笔最可贵的，还是他的每一篇章，都告诉你一些知识，也许是关于文学的，也许是关于文物的，甚至也有关于自然科学或社会科学的。即使看起来是纯抒情的散文，吟味下去也觉得他言之有物。如果作一个不太切合的比喻，公安清新，竟陵幽峭，而叶老的文章介乎二者之间，更多了一点言以载道的意味。

叶灵凤对于喜欢的作家、喜欢的作品，常常一写再写。初看之下，似乎重复，但认真读进去，会发现每篇有每篇的不同。有的侧重某一个方面，有的则侧重另一个方面；即使同一个话题，不同时期也有不同的况味。好书不厌百回读，能让人有一读再读的冲动，恰恰说明其所以为经典。我在为本书选择篇目时，尽可能多涵盖不同的作家作品，对于反复写同一部作品同一位作家的，则选择最具代表性的一篇。偶有重复出现的，那或者是因为这个作家太重要，一篇说不完，譬如莎士比亚，譬如巴尔扎克；或者是因为叶灵凤对其情有独钟，譬如比亚兹莱，譬如法朗士。需要一提的是，基于历史的原因，叶灵凤文章中的一些译名可能存在前后不一的情况，更有与现今通行译法不甚一致的，这本身其实就是一种历史，更何况不少译名还是他的原创。为了保存原貌，对此均未改动，只是对个别标点符号和“的”“地”“得”等的使用进行了规范和统一。为了方便读者阅读，也为了给读者扩展阅读提供线索，我在卷末附上了译名对照表，更在每篇的末尾增加了作家小传。

一部好的文学作品，往往需要好的插图与之相映生辉。画家出身的叶灵凤就深谙此道。他曾说：“我一向很喜欢木刻，又对一般书籍的装帧和插画配合问题感到兴趣；从前也从事过装帧工作，当年创造社出版部，光华书局，北新书局和现代书局的出版物，大部分是由我负责排印和装帧的。”本书所收入的很多经典作品，曾经吸引了众多知名画家为其绘制插图，特别是像莎士比亚戏剧、安徒生童话、伊索寓言，乃至《十日谈》《天方夜谭》《鲁拜集》，各种版本的插图简直不计其数。这些版本很多都为叶灵凤所收藏，他也一直有一个愿望，编选若干精美的插图本，可惜由于时代和条件的限制，始终未能如愿。我编辑此书，之所以打出“插图珍藏版”的旗号，就是想一了他这个心愿。同时，也为读者奉献一本可读可藏可人的“左图右文”的书物。为了找到高质量的作家肖像和高水平的插画，可以说上穷碧落下黄泉，并且不惜血本。虽然仍有不少非常有特色的画家，因为没届公版权年限而忍痛割爱，但数以百计享誉世界的插画家毕竟云集到了这里。打造一本“插画经典”，同样是我的目的。应当说明的是，虽然我已经非常谨慎地注重版权年限问题，但还有个别插图的作者生平不详，如有冒犯，希望权利人见到此书后能与我及时取得联系，以便致送谢忱。